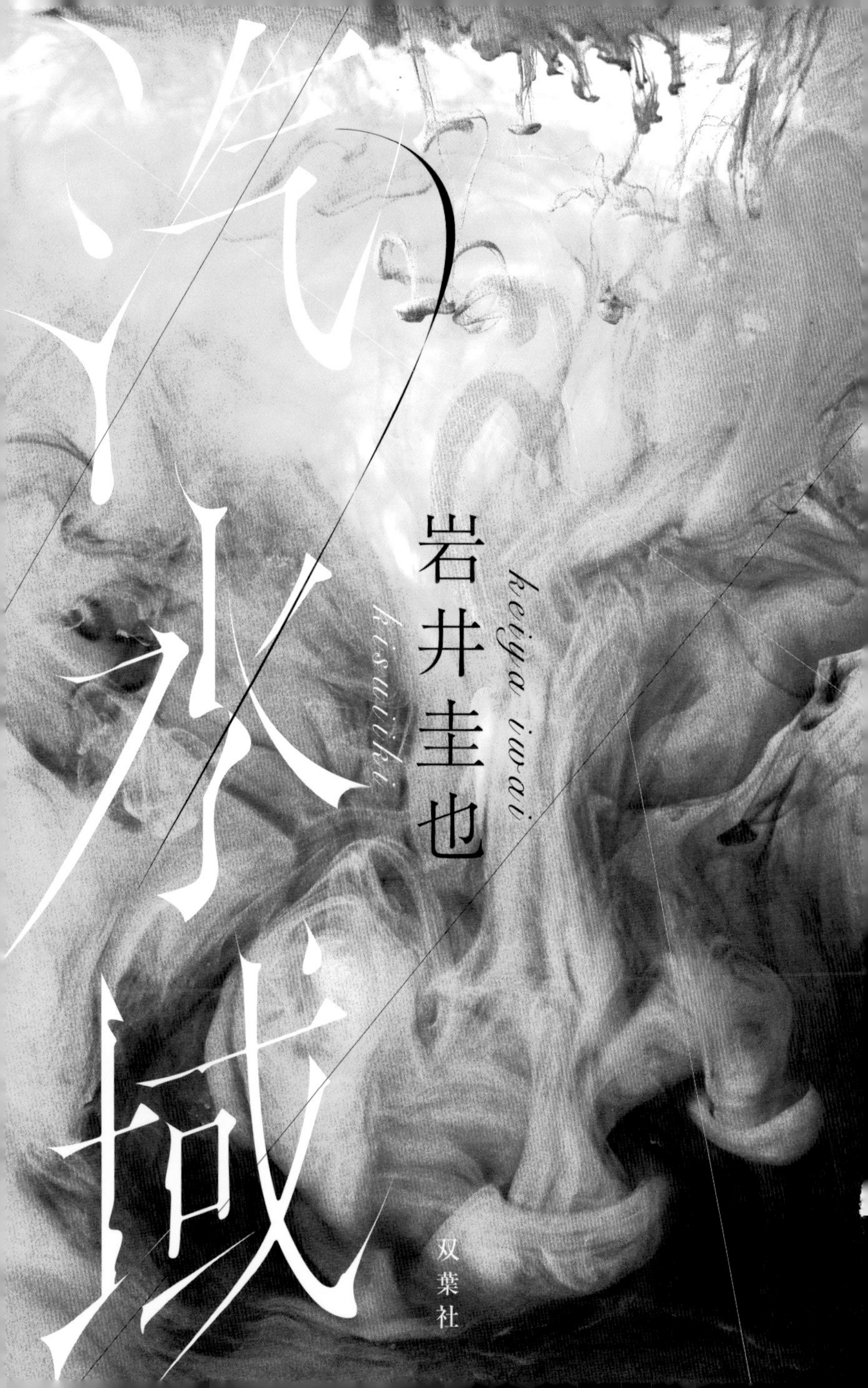
汽水域
kisuiiki
岩井圭也
keiya iwai
双葉社

目次

装幀　水戸部功

汽水域

きょう午後三時ごろ、東京都江東区《こうとう》亀戸《かめいど》の路上で、男が通行人を刃物で切りつけ、少なくとも三名が死亡、四名が負傷した。

警視庁城東署《じょうとう》によれば、殺人の疑いで現行犯逮捕されたのは深瀬礼司《ふかせれいじ》容疑者、三十五歳。犯行の動機は不明だが、調べに対し深瀬容疑者は「死刑になりたい」などと供述しているという。

第一章

息絶えたかのように、川面は凪《な》いでいた。

十一月の夕刻。隅田川《すみだがわ》沿いに吹く風は、冬の気配をはらんでいる。頭上は心のうちを具現化したかのような曇天だった。白に灰色が混ざった雲は分厚く、その向こう側にあるはずの青空を想像すらさせない。

きれいに舗装された川の両岸は、隅田川テラスと通称されている。目の前には腰までの高さの柵があり、鈍色《にびいろ》の水が揺れていた。川面の色は冴えない。まるで、水路に鉛を流しこんだかのようだった。

冷たい風を浴びながら、安田賢太郎《やすだけんたろう》はじっと糸の先を見ていた。手にしたロッドから垂れたPEラインの先端は、水のなかに沈んでいる。ルアーを投げ入れてから三時間。シーバスは一度も食いついていていない。

日曜の午後だというのに周囲には他に誰もいなかった。春の週末などは家族連れでにぎわうのだが、晩秋から冬にかけては人影がまばらだ。もっとも、釣り人にはありがたい環境ではある。釣り場がにぎわいすぎていると、魚たちが逃げてしまう。

隅田川のシーバス釣りは春から秋がハイシーズンであり、すでにピークは過ぎている。ただ、冬であっても、餌であるイソメやゴカイが水中に這い出てくる――いわゆるバチ抜けのタイミングを見計らえば釣れると聞いたことがあった。しかし安田にそこまでの腕前はない。ただ漫然と、糸を垂らしていることしかできなかった。

安物の折りたたみ椅子に食いこんだ、尻の肉が痛い。時おり座る姿勢を変えてみるが、一度気になりだすと、どう座っても違和感は消えなかった。

隣に座る海斗《かいと》は、とうに飽きて動画を見ている。左手にロッド、右手にスマートフォン、耳にはワイヤレスイヤフォン。視線はスマホの画面に釘付けだった。ずっと同じ姿勢でも苦しそうに見えないのは、安田よりはるかに若いせいか。

――こいつ、今いくつだっけ。

安田は黙って考える。海斗の誕生日が八月だということは覚えているが、正確な年齢が出てこない。結婚したのが二十七歳の時。海斗が生まれたのはその二年後で、安田は現在三十六歳。差し引き、七歳だ。

今さらながら、今年の四月に入学祝いのボールペンを渡したことを思い出す。後日、小学一年生がボールペンなんか使うわけないでしょ、と元妻の亜美《あみ》に文句を言われたことも。小学生が使うのはシャーペンや鉛筆らしい。「学校生活で役立つものを」と思ったのだが、へたに気を遣わず、携帯ゲーム機でもやればよかった。やはり、らしくないことをするものではない。

かれこれ一時間近く、海斗はスマホ画面を凝視している。仮に魚がかかっても、気付かないのではないか。

七歳でスマホを持つのは早すぎる気もした。ネットで検索すればいかがわしい画像や動画は山ほど閲覧できるし、SNSをはじめればどんな犯罪に巻きこまれるかわからない。使用制限をかけているのかもしれないが、それだけで完璧に防げるとも思えなかった。安田が携帯電話を持ったのは高校に入ってからだ。高校生になってから、とは言わないが、せめて中学まで待ってもいいのではないか——。

そう思うものの、安田はケチをつけられる立場にない。海斗は息子ではあるが、一緒に暮らしてはいない。そもそも、これまで父親らしいことはひとつもしてこなかった。そんな自分が、デジタル機器の使用についてあれこれ言ったとて、亜美は聞く耳を持たないだろう。

「なに見てるんだ」

声をかけると、イヤフォンを外した海斗が「えっ？」と安田を見た。

「なんか言った？」

「いや。なに見てるのかと思って」

「ゲームの」

それだけ言って、海斗はまたイヤフォンを耳にねじこんだ。

ゲームの、なんなんだ。

息子とはいえマナー違反だろう、と思いながらも、こっそり海斗のスマホ画面を覗いた。アクションゲームのプレイ動画らしきものが映っている。おそらくは、ゲーム実況と呼ばれるものだろう。若いころは安田も視聴していた。お気に入りの配信者もいた。いつの間にか見なくなったのは、大人になったせいだろうか。それとも、楽しむ心の余裕がなくなったせいか。

腕時計は四時半を示していた。離婚した後、半年だけ付き合った女からもらった無名ブランドの時計だ。スロットの景品だと言っていた。その女と別れてから二年が経つ。安物のせいかしょっちゅう時刻がずれるので、年に数回は時刻合わせをしている。

釣果《ちょうか》ゼロのまま、日没が近づいていた。どれだけ川面を睨んでも、獲物が食いつく予感はない。

「早いけど、飯にするか」

さっきはこちらの声が聞こえなかった様子の海斗だが、今度は一発で聞こえたらしい。待ってました、と言わんばかりに、慣れた手つきでリールのハンドルを回す。毎月面会日のたびに付き合わされているのだから、扱いには慣れている。道具は毎度、安田の私物を貸していた。

片付けはものの五分で終わった。安田と海斗で手分けして釣り道具を持ち、コインパーキングまで歩く。頭のなかですばやく料金を計算する。三時間で千三百二十円。発泡酒八本分か、と虚しい感想が湧いてくる。

歩いている間は二人とも無言だった。昔は安田がなにかと話題を探していたが、いつからかそれもやめた。実の息子に媚びているようで、馬鹿らしくなったからだ。

暮色《ぼしょく》の空の下、コインパーキングでは離婚前に買った愛車が待っていた。軽自動車ではなくコンパクトカーを選んだのは、子どもの成長を考えてのことだった。安田しか乗らない今となっては、維持費の安い軽でよかったと後悔している。

荷物をラゲッジスペースに積みながら、食事の場所を考えた。海斗と会う時の夕食は、食べ放題の店を選んでいる。量を食わせれば不満は口にしないだろう、という安易な考えだった。ファミレスにしないのはせめてもの見栄である。海斗に対して、ではなく、後で海斗から話を聞くであろう亜美に対する見栄だ。

「焼肉としゃぶしゃぶ、どっちがいい？」

海斗は「焼肉」と即答した。

「じゃあ、先月と同じ店でいいか」

返事はない。安田はその反応を肯定と受け取った。運転席に乗りこむと、海斗は助手席ではなく後部座席に座った。これも毎度のことだ。隣りあわせだと気まずいからだろう。別に構わない。気詰まりなのは安田も同じだった。

「車、出すぞ」

後部座席からの応答はなかった。


安田が大城《おおしろ》亜美と離婚したのは、四年前のことだった。

フリーの事件記者である安田の仕事に、時間外という概念はない。事件が起これば、早朝だろうが深夜だろうが現場に駆けつけ、関係者に話を聞く。取材先で何日も泊まりこみ、ほうぼうを駆けずり回って記事を書く。その繰り返しである。自宅で寝るのは月のうち一週間ほどで、それは今も同じだった。

亜美との同棲をはじめたころから家事はほとんどしておらず、結婚後もそれは変わらなかった。父親になることは、最初から想定していなかった。子どもが欲しいと思ったことは一度もないし、育てるつもりもなかった。自分の父親が育児に参加した記憶もないし、そもそも男の育児など、給与が保証されている会社員や公務員の特権だと思っていた。

だから、妊娠したようだと亜美から聞かされた時、安田は喜ぶことができなかった。しばらく呆けたようにぽかんと口を開け、そうか、とつぶやいただけだった。その時の亜美の表情は覚えていない。ただ離婚の話し合いをしている最中、あの時からヤバいと思ってた、と聞いた。

生まれた息子に海斗という名をつけたのは、亜美だった。安田は提案された命名案を、すべて肯定した。なんでもよかったし、自分に口を出す権利はないと思っていた。育てるつもりはなかったし、育てないくせに命名だけ口出しするのも傲慢に思えた。海斗を産んで間もなく、亜美は安田に一切の相談をしなくなった。

安田は幼いころの海斗のことをなにも知らない。いつずりばいがはじまったか、いつ言葉をしゃべったか、いつ歩きはじめたのか。保育園になんという友達がいて、なんのキャラクターが好きで、どんな菓子が好きか。ひとつも知ることなく、事件現場に駆けつけては記事を書いた。亜美はアパレルショップのスタッフとして働きながら、一人で息子を育てた。

海斗が三歳の誕生日を迎え、多少は手がかからなくなってきたころ、亜美から離婚を切り出された。決意は固かった。

――あんたには父親の資格がない。

面と向かって言われた時は、頭に血が上った。たしかに無関心ではあったが、父親というのはそういうものだろうと思っていた。安田も亜美も譲らず、最後は怒鳴りあいになった。

海斗の親権は亜美が持つ。養育費として、海斗が成人するまで月三万円を安田が支払う。安田が海斗と面会できるのは月に一回。さんざん揉めた末に、そういう条件で離婚が成立した。

当時は心底腹が立ったが、四年経った今なら亜美の気持ちがよくわかる。自宅に寄り付かず、思いやりもなく、たいして稼ぎがあるわけでもない。たまに顔を合わせれば険悪になる。そんな夫と一緒にいる意味などない。

だが、みずからの行動を後悔はしていなかった。というより、安田にはこうする他になかった。海斗が生まれた時から、遅かれ早かれ、こうなる運命だったのだ。


午後五時前、人形町《にんぎょうちょう》の焼肉店は空いていた。

安田たちは窓側のボックス席に通された。安田が奥に腰を下ろすと、海斗は正面を避けるようにはす向かいに座った。この店には先月も来た。安田はメニューも見ず、税込み五千円の黒毛和牛食べ放題コースを注文した。現在の懐具合で楽しめる、最大限の贅沢だった。無気力なスタッフが、「お飲み物は?」と尋ねる。

「ノンアルコールビールで」

食後に海斗を送らなければいけないため、アルコールは飲めなかった。海斗はコーラを頼んだ。

ひと皿目は盛り合わせが来るとかで、しばらく待つことになった。

海斗はぼんやり外を眺めている。窓の向こうに広がっているのは、お世辞にも面白い風景とは言えなかった。枯れた植え込みや汚れた電柱、ひび割れた道路があるだけだ。

「動画はもう見ないのか」

「電池がなくなりそうだから」

「いいもんあるぞ」

安田はショルダーバッグから、モバイルバッテリーを取り出した。バッグにはノートパソコンやICレコーダー、カメラも入っている。事件はいつ、どこで起こるかわからない。どんな状況でも取材ができるよう、道具は常に持ち歩いていた。

「貸してやる」

テーブル越しにバッテリーを突き出すと、海斗は「ありがとう」と受け取った。その表情がどこか寂しげなのを見て、あれ、と思う。もしかしたら、自分と話がしたかったのだろうか。だが今さら返してくれとも言えず、安田は息子がスマホを充電する手つきをただ見ていた。

安田と海斗は、互いのスマホの番号を知っている。初夏の面会で初めてスマホを持参した海斗に、安田から番号の交換を申し出たのだ。話したかったわけではなく、迷子にでもなった時のための保険だった。これまで電話をかけたことは一度もない。

最初に飲み物が運ばれてきた。乾杯もせず、互いに勝手に飲みはじめる。ノンアルコールビールの味気なさには慣れないが、冷えた炭酸水というだけで爽快さは感じられた。海斗はコーラをストローでちびちび飲んでいる。やがて、肉の盛り合わせと白飯が来た。すかさず安田はトングでカルビをつまみ、網の上に置く。肉が焼ける音で早く沈黙を埋めたかったが、まだ十分に熱されていなかったせいか、煙は出なかった。

「どうなんだ、最近は」

仕方なく問いかけると、「なにが?」と無気力な答えが返ってきた。

「学校とか、どうなんだ。友達はいるのか?」

「いるよ」

「お母さんの様子は?」

「普通だけど」

まるで取り調べだな、と安田は思う。実際の取り調べを見たことはないが、たいていの容疑者の応答も、きっとこんなものだろう。黙秘ではないが、情報はゼロに等しい。まともな答えを返してこないのは、本当に話す事柄がないのか、それとも、家族ではなくなった男に言うべきことなどないと判断しているからか。真意は測りかねたが、それ以上突っ込む気力はなかった。

安田は焼けた肉の八割を海斗の皿に載せた。脂っぽいカルビなど数切れ食べれば十分だ。三十代の半ばに差しかかってからというもの、めっきり食欲が落ちた。その割に体重が減らないのが不思議だった。

海斗は黙々と食べていたが、唐突に「この間」と言った。

「なんだ？」

躊躇するような間があった。待っていると、仕切り直すようにもう一度「この間」と海斗が言った。

「お母さんの好きな人と会った」

安田はトングを手にしたまま、しばし動きを止めた。

いずれ、そうなるだろうとは思っていた。亜美はまだ三十三歳だ。海斗が小さいうちは仕事と育児で手一杯だったろうが、そろそろ新しい恋人をつくってもいい時期だった。安田は他人事のようにそう思っていたし、実際他人事だった。

しかしいざ、亜美に〈好きな人〉がいるのだと知ると、頭の芯に痺れるような感覚が走った。海斗から聞かされたせいもあるかもしれない。

「どんな人だった？」

「ちゃんとした服、着てた」

安田は思わず自分の身なりを確認する。染みのついたトレーナーに、裾の擦り切れたデニム。髪は二か月切っていない。顎に触れると、無精髭が指先に当たった。まともな社会人にふさわしい服装だと、胸を張ることはできなかった。

「その人、仕事の人？」

「わかんない」

「顔、かっこよかった？　芸能人の誰かに似てた？」

「お母さんに訊いて」

海斗はむすっとした顔で返した。

内心、無遠慮に質問しすぎたことを反省する。事件関係者への取材ならもう少しうまくやれるのだが、プライベートとなると勝手が違う。脂の少なそうなタンやハラミをつまんで、しばし咀《そ》嚼《しゃく》した。

そのうち海斗はまたイヤフォンをして、動画を見はじめた。食事中に見るのはマナー違反だと思ったが注意はしない。むしろ安田も心置きなくスマホを触ることができた。

仕事関係のメールが何通か来ていた。日曜の夕方だが、ライターや編集者に曜日は関係ない。いちいち気にしていたら雑誌は作れない。それでも十年前に比べれば、皆、きちんと休みを取るようになったほうだ。当時、出版社のフロアにはお盆だろうが年末年始だろうが人がいた。

ほとんどは急ぎの返信を要しないメールだった。だが、最も新しいメールの送り主を見た瞬間、安田の心拍数が心持ち上昇した。送り主の名は三品文雄《みしなふみお》。〈週刊実相《じっそう》〉のデスクで、安田にとっては最も付き合いの長い編集者であり、上得意先でもある。三品からの連絡は主に二種類だった。飲みの誘いか、原稿の依頼。

メールを開いてみると本文は二行しかなかった。

――ヤスケン、これ取材できる？

そっけない文章の下に、URLが貼りつけられていた。取材できるかと訊かれれば、答えは一つしかない。出版社へ売り込むのが常のフリー記者にとって、仕事を振ってくれる編集者ほどありがたい存在はなかった。

URLをタップすると、ニュースサイトへ飛んだ。配信時刻は三十分ほど前だった。

〈亀戸で通り魔、七人が死傷〉

見出しに目を疑う。同時に、すべての意識が文面に持っていかれる。店内に立ちこめる煙も、入店のベルも、海斗の存在すらも忘れて、安田は記事に集中した。

きょう午後三時ごろ、東京都江東区亀戸の路上で、男が通行人を刃物で切りつけ、少なくとも三名が死亡、四名が負傷した。

警視庁城東署によれば、殺人の疑いで現行犯逮捕されたのは深瀬礼司容疑者、三十五歳。犯行の動機は不明だが、調べに対し深瀬容疑者は「死刑になりたい」などと供述しているという。

頭から三度読み、キーワードを頭に叩きこんでいく。三名もの死者を出した無差別殺傷事件は、この数年例がない。今ごろ、メディア各社は大騒ぎになっているはずだ。明日の朝刊一面は間違いない。臨時ニュースを流したテレビ局もあるだろう。事件記者として、指をくわえて見ている場合ではない。

「ちょっと電話してくる」

海斗の返事も待たず、店の外に出た。歩きながら三品の番号を呼び出す。一コールで相手は出た。

「おう、ヤスケン。悪いね、日曜に」

酒焼けした声が返ってくる。

「遅くなってすみません」

「で、どう？　いけそう？」

「やらせてください」

「頼もしいね。とりあえず一報、木曜の午前中によろしく」

土曜発売の〈週刊実相〉では、校了期限が毎週木曜の夕方に設定されている。あと丸四日もないが、これくらいの急な依頼はザラだった。

「とんでもない事件じゃないですか。シリーズ化、いけるんじゃないですか」

「それはまあ、ヤスケンの原稿次第だな」

にやつく三品の顔が浮かんだ。

この男には、シリーズ連載や他誌への紹介を匂わせる癖があった。要は、新しい仕事を餌に記事のクオリティを吊り上げようとしているのだ。そして目の前に餌をぶら下げられた安田は、晩秋のシーバスよりもずっと食いつきがよかった。

「任せてください」

瞬時に頭のなかで予定を組み立てる。

まずは現場へ直行する。幸い、人形町から亀戸は近い。事件発生からすでに三時間近く経っているのは痛いが、運がよければ目撃者が見つかるかもしれない。もっと早くニュースを見ていれば、と反射的に悔やむ。隅田川テラスで呑気に釣り糸を垂れている場合ではなかったのだ。

店内に戻った安田は腰も下ろさず、動画を見ている海斗に声をかけた。

「腹いっぱいになったか？」

箸はすでに止まっているようだった。海斗は「もういい」と答えた。

「早いけど、出ていいか。仕事が入った」

いやも応もなく、安田はさっさと会計を済ませた。行くと決めれば一秒でも惜しい。海斗を連れてコンパクトカーへ戻り、運転席で亜美に電話をかけた。

アパレル店員という仕事柄、亜美は土日に働いていることが多い。もしかしたら出ないかもしれないと思ったが、幸い、何度かコールした後に「はい」と返ってきた。短い一言にもとげとげしさを感じる。

「おれだけど」

「なに？」

「仕事に行かないといけなくなった。これから亀戸に行く」

「そう。それで？」

「このまま海斗を連れていく」

いつもなら家まで送っていくところだが、母子の家がある練馬《ねりま》まで、人形町から往復で一時間はかかる。時間を浪費している余裕はなかった。

「なに言ってんの」

案の定、亜美は苛立ちを露わにした。

「すぐに終わる。九時までには帰すから」

「仕事に海斗を付き合わせないで」

「だったら亀戸まで迎えに来てくれ」

「馬鹿じゃないの。そういうところが嫌いなの」

これ以上話しても埒が明かない。そう判断した安田は一方的に通話を切った。すぐに亜美から電話がかかってきたが無視する。自分でもひどい元夫だと思う。だがこれ以上、時間を食うわけにはいかない。取材のチャンスは今しかない。

車を出しながら、後部座席に話しかける。

「悪い。仕事行くから、しばらく車で待っててくれるか」

「わかった」

ルームミラーを覗くと、海斗は平然とスマホをいじっていた。父母の事情など彼にとってはどうでもいいようだった。

新大橋《しんおおはし》を渡って直進し、西大島《にしおおしま》で左折する。

明治《めいじ》通りを北上している間も焦りは募った。すでに現場は、他の記者に荒らされている可能性が高い。事件直後、真っ先に現場に到着するのは警察とのパイプがある新聞社やテレビ局の記者と決まっている。一方、フリーの記者である安田には事件現場の番地すらわからない。周辺情報から見当をつけるしかなかった。

亀戸駅へ近づくにつれて、車道が渋滞してきた。

停車中、右手でスマホを操作してＳＮＳの投稿を検索する。ここ十年で、ＳＮＳは最も早く情報を伝達する媒体となった。事件取材でも不可欠なツールだ。ただし情報精度はまちまちであるため、鵜呑みにはできない。

〈亀戸　通り魔〉で検索すると、大量の投稿が見つかった。ニュースを引用して一言つぶやいているような、安田にとってはまったく無用の投稿が大半である。画面をスクロールして、次々に投稿を閲覧する。

現場に居合わせたと思しき人物の投稿が、いくつか見つかった。

〈亀戸の犯人見た　怖かった〉

〈ホコ天歩いてたら突然人が逆流　通行人が刺されたらしい　日本の治安ヤバい〉

〈通り魔のせいで亀戸の歩行者天国が終わらない〉

ネットで検索してみると、明治通りの亀戸駅北側──通称十三間《じゅうさんげん》通り──では、日曜祝日の正午から午後五時まで歩行者天国になっていることがわかった。そこが事件現場になったため、午後五時を過ぎた現在も封鎖されており、車が通り抜けることができなくなっている。

犯人の深瀬礼司は、歩行者天国という通行人が密集する環境を狙って凶行に及んだのだろうか。手あたり次第に通行人を殺傷しようと考える人間にとっては、好都合といえるかもしれない。もしそうだとすれば、突発的に事件を起こしたわけではなく、多少なりとも計画性があったことになる。

　さらに、画像データを添付した投稿にしぼって閲覧する。スマホが普及した現代では、プロの記者よりも現場に居合わせた一般人のほうがいい写真を撮ることもしばしばである。カメラの素人でも、事件直後の混乱を鮮烈に写し取った一枚は撮影できる。最近ではスマホに搭載されたカメラの性能も高いため、画質にも問題はない。

　ある投稿には、車道に倒れた男女を写した一枚が添付されていた。奥では、髪の長い女性がうつぶせになっている。手前には仰向けに倒れた初老の男。さらに手前では救急隊員たちが行き交っている。その投稿には、大手紙社会部のアカウントから、画像の使用許諾を求める返信がついていた。全国に情報網を持つ大手メディアであっても、自前ではここまで臨場感のある写真は撮れないだろう。

　安田は画像をダウンロードしてから、背景を拡大した。注目したのは、被害者たちの背後にあるラーメン店だった。このラーメン店を目印にすれば、事件現場が特定できる。地図アプリで店の名前を検索すると、駅の北側にあることがわかった。

　これで、現場の位置はおおよそ把握できた。現在地から十三間通りのラーメン店までは歩いて十分とかからない。ここから先は徒歩のほうがいい。

　安田は最寄りのパーキングを探し、車を停めた。後部座席を振り返ると、海斗が出発前と同じ姿勢でスマホを見ていた。

「一、二時間で戻るから車にいてくれ」

「どこ行くの?」

「近くで仕事してる。勝手に外に出るなよ」

海斗が頷くのを確認する時間すら、もどかしかった。安田は勢いよくドアを閉め、駅の北側へ向かって駆け出す。日はとうに沈み、辺りは夜闇に覆われていた。

明治通り沿いを走っていると、路傍に停められた警察車両や、行き交う制服警官たちを見かけるようになった。さらに進むとロータリーがあり、そこから先の車道は通行止めになっている。すでに午後六時を過ぎているが、歩行者天国の柵の手前に警察官たちが立ちはだかり、車の侵入を阻んでいた。通り過ぎる自動車のヘッドライトが、警官の着用する反射材入りのベストを照らした。

ふと横を見ると、歩道は素通しのようである。一部の道路が封鎖されているせいか、狭い歩道に人があふれかえっている。安田は何食わぬ顔で人混みにまぎれ、歩道から十三間通りへと入った。

数メートル進むと、異様な光景が広がっていた。

四車線の道路上には立ち入り禁止テープが張られ、その外側に、百を優に超える野次馬たちが群がっていた。周辺はスマホを高く掲げて写真を撮ろうとする者、声高に電話で話す者、立ち話をする者などが入り交じり、混沌としている。車道に面した店はほとんどが営業しているが、妙に人の出入りが激しく落ち着かない。まるで祭りの夜だった。

安田はショルダーバッグからミラーレスの一眼カメラを取り出し、右手で頭の上に掲げた。同時に、左手で野次馬をかき分けながら前へ進む。現場を一目見るため、あわよくばカメラに収めるためだ。

「すみません。通してください」

叫びながら強引に前進する。背中と背中の間のわずかな空間に肩をねじこみ、ひるんだ隙に足をこじ入れる。誰かが舌打ちをしたが、構っている暇はない。現場で遠慮していたら、いつまでも情報は手に入らない。

「関係者です。お願いします、道を空けてください」

口にしている言葉はでまかせに近いが、事件を取材しているのだから、ある意味関係者には違いない。

十分ほどかけて、ようやく野次馬の最前列までたどりついた。

規制線の向こう側には警察車両が密集し、その間で制服の警察官、それに鑑識員と思しき男たちが立ち働いている。救急隊員は数名だけだった。路上に残された赤黒い血痕が、間違いなくここが事件現場だと証《あか》していた。

安田はカメラのファインダーを覗き、立て続けにシャッターを切る。写真は撮っておくに越したことはない。事件直後の生々しい一枚は編集者に喜ばれる。それに自分で撮った写真なら、使用のために許可を得る必要もない。周りにいる野次馬の大半も、スマホで写真を撮っていた。

「おい。撮るな」

背後から何者かに肩をつかまれた。振り返ると、体格のいい壮年の男だった。制服は着ていない。警察や救急の関係者ではなさそうだった。

「恥を知れよ。人が亡くなってるんだぞ」

そう言う間も、近くからスマホの撮影音が聞こえた。男が顔をしかめる。

「わざわざそんな、カメラまで持ち出して……モラルがない。撮るのはやめろ」

安田は抵抗せず、会釈をしてその場を離れた。撮りたいものはすでにだいたい撮れている。それに、こういう時は反論をしないと決めていた。メディアの者です、などと言えば、どこの記者だとさらに問い詰められることになる。まともに相手するだけ時間の無駄、というのが安田の持論だった。

野次馬の群れから離れ、周囲を見回す。現場周辺の雑然とした雰囲気も、念のためカメラに収めておく。後々なにが役に立つかわからない。

ひとしきり撮影を終えた安田は、ふたたびスマホを手にした。次は聞き込みだ。

事件に居合わせた通行人に訊けれぱ好都合だが、さすがにもうこの場から離れているだろう。すでに事件発生から三時間以上が経っている。稀に、現場に残って証言したがる目立ちたがり屋もいるが、そういう人間の証言はあまり当てにならない。

狙いは周辺店舗の従業員だった。それも、人の出入りが少なそうな店がいい。コンビニやチェーン店では落ち着いて話ができない。安田はうろうろと歩きながら、ビルや商店の様子を窺う。おそらく、一階にある店舗はすでにマスコミに荒らされている。二階以上の店舗は足を運ぶ手間がかかるため、まだ先客が訪れていないかもしれない。

事件現場に面した雑居ビルの三階に、個人経営と思しき中華料理店が入っているのを見つけた。ビルの前では老人が煙草を吸っていた。横をすり抜け、年代物のエレベーターで店のあるフロアへ上がる。

中華料理店の入口前では、三人の男女が立ち話をしていた。手前にいるのは、白いシャツを着た記者らしき男と、カメラをかついだ男の二人組だった。見るからに大手メディアの取材班である。その向こう側で、エプロンをつけた中年女性が応対していた。白シャツの記者は懸命に女性へ話しかけている。

安田は店の前に置かれたメニュー表を覗くふりをして、聞き耳を立てた。

「そこの窓から、現場を見下ろすことができるはずですが」

記者は懇願するような声音だった。女性は「仕込み中で見てないよ」とすげなく応じる。

「かなりの騒ぎになっていたと思うんですが、聞こえなかったですか？」

「さあね」

「物音とか、悲鳴とか……」

「わかんないよ。食べないなら、帰ってくれる？」

記者が「あのう」と食い下がるのも聞かず、女性は店のなかへ去った。取材班の二人組と目が合う。安田は「すみません」と声をかけた。

「もしかして、テレビ局の方ですか？」

記者がカメラマンに視線を送ってから、「そうですが」と応じる。あらためて観察すると、記者は安田と同世代か、少し若く見える。

「近くにお住まいの方ですか？」

あきらかに、記者は安田が目撃者ではないかと期待している。安田は慌てて「そういうわけじゃないんです」と手を振った。

「実は同業でして」

「はあ」

「フリーの事件記者をやっています」

安田はすばやく、懐から名刺を差し出した。自前のプリンターで印刷したため、インクが若干かすれている。記者は受け取った名刺をしげしげと眺めてから、自分も革の名刺入れを取り出した。

「東邦《とうほう》テレビの岸根《きしね》です」

先ほどよりも、いくらかぞんざいな口ぶりである。相手が近隣住民ではないとわかって、落胆したようだった。安田は腰を低くして「頂戴します」と受け取る。

「ご挨拶できて光栄です。邦テレさんには、古い知り合いがいまして」

「そうですか」

「キャリアだけはそれなりに積んでいるんで、お役に立てることもあると思います。よかったら以後、情報交換させてください」

岸根は「ぜひ」と愛想笑いを浮かべて、エレベーターへ去っていった。

事件現場での人脈づくりは、フリーの記者にとって命綱である。特に大手メディアは警察や官公庁、業界団体などの記者クラブに所属しているため、個人ではとうてい入手できない情報が回ってくる。足で稼いだネタと引き換えに、そうした貴重な情報を手に入れるのが安田のやり方だった。

彼らが去った後、安田は客として店に入った。さほど広いとはいえない店内は、三割程度の入りだった。平然とカウンターに着席し、さりげなく十三間通りに面したガラス窓があることを確認する。ここからであれば、事件の一部始終を明瞭に観察することができそうだ。

先ほどの、エプロンをした女性が水を持ってきた。取材の件はおくびにも出さず、「八宝菜定食」と注文した。待っている間に店内を観察する。女性は接客担当で、厨房には別に誰かがいるらしい。会話から察するに、男性が二人いるようだった。

やがて定食が運ばれてきた。腹は減っていないが、なんとか食べきった。注文したものはすべて食べるのが礼儀だ。空になった皿をテーブルの端に寄せ、再び女性を呼び止める。

「すみません。アイスコーヒー」

厨房へ行きかけた女性は、ふと足を止めて振り返った。

「あなた、記者さん？」

安田が答えに詰まると、「図星だ」とにっと笑った。

「……よくわかりましたね」

「見ない顔だから。初めてだよ、記者の人がご飯食べていってくれたの」

取材先に金を落とすのは常套手段、というより、安田にとって常識だった。飲食店なら食事をする。小売店ならなにか買う。向こうはビジネスとして店を開けているわけだから、協力してもらう以上、金を落とすのは当然だった。もちろん、協力が得られないからといって怒るのも論外だ。

どうやって話しかけようかと思案していた矢先だったので、女性から声をかけてくれたのは好都合だった。安田は申し訳なさそうに眉をひそめる。

「気分を害されたらすみません」

「そうじゃないのよ。なにか訊きたいんだったら、教えてあげようと思ってね。混んでくる前だし、訊くなら今だよ」

安田にとっては願ってもない申し出だった。今回の取材は幸先がよさそうだ。「お願いします」と頭を下げ、名刺を差し出す。女性は名刺には興味がないらしく、一瞥してエプロンのポケットにしまった。それから厨房になにか声をかけ、隣の席に座り、肉付きのいい腕をカウンターに載せた。

じき、奥にいた若い男性がアイスコーヒーを持ってきてくれた。女性は店主の木下《きのした》だと名乗ってから、「どうぞ」と促した。安田は了解を取ってから、ICレコーダーのスイッチを入れる。

「では……事件があった時刻、木下さんはお店にいらっしゃいましたか」

「うん。仕込みの最中だった。うちの店は旦那とわたしと息子でやってるんだけどね。さっきコーヒー持ってきたのが、息子。営業中は旦那が奥で料理作って、わたしが客の応対をするんだけど。うちは二十年前からやってて、客は常連がほとんどだし……」

無関係な話が長くなりそうなので「すみません」と遮った。店内の客が少ないうちに、話を聞いてしまわなければならない。

「事件のことなんですが。そこの窓から目撃されたんですか？」

「そうそう。悲鳴が聞こえてさ。なんだろうと思って外見たら、歩行者天国が大騒ぎになってたんだよ」

「事件発生は十五時前後とされていますが、時刻は覚えていますか」

木下は腕を組んでうなった。実のところ、この質問自体にはあまり意味がない。質問相手が焦って答えないよう、思い出す時間を与えるのが目的だった。

「正確にはわかんない。悲鳴がしたのは三時過ぎてたと思うけど」

「ありがとうございます。もう少し、その時の様子を訊いてもいいですか」

質問の序盤では、できるだけ開けた質問をする。いきなりイエスかノーかで答えるような質問をすると、得られる情報が狭められてしまうし、圧迫感を与えやすい。漠然とした問いかけからはじめるのが安田のやり方だ。

「様子、ねえ……とにかく、ぐちゃぐちゃだったよ」

「ぐちゃぐちゃ、というと」

「歩行者天国の時は、いつも混雑してるけど人の流れは整ってるわけよ。等間隔で歩いててさ。でも犯人がいきなり刃物振り回したから、もう混乱よね。いろんなところから悲鳴がして。駅の方角と、その逆側にわーっと人が逃げていって。その間に犯人と刺された人がいるって感じだったな」

「刺されたのはどういう人でしたか?」

「顔とかはわからないけど、子どもがいた」

被害者に子どもが含まれていることは初耳だった。

「何歳くらいの子どもでしたか」

「まだ小学生かな。髪が長いから女の子だと思う」

「刺された後の様子などは?」

「お父さんだと思うけど、男の人に抱きかかえられてたね。その人は血まみれになっていて、必死で女の子に呼びかけていた。女の子はぐったりしてね……見てられなかった」

臨場感のある証言だ。安田はさらに掘り下げる。

「他の被害者の方の様子は？」

「あんまり覚えてない。ぱっと見ただけで、三人くらいは倒れてたと思う。その子も入れてね。おじさんが一人いた気がするけど、後は覚えてない」

その後も被害者について追加で質問をしたが、木下は「覚えてない」と繰り返すだけだった。

「では、犯人の様子はどうでしたか」

「どう……とりあえず、同じ場所をうろうろ歩き回ってたよ」

「窓の真下あたりですか」

「いや、あの辺」

カウンターから木下が指さしたのは、車道の中央だった。

「リュック背負って、両手に包丁持って、あっち行ったりこっち行ったりして。その包丁の先端から、ぽたぽたって血が滴《したた》っててね。怖かったよぉ。遠目からでも、あれはまともな人間じゃないってわかったもん」

木下の証言は時系列が前後することもあってわかりにくかったが、話を整理すると、事件発生時の犯人――深瀬礼司の行動が徐々に見えてきた。

混み合う路上にまぎれた深瀬はまず、手近なところにいた男をいきなり包丁で切りつけたらしい。木下は事の起こりを目撃していないため不確実だが、悲鳴の後に人が逃げていく場面を見たということは、通行人たちは事件を予期できなかったのだろう。その後も何人かを襲い、深瀬は数分のうちに七名の人々を傷つけた。切られながら逃げた者もいたが、数名は路上に倒れたまま動かなかった。潮が引くように深瀬の周辺から通行人たちがいなくなると、以後はただ歩き回っていたらしい。

「警察が到着したのはいつでしたか？」

「悲鳴がしてから、五分か十分経ったくらい。遅いな、と思ったよ。すぐ近くに交番があるのに」

木下は憤慨している。

「警察官は何名来ました？」

「最初は二人。一人はさすまたっていうのかな、長い棒みたいなの持ってた。聞こえなかったけど、なにか犯人に話しかけてるみたいだった。そのうちサイレンが聞こえて、パトカーとか救急車が来て。警官が十人くらいまで増えた時に、いきなり犯人が包丁を地面に投げ捨てたんだよ。その二、三秒後には取り押さえられてたね」

「自分の意思で投げ捨てたんですか？」

「たぶん。警察との会話は聞いてないけど」

記事によれば、深瀬は取り調べで「死刑になりたい」と供述していたという。

もしもこの事件の目的が死刑にあるのなら、三名を殺害した時点で深瀬の目的は実質的に達せられたことになる。

死刑判決には、いわゆる「永山《ながやま》基準」が適用される。一九八三年に最高裁が示した基準であり、殺された被害者の人数、殺意や計画性、動機、遺族の被害感情などの九項目から成る。ただし実質的には殺された被害者の人数が重視されることが多く、被害者が一名なら無期懲役、二名なら死刑の可能性が高まり、三名以上ならほぼ死刑確実、というのが俗説だった。

深瀬がみずから凶器を手放したのは、それ以上殺しても死刑という結果が変わらないためだろうか。もっとも、深瀬が量刑のことまで考えて行動できる冷静さを保っていたかは定かでない。

「その後は？」

「その後って、そこまでだよ、わたしが見てたのは。とりあえず犯人は捕まったから一安心だってことで、仕込みの続きをやってた。通り魔が出ようがなんだろうが、店を開けりゃお客さんは来るからね」

木下への聞き取りはしばらく続いたが、以後、めぼしい情報は得られなかった。それでも事件直後の状況がわかったのは収穫である。安田は食事の代金を支払い、丁重に礼を言って店を出た。

――死刑になりたい。

安田の頭のなかでは、その一語が反響していた。

これまでにも、一部の凶悪犯が動機として死刑を引き合いに出したことがある。安田は常々、その真意を測りかねていた。死ぬことだけが目的なら、自殺する手段はいくらでもある。どうせ死ぬなら、周囲に最大限の迷惑をかけてから死にたい、ということだろうか。しかしそれなら、犯行直後に自殺を選んでもいいはずだ。遺族からの憎悪と世間の非難を一身に浴びてまで、死刑を選ぶのはなぜか。

長らく事件記者を生業《なりわい》としている安田でも、答えが出せない謎だった。

いくつかの飲食店で門前払いを食らい、諦めてパーキングへ向かった時には午後八時を過ぎていた。亀戸駅北側の交通規制はいまだ解かれていなかったものの、路上に集まっていた野次馬たちの大半が去り、辺りは静寂を取り戻しつつあった。三人が命を落とした大事件の後でも、社会は平然と回り続ける。

安田は歩きながら、海斗を送っていくために首都高を使うべきか悩んでいた。練馬まで首都高を使えば、亜美に約束した九時にはどうにか間に合う。だが、たかだか十分や二十分早く到着するために数百円使うのももったいない。どうせ遅くなるのだから、九時も九時半も一緒だ。そう結論を出して、下道を使うことにした。

人気《ひとけ》のないパーキングを横断する。コンパクトカーを解錠しようとして、すでに鍵が開いていることに気付いた。瞬間、頭にいやな予感がよぎる。

「海斗?」

呼びかけながら後部座席のドアを開けたが、そこには誰もいない。座席にはモバイルバッテリーだけがぽつんと残されていた。血の気が引く。

「やめてくれよ」

つぶやきながら、安田は周辺を見渡した。パーキングは無人だった。迷子。事故。誘拐。不穏な言葉が頭のなかを巡る。海斗の無事より先に、亜美にどう説明しよう、と考えてしまった自分に嫌悪感を抱く。

「海斗！　いるか！」

名前を呼びながらパーキングの周辺を歩き回ったが反応はない。驚いた通行人の女性が足早に去っていくだけだった。

晩秋の夜、汗みどろで息子を捜した安田は、数分経ってようやくスマホの存在を思い出した。ショルダーバッグに入れっぱなしにしていたスマホは充電が切れていた。後部座席に身体を突っ込み、モバイルバッテリーにつないで充電する。電源がつくのをもどかしい思いで待った。

起動したスマホの画面に表示されたのは、着信履歴だった。海斗の番号からだ。三十分前に一度、十五分前にもう一度。安田は反射的にかけ直した。一度目のコールが終わる前に、相手は出た。

「もしもし?」

海斗の声が返ってきたことに安堵する。心なしか、怯えたような声音だった。

「おれだ。ダメだろ、勝手に車から出たら」

「ごめん」

「どこにいる?」

「あの、コンビニの……緑の看板の……」

動揺する海斗から、どうにか居場所を訊き出した。近くのコンビニの前にいるようだった。

「すぐ行くから、そこで待ってろ」

バッテリーにつないだままスマホをバッグにしまい、コンビニへと駆けた。

店のすぐ前、スタンド看板の前にたたずんでいる海斗を見つけた。心細そうな顔で直立している。その姿を見て、今さらながら胸が痛くなった。生意気に見えても七歳の子どもなのだ。

気になるのは、海斗を守るように背後に立っている女性だった。歳は三十手前といったところか。ベージュのジャケットに黒のスラックスという服装、丁寧に施されたメイクから、まともな社会人という印象を受ける。目つきは妙に鋭い。

「海斗」

安田が近づくと、彼女は剣呑《けんのん》な視線を向けてきた。

「失礼ですがあなたは……」

「すみません。お父さんです」

海斗が弁解するように告げると、女性はいったん口をつぐんだ。

「車から出るなって言っただろ。なんで勝手に出た？」

「ごめんなさい」

「だから、なんで出たんだよ」

「……トイレに行きたくなって」

「あの。ちょっといいですか」

たまりかねたように、女性が切り出した。

「わたし、海斗くんが車に戻れなくて困っていたので、一緒に待たせてもらったんですけど。ずいぶん長い時間トイレを我慢していたみたいですよ。でもお父さんの車を汚しちゃいけないからって、一人で頑張ってコンビニまでたどりついたみたいです」

「……ありがとうございます。感謝します」

安田はようやく、女性が今まで保護してくれていたのだということに思い至る。深々と頭を下げたが、彼女の憤りは収まらなかった。

「部外者が言うのもあれですけど。小さい子を長時間、車に一人にしておくなんて危険だと思いますよ」

「おっしゃる通りです」

女性の指摘に反論の余地はなかった。再度、「反省します」と頭を下げる。

「わたしも別に警察じゃないですし……偉そうなこと言って申し訳ないですけど、でもお父さんもご注意ください。色々忙しいとは思いますが」

最後の一言に、含みを感じた。まるで、安田が忙しい理由を知っているかのような。安田の疑問に答えるかのように、女性は「聞きました」と言った。

「記者さんですよね。今夜もそのために亀戸まで来たんでしょう」

「……海斗から？」

「待っている間に。お父さんは、こういう雑誌に載っている文章を書くのが仕事だと」

女性が指さした先、コンビニのガラス窓の向こうには写真週刊誌の表紙があった。笑顔のグラビアアイドルを、安田は苦い顔で見やる。仕事について詳しく海斗に話した覚えはなかった。きっと亜美が話したのだろう。

「仕事に付き合わせるつもりはなかったんですが、なりゆきで……」

「気持ちはわかりますよ。わたしも記者ですから」

えっ、とつぶやいた安田に、女性は流れるような所作で名刺を差し出した。

〈株式会社関東新報社《かんとうしんぽうしゃ》　編集局社会部　服部泉《はっとりいずみ》〉

関東新報はその名の通り、関東一都六県で販売されているブロック紙である。新聞業界のご多分に漏れず発行部数は年々減少しているが、それでも直近は四十万部台を維持していた。安田が関東新報の記者から名刺を受け取るのは初めてだった。

「失礼、関新《かんしん》さんでしたか。安田といいます」

慌てて安田も名刺を差し出す。服部は手製の名刺をじっと見つめ、丁寧に名刺入れへしまった。

「服部さんも取材で？」

「ええ、まあ」

「そうですか。邪魔をしてしまって申し訳ないです」

謝罪を口にしながら、頭のなかでは服部から情報を引き出す道筋を模索していた。先ほど東邦テレビの岸根と会った時には、まだこちらから差し出せるネタがなかった。だが、今なら弾がある。

「お詫びと言ってはなんですが、あの雑居ビル見えますか」

安田が手で示した方向に、服部が視線を向ける。

「あのビルの三階の中華料理店。そこの女性店主が事件直後の様子を目撃していました」

「新情報があったんですか？」

「被害者のなかに小学生くらいの女の子がいたそうです。まあ、関新さんはすでにご存じかもですが」

被害者の身元はすぐに公表されるはずだ。それに、木下からはすでに取れるだけ情報を取った。服部に紹介しても差し支えはないと判断した。

他の記者に提供する情報は、自分にとってはすでに価値がなく、相手にとって有益と思えるものを選ぶ。スクープを渡さないのは当然だが、一目で不要とわかるような情報では意味がない。その辺りの見極めが難しいところだった。服部は中華料理店の窓を凝視している。きっとこの後、訪問するのだろう。

「貴重な情報、ありがとうございます」

「いいえ。海斗を保護してくださったお礼です」

当の海斗は安田の隣で所在なげに立っている。

「安田さんも、大阪には行かれるんですか」

服部が思いがけないことを言う。

「どういう意味で？」

「深瀬礼司の出身地は大阪なので」

服部は、安田の情報に対するちょっとした礼のつもりで口にしたようだった。記者同士の情報交換は、持ちつ持たれつが原則だ。服部からすれば、お返しをしたに過ぎないのだろう。それに犯人の出身地など明日には報道される。

ただ、大阪という地名は聞き逃せなかった。

「おれと同郷ですね」

安田は生まれてから十八歳まで大阪に住んでいた。上京して二十年弱が経つが、その間大阪に足を運んだ回数は数えるほどしかない。安田の微妙な表情の変化を知ってか知らずか、服部は「土地勘があるのは強いですね」と感心してみせた。

「よければ、連絡してください。大阪を案内しますよ」

安田の社交辞令に、服部は「いいですね」と応じる。

「そろそろ失礼します。また会う時があれば、よろしくお願いします」

服部は去りかけたが、ふと思い出したように「安田さん」と呼んだ。

「子育て、頑張ってください」

それには答えることなく、安田は無言で微笑した。今度こそ服部は歩き出す。規則的なヒールの音が遠ざかっていく。海斗は徐々に小さくなる背中を見送っていた。

「……子育てなんか、したことないわ」

安田のつぶやきは誰の耳にも届かないまま、夜のざわめきに溶けた。


窓外の田園風景は矢のように流れていく。冬の気配を漂わせはじめた山々に、薄茶けた田畑。時おり現れるどこか似通った町。そのすべてが、強風に似た音とともに後方へ消え去っていく。午前十時半に東京駅を発った新幹線のぞみは、西を目指して疾走している。安田が乗るのは四号車。取材費は〈週刊実相〉が持ってくれると三品が言うので、指定席にした。もっとも、原稿がボツなら全額自腹だろうが。

座席に身を委ねた安田の脳裏に、過去、経験した苦い記憶が蘇る。

数年前に起こった、引きこもりの息子による老親殺しだった。事件は世間の耳目を集め、安田はある月刊誌からの依頼で原稿を書いた。

編集者は掲載の約束までしていたのに、いざ原稿を渡してみると「他の記者に頼んだ原稿のほうがいい出来だから」とボツにされた。その編集者は二人の記者に同じ事件の取材を依頼し、気に入ったほうだけを採用したのである。コンペと明言しているならともかく、どう考えてもルール違反だ。

原稿料どころか、取材費すら出なかった。買い手が見つかれば儲けものだと考えて他の編集者にも見せたが、欲しがる編集者は現れなかった。それでも安田は、理不尽な仕打ちを呑みこむしかなかった。表立って不平を漏らせば依頼が来なくなるかもしれない、という恐怖のためだ。二度と仕事が来ないまま、その月刊誌は廃刊になった。

車両は富士山を通過した。到着予定時刻までは一時間以上残されている。移動時間を利用して原稿の下書きをする予定だったが、すぐそこまで忍び寄った睡魔が労働意欲を奪っていた。

昨夜、海斗を練馬のマンションに送り届けたのは午後十時前だった。亜美には事前に連絡を入れていたし、予定より一時間ばかり遅れただけで、大したことはないと高を括っていた。

マンションの玄関で海斗を引き渡した後、亜美に「ちょっと」と引き留められた。亜美は海斗にリビングで待つよう告げてから、安田を連れて外廊下に出た。元妻と浴びる夜風は、隅田川沿いに吹く風よりさらに冷たかった。

「どういうつもり？」

問い詰める亜美の口調には棘《とげ》が含まれていた。

「悪い。遅くなった」

「悪いで済むの？　こんな時間まで連れ回すなんて非常識でしょ。七歳だよ」

「やりたくてやったわけじゃない。仕事の都合だから」

はぁ、と亜美はこれ見よがしにため息を吐く。

「あんた、もう他人だからさ。うるさく言うのも嫌なんだけど」

なら言うなよ、という一言を安田はかろうじて呑みこむ。

「仕事を理由に全部後回しにしてたら、大事なものなくすよ」

「もうなくしてる」

「ふざけないで」

「ふざけてない。付き合わせたのは悪いと思ってるけど、おれは家庭を持つべきじゃなかった。子どもなんかつくるべきじゃなかった」

離婚に向けた話し合いの最中、何度も口にした台詞だった。

そもそも、安田には結婚願望も、父になりたいという欲求もなかった。すべてはなりゆきだ。亜美が婚姻届を持ってきたから、面倒だと思いながらも判を押した。子どもができたのも、安田に言わせれば事故だった。

「ずるいんだよ、あんたは。そう言えば済むと思ってる」

その亜美の言葉も、すでに数えきれないほど聞いていた。そして毎度、安田は反論できない。図星だからだ。

「わたしもうすぐ再婚するんだよね」

安田は「えっ?」と問い返した。あまりにも亜美の発言が唐突だったせいだ。しかし亜美は安田がショックを受けたと思ったらしく、「もっと早くてもよかったんだけど」とどこか言い訳がましく言った。

「いや。再婚って、結婚するのか？」

「それ以外にある？」

海斗の発言を思い出す。ちゃんとした服を着ていたという、〈お母さんの好きな人〉。顔も名前も知らないが、安田よりは家庭に向いているように思えた。どんな男か気にならないと言えば嘘になるが、亜美に直接尋ねるわけにもいかない。

「いいんじゃないか」

亜美は「別にあんたの意見、訊いてないから」と鼻で笑った。

「わたしが言いたいのは、海斗と会うの、そろそろ終わりにしてってこと」

なんだ、という落胆と、そうだよな、という納得を同時に感じた。怒りを覚えなかったことに、自分でも薄情な父親だと思う。

そもそも海斗との面会は、離婚前の話し合いで亜美から言い出したことだった。結婚していた時分から育児に関わってこなかった安田は、離婚後、海斗と会うことを想定していなかった。だが提案を断れば、人として大事なものを失うようにも思えた。いわば、海斗との面会は流れで続けているようなものだった。

「わかった。そうしてほしいなら、そうする」

あまりにあっけない答えだったせいか、亜美のほうが「いやいや」と慌てた。

「別に、今すぐどうこうじゃなくていい。再婚は来年の二月にする予定だから、それまでに終わらせてくれればいい。海斗にもまだ説明してないから、いきなりシャットアウトしたら変にこじらせるかもしれないし」

「海斗だっておれのこと、父親だと思ってない」

投げやりな言い方になったが、それは安田の本心だった。

「こっちにも段取りがあるから。とりあえず、あと二回で終わりにしてほしい。十二月と一月。海斗には次の面会までに話しておくから」

安田は承諾した。最初から異論はなかった。

海斗とは、あと二回しか会えない。なにか特別なことをすべきだろうか。いつもと違う場所へ行ったほうがいいのか。江戸川《えどがわ》区内にあるアパートへ帰る道中、嚙みしめるように幾度も同じことを考えたが、納得できる結論は出なかった。

心の奥底に横たわっているのは、深い諦めだった。結局、自分には父親としてなにもできない。その資格もない。

事件記者の仕事をまっとうできれば、それでいい。

自宅に帰り着いてシャワーを浴び、亀戸連続殺傷事件について調べた。大手メディアからの続報はまだ出ていないが、ネットには真偽の怪しい噂話も含めて、膨大な情報が落ちていた。

とりわけ、犯人である深瀬礼司の身元に関連するものが多かった。通信社が配信するネットニュースによれば、先月まで神奈川県内の自治体で契約社員として働いていたらしい。

関東新報の服部が言っていた、大阪出身という話は事実らしかった。SNS上で、深瀬の知り合いを名乗るアカウントが卒業アルバムの写真を投稿していた。いわく、大阪市内の公立中学校で同級生だったという。その投稿は瞬く間に拡散されていた。

写真に写っているのは、無表情の少年だった。

切れ長の目に通った鼻筋。肌は白く、その分、唇の赤さが際立っていた。前髪は眉の下まで伸びている。ヘアスタイルに気を遣っているわけではなく、ただ伸びるに任せているようだった。

深瀬礼司は現在三十五歳。ちょうど二十年前の写真ということになる。

写真の投稿者を含め、深瀬の元同級生を自称するアカウントはいくつか見つかった。安田はそのなかでも信憑性《しんぴょう》が高いと思われるものをいくつか選び、取材希望のメッセージを送った。数年前から安田は本名でSNSのアカウントを作り、仕事に役立てている。SNS経由で取材を申しこむのはいつものやり方だった。

瞼が重くなりはじめた午前五時、自称元同級生の一人から返信があった。深瀬とは中学の同級生で、三年の時に同じクラスだったという男だ。

儀礼的な挨拶の後に、一言だけ記されていた。

〈大阪まで来てくれるんだったら、取材受けます。〉

眠気が吹き飛んだ。

すぐさま、安田は取材スケジュールを組み立てる。今日は月曜。すぐに新幹線に乗って、今日か明日にインタビューができれば、水曜までには記事が書ける。最悪、取材は木曜の朝でもいい。一時間あれば記事は書ける。

安田は返信を送った。大阪に行くため今日中に取材できないか、という提案だった。相手は夕方なら時間が取れるという。午後五時、梅田《うめだ》にあるホテルのロビーで落ち合うことを約束した。

それから三時間だけ眠り、三品と取材費について交渉した。元同級生の独自インタビューに、三品は食いついた。「取材費はこっちで出すから、なんとかして木曜までに取ってくれ」という言質《げんち》を引き出した。

仕事は順調だ。だが、とにかく眠い。

新幹線の座席に腰かけた安田は睡魔に抗い、草稿を書くためにノートパソコンをショルダーバッグから引っ張り出した。かたわらには着替えや充電器を詰めこんだキャリーケースがある。せっかく大阪に行くのだから、数日滞在して取材をするつもりだった。

パソコンを座席テーブルに載せ、文書ファイルを立ち上げるまではよかったが、一向に文案が浮かばない。事件の断片的なキーワードだけが頭のなかを無秩序にたゆたっている。亀戸。無差別殺傷。死者三名。被害者には児童。悲鳴。血痕。警察。

そして、深瀬礼司。

諦めた安田はパソコンの電源を落とした。粘っても無駄だ。

とにかく、深瀬礼司の身元に関する情報があまりに不足している。三十五歳であること。無職だが、先月まで契約社員として働いていたこと。そして大阪出身であること。手元にあるのはその程度だ。なにを書いても上辺だけの言葉になってしまう。

背もたれに身体を預けて瞼を閉じると、五分と経たず眠りに落ちた。

新大阪に到着したのは午後一時。約束の五時よりかなり早いが、それには理由がある。深瀬の元同級生と会う前に、彼らが通っていた中学校を見ておくためだった。大手メディアでも、いまだ深瀬のプロフィールはほとんど報じられていない。少しでも取材の取っ掛かりを増やしておきたかった。

安田は新大阪から地下鉄で梅田へ移動し、阪急宝塚《はんきゅうたからづか》本線に乗り換えた。ＳＮＳの投稿から、深瀬の通っていた中学校は特定済みだ。旧摂津国《せっつのくに》北部——いわゆる北摂《ほくせつ》地域に、目指す公立中学校はある。

目的の駅で降りた安田は荷物をコインロッカーに入れ、腹ごしらえをすることにした。飲食店で深瀬に関する情報を仕入れる魂胆もあったが、その目論見は外れた。駅前にあった蕎麦屋に入り、食事をしてから老店主に「記者なんですが」と切り出したが、まるで相手にされなかった。

「おれは知らんねん、深瀬礼司のことなんか。五年前にここ来たばっかりなんやから。知りたいんやったら他の人当たって」

すでに、他の記者から深瀬についてさんざん質問をされたようだ。

収穫がないまま蕎麦屋を出た安田は、徒歩で中学校に向かった。戸建てやアパートが建ち並ぶ、なんの変哲もない住宅街である。途中、ラフな服装の男二人組とすれ違った。きょろきょろと辺りを見回す仕草から、直感的によそ者だと感じた。おそらくは同業者。蕎麦屋の老店主の反応からも、多くのメディアが先着しているのはあきらかだった。

中学校に着いてみると、案の定、フェンスの外側から校舎を撮っている白髪の男がいた。道路の真ん中でデジタルカメラを使い、不用心に撮影している。見知らぬ顔だったので声をかけず、遠目に様子を窺った。現在、午後二時過ぎ。校舎内は授業の最中だろう。

じき、校舎の正面玄関から六十代くらいの女性が出てきた。職員だろうか。猛烈な勢いで白髪の男に歩み寄っている。

「あんた、なにしてるん」

「あ、いや、ちょっと撮影していて」

「学校撮ってたやろ。なに勝手なことしてんの。あんた、どこの人？」

「もう結構です。失礼します」

男はデジタルカメラを手にしたまま、駅とは逆方向へ逃げ去る。職員と思しき女性はしばし男を見送っていた。安田は男が遠ざかったのを確認してから、おもむろに女性に声をかけた。

「すんません、ちょっと訊きたいんですけど」

意図的に大阪弁で話しかける。女性は羅刹《らせつ》のような形相で睨んだ。

「なんなん。取材やったらお断りやで」

「いや、ここのOBの人と知り合いで」

今朝SNSでメッセージを交わしただけだが、一応、知り合いには違いない。

「ああ、そう。なにしに来たん？」

「そこの生垣、立派ですねえ。手入れは業者の方が？」

「生徒よ。うちの学校、園芸部があんねん」

「へえ。大したもんや」

聞き込みは雑談から入るのが常套手段だ。関係のない話題から入り、緊張が緩んだところでさりげなく本題を切り出す。

「なんか、昨日あたりから話題になってるみたいですね」

「大変よ。朝からマスコミの人らが来て。帰ってもらうんも楽ちゃうねんで」

「新聞とかテレビとか、バラバラに来るから手間とちゃいます？」

「ほんまよ。来るんやったらまとめて来てほしいわ」

女性はここぞとばかりに愚痴を吐き出した。彼女は古株の学校職員で、普段は経理や総務の事務作業を担当しているが、今日に限っては来客対応に追われているという。よほど不満が溜まっていたのか、十五分ほど延々と一人でしゃべり続けた。安田は傾聴に専念しつつ、隙を窺う。

「しかし、この中学校の卒業生なんか何千人おると思てんのよ。しかも二十年も前に卒業した生徒やで」

「深瀬礼司のことですか？」

「そうよ。職員も先生も、誰も知らんかったで」

「ここに来た記者は、深瀬についてなにか言ってました？」

「何人かに、成績の記録見せろって言われたわ。昔の成績なんかわかるかいな。なんか、学校の勉強はようできたって話やったで」

ひたすら傾聴した甲斐があり、女性の口は軽くなっていた。安田は何食わぬ顔で彼女の発言を頭に叩きこむ。

「部活とかやってたんですかね」

「卓球部やったらしいわ。知らんけど」

「へえ。部長とかやってたんですか」

「さあなあ。ほな、戻るわ」

女性が踵を返す前に、安田は写真撮影を申し出た。「やっぱり取材やんか」と言いつつ、フェンスの外側からであれば、という条件付きで許可してくれた。校舎をいくつかの画角からカメラに収め、中学校を立ち去る。信憑性はともかく、それなりに得るものはあった。

安田は駅へ引き返し、梅田へ戻ることにした。待ち合わせ場所で原稿でも書いて、取材相手を待つ。荷物を回収してホームで電車を待っている間、SNSを確認するとその取材相手からメッセージが来ていた。

〈すみません、今日の取材ですがキャンセルさせてください。〉

無意識に、長い息を吐いた。

取材相手のドタキャンはたまにある。

たとえば信頼できる知り合いの紹介であれば、延期はあっても断られることはまずない。しかしSNSでやり取りしただけの関係となれば、その確率は跳ね上がる。相手にとっても拒否する心理的抵抗感が薄いのだろう。事前に断りのメッセージを送ってくるだけまだ誠実とさえ言えた。

しかしこれでは、大阪に来た主目的を失った格好になる。

〈すでに大阪にいるのですが。ご都合が悪いなら延期でも結構です。〉

安田は食い下がるが、焼け石に水だった。

〈家族から反対されました。申し訳ありませんが、なかったことにしてください。〉

〈わざわざ東京から来たのに困ります。〉

〈約束したこちらにも非があるので、交通費はお支払いします。〉

安田は悟った。そこまで言うからには、もうなにがあっても取材は受けないと決めているのだろう。こちらも交通費が欲しいわけではない。ただ、三品に大見得を切った以上、手ぶらで帰るわけにもいかない。

その後も社会的意義を説いたりと、あらゆる手を使ったが答えは変わらなかった。

〈どうしても無理なら別の方を紹介してください。同級生で、取材を受けてくれそうな方はいませんか。〉

最後の手段だった。このアカウントの持ち主が無理なら、他の相手を探すまでだ。

返信はしばらく途絶えた。待ち合わせはなくなったが、一応、梅田に向かうことにした。取材の予定が完全になくなれば、安ホテルにでも籠って仕事をするつもりだ。府内には実家があるが、帰るつもりはない。

阪急大阪梅田駅の改札を出たところで、返信が来た。歩きながらメッセージを開く。

〈すみません。勘弁してください。〉

つい足が止まった。勘弁してほしいんは、こっちやで。そう言いたいのを、すんでのところで堪えた。


阪急三番街のカフェで、安田は三品に送る記事の草稿を書いた。

序盤は亀戸で木下から聞いた話を織り交ぜつつ、事件の概要を解説する。続いて、深瀬が中学生のころは成績優秀であったこと、卓球部に所属していたことなどを記す。この辺りの情報はカッコ付きで表記しておく。裏が取れればカッコは外れる。同級生からのインタビュー部分は空けておいた。

半分も埋まっていないが、それでも文章を吟味しながら書くと一時間ほどかかった。何気なく腕時計を見ると、間もなく五時になろうとしている。

他に当てもないため、仕方なく宿へ行くことにした。大阪出張の際は東梅田にある一泊六千円のビジネスホテルが定宿だった。今回は宿泊費も〈週刊実相〉持ちだが、安いホテルを選ぶ癖が染みついている。

途中、コンビニで弁当と緑茶を買ってからチェックインした。渡されたカードキーで三階の部屋に入る。窮屈な部屋だが、ベッドは無駄にダブルだ。窓を開けて空気を入れ替えたが、隣のビルの外壁しか見えなかった。ベッドで仰向けに寝転ぶと、徐々に腕や足が重くなっていく感覚があった。

事件記者になって十二年。

移動、取材、執筆の日々には慣れた。出張代を安く済ませるノウハウや、効率的な街歩きの方法は熟知している。電車や飛行機の座席で原稿を書くのだってお手のものだ。若いころは睡眠には神経質だったが、いつからかどこでも寝られるようになった。人間、何事も慣れる。

しかしたまに、すべてがひどく億劫に感じる瞬間があった。それは前触れなく訪れる。たとえばホテルのベッドに寝転んでいる、まさに今。安田は二度と起き上がれないのではないかと思うほど怠《だる》さを覚えていた。

溜まりに溜まった疲労のせいか、あるいは将来への不安のせいか。その両方が理由なのだろう、と安田は理解している。

十八歳で実家を飛び出してから、今日まで必死で駆け抜けてきた。

高校を卒業した三月、仕事の当てもなく上京した。親には出立することも告げず、逃げるように家を出た。梅田から夜行バスに乗り、翌朝、東京駅八重洲《やえす》口にたどりついた。東京を選んだことに深い意味はない。人が多ければその分仕事の口もあるだろう、という程度の浅い考えだった。高校三年間のアルバイトで貯めた二十万円が全財産だった。

ネットカフェに泊まって、住み込みで働ける職場を探した。池袋《いけぶくろ》のラーメン店が寮付きでアルバイトを募集していたので、迷わず応募した。メニュー表の漢字が読める、という理由だけで採用が決まった。その店では四か月働いたが、給料の支払いが遅れたことに腹を立てた安田が店長を殴り、馘《くび》になった。

次に働いたのは下町の板金工場だった。こちらも寮付きだったが、やはり半年と持たなかった。同じ寮の先輩から家財を盗んだと難癖をつけられ、取っ組み合いのケンカになった。その後も非正規の立場でいくつかの職場を転々とした。運送業者、石鹸工場、焼鳥店。若さのおかげで、選ばなければ仕事にはありつくことができた。しかしどの職場でも必ず揉め事を起こし、早ければ一か月、長くとも一年で辞めることになった。

二十二歳で出版社のアルバイトをはじめた。時給がよかったし、肉体労働でないのも魅力的だった。寮付きではなかったが、このころには葛飾《かつしか》区に安アパートを借りていたので住まいの問題はなかった。

配属されたのは雑誌編集部だった。資料のコピーを取ったり、備品を発注したり、読者から送られたアンケートをまとめたり、出来上がった見本誌を郵送したり、といった雑務を担当した。体力的には、それまでにやってきた仕事よりもはるかに楽だった。編集者から急な作業を命じられるのは日常だったが、理不尽な扱いを受けることはなかった。はじめてから一年が経っても、この仕事は続いた。

ある時、編集者から記事を書いてほしいと頼まれた。読者からの投書を紹介するミニコーナーだったが、ライターではなく毎号編集者が書いていた。その編集者——三品文雄は、「ヤスケンならもう書けるでしょ?」と気軽な調子で言った。当時の三品はまだ三十代前半の若手で、雑誌編集部の主力として活躍していた。

自信はなかった。だが、頼まれれば断るわけにはいかない。過去の号を参考に、小さい記事を三日かけて書き上げた。恐る恐る三品に見せると、「うまいじゃん」と言われた。記事は即決で採用された。

以後、投書コーナーは安田の担当となった。別途原稿料が出るわけでもなく、実質的にはタダ働きだったが、土日でも平然と出社している編集者たちに文句は言えなかった。

続けているうちに、だんだん記事を書くことが楽しくなってきた。稀に読者から、投書コーナーへの感想が届くこともあった。編集部内でも徐々に、使い走りのアルバイトから準社員のような扱いになっていった。

次第に他の記事も手伝うようになった。ライターの手が回らない時、下書きという名目でほとんど執筆を任されることもあった。それまでの雑用をこなせなくなり、安田の代わりに別の若者が新たに雇われた。

二十四歳の時、初めて事件取材を手がけた。死者二名を出した交通事故で、逮捕された配送ドライバーが業務中に飲酒をしていたことから社会的な問題となっていた。取材のきっかけはまたしても三品だった。

「おれの代わりに話、聞いてきてくれるか」

その一言で、交通事故鑑定人からのヒアリングを任された。取材のやり方をレクチャーしてもらえるはずもなく、ICレコーダーを手に約束の喫茶店へ向かい、思いつくまま質問をした。三品からは当然のように、そのまま記事執筆も任された。事件モノの記事は初めてだったが、見よう見まねで書いた。

ひと月後、投書コーナー執筆のために読者からの便りを読み返していると、あるアンケートが目に留まった。安田が書いた、交通事故の記事に対する感想だった。

いわく、投書の主は夫を交通事故で亡くしたばかりだという。彼女は周囲から被害者の不注意も原因だったのだろうと言われることが多く、鬱々と毎日を過ごしていた。だがあの記事を読み、ルールを守っていても交通事故に遭いかねないことが明瞭になった、おかげで救われたという。〈もしかしたら主人にも非があったのかもしれない、と思い悩んでいました。しかしあの記事を読んでからは、まっとうに生きていても避けがたい不運がこの世にはあるのだと、少しは割り切ることができました。ありがとうございます。〉

安田はそのアンケートから目が離せなくなった。何度も読み返し、ひそかに鞄に忍ばせて持ち帰った。自宅でも幾度も読み返した。そして翌日、ランチタイムに三品をつかまえて切り出した。

「記者になるには、どうしたらいいですか」

それから十二年が経つ。

安田はアルバイトを続けながら、他の出版社にライターとして営業をかけ、じわじわと取引先を増やした。記者の仕事だけでなんとか食べていけるようになったのは、二十七歳の時だった。その年に亜美と結婚した。

記者になってから長かったような気もするし、一瞬だったようにも思える。いずれにせよ、今となっては他の生き方が想像できなかった。

やがてベッドから起き上がった安田は、疲弊しきった身体に鞭を打ち、情報収集を再開した。


京都駅直結のホテルラウンジは、観光客らしき人々で混雑していた。安田の席の隣には、白人の四人家族がいた。両親は疲れた顔でコーヒーを啜《すす》り、二人の幼い息子たちはオレンジジュースを飲みながらスマホで動画を見ている。その姿に、先日会った海斗が重なる。

――どこの国も、だいたい同じだな。

安田はなぜか、少しだけほっとした。

約束の午後五時過ぎ、待ち合わせの相手は現れた。ラウンジに入るなり左右を見回した男性を見て、安田は立ち上がった。金縁の丸眼鏡をかけた男性が近づいてくる。青いロングコートにハンチングという出で立ちは、周囲からやや浮き上がっていた。

「どうも、田巻《たまき》です」

「安田といいます。ご足労いただいて、恐縮です」

コートを脱いだ田巻は「いえいえ」と向かいのソファに腰を下ろす。安田が注文を促すと、メニューも開かず「カフェインレスコーヒー、ホットで」と言った。

田巻の連絡先を手に入れたのは、昨夜のことだった。

きっかけは、ビジネスホテルのテレビで流れた夜のニュース番組だった。番組では亀戸無差別殺傷事件の概要を報じるとともに、深瀬の中学時代の同級生だったという男性の証言が紹介された。映像では、胸から下が映されていた。

——話したことはないですけど、暗いやつでした。ほとんど声聞いたことないんとちゃうかなぁ。そういう事件起こしてもおかしくない、って言ったら変ですけど……不自然ではない気がします。

加工された声で、彼はそう証言していた。

コーナーが終わると同時に、安田はスマホに手を伸ばした。そのニュース番組が流れていたのは、東邦テレビの在阪系列局だった。もしかしたら、この取材に岸根が関わっているかもしれない。亀戸で遭遇した時の白シャツ姿が蘇った。

岸根は電話に出なかったが、一時間後に折り返し連絡があった。

「突然電話してすみません。安田です。先日はどうも」

「どうかされました？」

「あのう、亀戸の犯人の、元同級生のインタビューを拝見したんですが……」

安田はダメ元で、連絡先を教えてもらえないかと頼んだ。岸根は「少し待ってください」と言って電話を保留にした。二分ほどして、通話が再開した。

「直接取材したのは大阪の記者なんで、ぼくは会ってませんが。その記者の連絡先を教えるんで、聞いてみてください」

「ありがとうございます！」

おそらく岸根としては、さほど重要な情報ではないため、安田への貸しとして利用することにしたのだろう。田巻、というのが元同級生の名前だった。すでに他の媒体から取材を受けている、いわば「手垢がついた」証言者ではあるが、それでもなにもないよりはマシだ。

「その記者いわく、田巻さんからの新情報はほとんどなかったそうです。構いませんか？」

「もちろん。助かります」

安田は朝になるのを待って、在阪の記者に田巻へ取りついでもらった。さっそくインタビューを申しこむと、田巻は当初渋っていたが、最終的には取材を取り付けることに成功した。彼は京都市内在住らしく、京都駅を指定したのも向こうだった。

「訊きたいんは、深瀬のことですよね？」

カフェインレスコーヒーを口に運びながら、田巻は尋ねた。安田が取材の背景を手短に話すと、

「週刊誌かぁ」と言った。

「正直言って、あんまり好きではないんですよ。こういう社会的な事件のこととか、ちゃんと扱ってくれんのか疑問があって……まあ話しますけど」

「ありがとうございます」と安田は低頭する。ある意味、よくある反応ではあった。安田はさまざまな媒体と仕事をするが、なかでも週刊誌は拒否反応を示されることが多い。ゴシップ誌の印象が強いせいかもしれない。

気を取り直して取材をはじめる。

田巻には卒業アルバムを持参するよう頼んでいたが、持っていなかった。「実家にあるんで」というのがその理由だった。

「当時のことがわかるようなものって、ないですかね。名簿とか写真とか、なんでもいいんですが」

「うーん。そういうん、パッと出てくる人のほうが少ないんちゃうかな。中学生の時の話ですよ？　深瀬とはほとんど話したことないし」

返答を聞いた安田は、田巻への期待を捨て去った。この調子ではやはり新情報を得られる見込みは薄い。昨夜のニュース番組でも、彼の発言は表面的な内容に留まっていた。ためしに率直な質問をぶつけてみる。

「深瀬礼司が事件を起こしたと聞いて、どう思われましたか？」

「それは、あいつやったらやるかな、とは。たぶん、人生うまくいかなくて病んでもうたから、あんな事件起こしたんでしょ。たまにあるでしょ、引きこもりやったやつとか、人生うまくいかんかったやつが自暴自棄になって凶悪事件起こすの。深瀬もそれと同じちゃうんかな。知りませんけど」

「不自然とは思わなかった？」

「暗いやつでしたから。ぼく、接点なかったんですよね。人となりとかは知らんけど、無口やし不気味やったな」

接点がなかった割に、決めつけるようなことを言う。記憶を刺激するため、安田は「卓球部だったそうですが」と情報を与える。だが田巻は腕を組んでうなるだけだった。

「ちょっと覚えてないです」

「ちなみに田巻さんは、部活は？」

「バスケットです。なんか卓球部って陰キャの集まりやったし、ぼくらのグループとは遠かったっていうか」

その後も質問を重ねたが、返ってくるのは具体性に欠ける言葉ばかりだった。ただ「暗い」、「無口」、「不気味」という単語は繰り返し語られていた。確実なのは、中学時代の深瀬と田巻には交流がなかった、ということだけだ。

「成績はどうでしたか？」

「ぼくの？」

「いや、深瀬の」

——なんでお前の成績を訊くんだよ。

真顔のまま、内心で呆れる。なかなか会話が嚙み合わない。

「割とよかったんちゃうかな。たしか偏差値高い高校に行ってた気がする……おぼろげですけど」

高校名はわからずじまいだった。しばらく粘ったが、いつまで経ってもこれといった証言は得られない。六時前になると、見るからに田巻がそわそわしはじめた。

「そろそろ行かな。仕事抜けてきてるんで」

「あっ、すみません。気付かなくて」

訊けば、京都駅近くの飲食店で働いているという。青いコートに袖を通した田巻は、「雑誌が出たら送ってくださいね」と言い残して去っていった。

——この内容じゃ、使えないかもしれないけど。

胸のうちでそう答えながら、安田は笑顔で見送った。

田巻の姿が見えなくなってから、安田は再度、腰を下ろす。隣にいた白人の一家は、いつの間にかいなくなっていた。

「不気味、ねえ」

小さなつぶやきは、ラウンジ内の喧騒《けんそう》にまぎれた。

田巻への取材が有益だったかどうかは別として、少なくない人が彼と同じような感想を抱いているることは想像に難くなかった。暗くて無口で不気味な男が、人生に行き詰まった末、自暴自棄になって起こした事件。ＳＮＳの投稿やニュースサイトのコメントにも、そんな見立てがあふれかえっていた。

事実、そうなのかもしれない。しかし井戸端会議と同じ意見を書いたところで、売り物にはならない。このまま記事を書いても、ボツにされるのが落ちだ。

寝不足の頭を振ってみたが、妙案は浮かんでこなかった。


翌日も、安田は朝から情報収集に励んだ。

昨日の取材はあくまで保険である。それに、東邦テレビの岸根が言った通り、田巻へのインタビューでは新たな情報がほとんど手に入らなかった。記事を書くためには、もっと魅力的な本ネタ探しが必要だ。明日の午前中に三品に記事を送らなければ、雑誌の掲載に間に合わない。

ビジネスホテルに籠り、知り合いの記者たちに電話をかけた。新聞、雑誌、テレビ局、ネット媒体など所属先はそれぞれだ。もちろんフリーの記者もいる。大きな事件が起これば、記者間で情報を融通するのが通例だった。ただ、有益な情報を手に入れるには、こちらも有益な情報を差し出す必要がある。手持ちの駒が寂しい安田は、昼を過ぎても記者たちからこれといったネタを引き出すことができなかった。

——ヤバい、ヤバい。

エナジードリンクをあおりながら、ネットを見回る。最後の頼みの綱はSNSだった。ただし、SNSに流れている情報は玉石混淆、というより大半は「石」だ。「玉」は滅多に落ちていない。「深瀬礼司」や「亀戸無差別殺傷」といった単語で検索をかけ、見つかった投稿を片っ端から閲覧するが、見つかるのはノイズばかりだった。

〈亀戸殺傷事件を起こした深瀬礼司の地元はどこ？　家族は？　なぜ事件を起こした？〉

やたらクエスチョンマークの多い文章とともに、外部サイトへのURLが貼りつけられた投稿が目立つ。いわゆるトレンドブログと呼ばれるウェブサイトへの誘導だ。トレンドブログとは、その時々で話題になっている人物や出来事を取り上げることで、アクセス数を稼ぐブログのことである。たいていの場合、五分ネットを検索すればわかるような浅い情報しか掲載されていない。念のために確認する気も起きなかった。

〈なぜ事件を起こした？〉

安田は記事タイトルの一文を、じっと見つめた。口から独り言が漏れる。

「検索してわかれば、苦労しないよ」

事件の動機に関してあきらかになっているのは、深瀬が「死刑になりたい」と証言したことくらいだ。それだって、どこまで本気かわからない。

SNSには、予測とすら呼べない勝手な妄想が山のように投稿されていた。最も多いのは、「自殺する度胸がなかった」あるいは「自殺を完遂する自信がなかった」といった内容だった。

自殺の道具として死刑制度を利用したに違いない、という意味だ。

　こうした考え方は「間接自殺」といい、死刑囚の犯行動機を鑑定する際の定番文句といってもよかった。あまりにも強い心理的ストレスがかかると、人は死によってストレスを回避しようとするのだという。事実、安田がこれまで取材してきた凶悪事件の鑑定においても、そうした結論が下されたことは複数回あった。もちろん個々の事件によって事情は異なるが、専門家の間でもある程度共通した見解だと言っていい。

　その他にも、「社会への復讐のため」といった意見も目立つ。深瀬の半生については、まだほとんどあきらかにされていない。ただ、前の職場である自治体への取材から、非正規での仕事を続けてきたようだという報道はあった。

　膨大なコメントを確認している間にも、新たな投稿が加わった。

〈深瀬礼司　死ぬなら一人で死んでくれ〉

〈電車に飛びこむやつも迷惑だけど　その百倍迷惑〉

　実のところ、動機を言い当てようとする投稿よりも、こうした「迷惑である」ことを表明する投稿のほうがはるかに多い。これは世間体を気にする日本社会特有の現象なのか、あるいは世界で共通なのか。海外の事情に疎い安田には、判じようがなかった。

　発生直後に比べると、事件関連の投稿は落ち着いているようだった。だが午後三時過ぎ、状況が変化した。

〈亀戸で三人を◯した深瀬礼司容疑者のSNSアカウント　特定されたか？〉

　画像とともに長文を投稿したのは、暴露系インフルエンサーとして知られるアカウントだった。

画像は、とあるアカウントの過去の投稿をスクリーンショットで記録したものである。

〈一緒に自殺してくれる人を募集します〉

〈女はカス　女はオワコン〉

〈ちゃんと死なせてほしい　どうなろうと知ったことじゃない〉

アカウント名は〈五芒星《ごぼうせい》〉。その名の通り、アイコンには黄色い五芒星のイラストが使われていた。インフルエンサーによれば、過去の投稿内容から、このアカウントが深瀬礼司のものと推定されるという。たしかに、投稿には元勤務先である神奈川県内の自治体名や、実在する職員の名前が頻出している。

SNSはちょっとしたお祭り騒ぎだった。元の投稿を引用して、間接自殺であることを確信するような意見や、深瀬に対して「非モテ」「陰キャ」「インセル」とレッテルを貼るコメントが続々と投下された。安田はそれらのコメントを漏らさずチェックしていく。時には、投稿者の素性も確認する。

目的は明確だった。こうした投稿に真っ先に反応するのは、事件に強い興味がある人物か、よほどの暇人しかいない。そして強い興味を示す人物の一部は、深瀬や周辺人物となんらかの縁があるかもしれない。人は遠くの大事件よりも近くの些事《さじ》に気を取られる。ましてや、深瀬が起こしたのは正真正銘の大事件である。引用投稿している者のなかに、過去、深瀬と接触した人物がまぎれている可能性はある。

目の乾きを覚え、目薬をさす。窓の外を見ると、いつの間にか日は沈んでいた。時間はほとんど残されていない。

午後六時前。

インフルエンサーのコメントを引用投稿したアカウントのなかに、気になるものがあった。

〈アリサ〉と名乗るアカウントで、フォロワーは二千人に少し届かない程度。プロフィールには〈20代女性会社員の日常系配信者〉とあるが、インフルエンサーと呼ぶにはフォロワー数が寂しい。

引っかかったのは、最新の投稿だった。まだ投稿から三十分と経っていない。

〈例の事件について〉

具体的なキーワードはないが、亀戸の連続殺傷事件を指しているのだと直感した。末尾には動画配信サイトのURLが付されている。即座にアクセスした。

配信サイトに投稿された動画は、首から下を映した映像だった。画角に収まっているのは、スウェットを着た女性の上半身だ。ここまでの視聴数は六十五。お世辞にも、話題になっているとは言いがたい。動画の長さは三分半と短かった。

「こんばんは。えーと、緊急で撮ってるんですけど。先日起こった、亀戸の事件について皆さんにお話ししたいことあって、撮影してます」

顔は見えないが、声質は若い女性のものだ。話し言葉には関西のなまりがある。字幕やBGMがついていないことから、撮影した映像を編集せずそのまま投稿しているようだった。ひとりでに、安田の眉間に皺が刻まれる。

――またこの手の動画か。

似たような趣旨の動画はネット上に山ほどあった。今回の件に限らず、大きな事件の直後は、有象無象の配信者たちが視聴数稼ぎのため「真相を語る」などと称して中身のない動画を公開することがある。実際、昨日から今日にかけて、安田はその手の動画をうんざりするほど目にしていた。

ただ、アリサの動画にはかすかな違和感があった。動画タイトルには〈亀戸〉とも〈深瀬礼司〉とも入っていない。視聴数を稼ぐことが目的なら、検索でヒットするわかりやすいキーワードは不可欠のはずだ。

「えーと、ちょっとわたしもまだ混乱してるんですけど。この事件起こしたんが、その、深瀬礼司って人みたいで。さっき、あの投稿見てめっちゃびっくりしたんですけど」

そう言って、アリサは例のインフルエンサーの投稿を読みはじめた。

「……で、この五芒星っていうアカウントなんですけど。実はわたし、このアカウントの人と前に会ったことあって」

配信者のなかには平気で嘘をつく人間もいる。アリサもその手の輩《やから》だろうか。

「いや、絶対に間違いないって感じでもないけど、たぶんそうやねんか。会った時も深瀬って名前ちゃうかったし。SNSで知り合って、二回会っただけで。でもなんか、あっ、この人知ってる、って直感して。一人で黙ってるんもつらくて、こうやって動画で話してます。生配信でもよかったけど、みんな忙しいかな、って」

興奮しているのか、アリサの口ぶりから次第に敬語が抜け落ちていく。おそらく生配信をしなかったのは、単に登録者が少ないからだろう。動画チャンネルの登録者数は四百人ほどだった。

「ほんまに、なんか取材したいとかっていうマスコミの人、ニュースサイトの人とかいたら、連絡してください。SNSでDMくれたらいいんで。よろしくお願いします」

アリサが両手を振って、唐突に動画は終わった。コメント欄を流し見すると、二件の投稿があった。ひとつは〈アリサちゃん大丈夫？〉というもので、もうひとつは〈虚言〉と一言だけ記されていた。

普段の安田なら、まず取材しない類の相手だった。身元もわからない真偽不明の情報にいちいち振り回されていたら、記者は務まらない。最後の呼びかけからも、この事件をきっかけに知名度を上げようというアリサの魂胆が透けて見える。

ただ、彼女の投稿にそこはかとない切迫感があるのもたしかだった。仮に虚言であればもっとオーバーに表現してもおかしくないが、それにしては彼女の言葉は不足している。三分半の動画で伝わってきたのは、SNSで知り合って会った、ということだけだ。単になにも考えていないのか、あるいは本当に深瀬と会ったことがあるため動揺しているのか。

いずれにせよ、他に頼れるものはない。締め切りは間近に迫っている。関西なまりであることもプラスの材料だった。もし関西在住ならすぐに取材できるかもしれない。

思い切って、安田はSNSアカウント経由で取材依頼のメッセージを送った。空振りでも、会わないよりはましだ。記事にできなければ、この取材費もすべて自腹になる。それは避けたかった。

返事はすぐに来た。

〈取材のお金はいくらですか？〉

謝礼のことを訊いているのだろう。高額報酬を支払うと、報酬目当てに偽の情報を提供するケースが増えてしまうことから、カフェ代程度しか支払うことはできない。安田はその旨を丁寧に説明した。意外にも、またしても素早い反応があった。

〈じゃあそれでいいです。取材ってオンラインですか？〉

取材は可能な限り対面で、というのが安田の信条だった。聞けば、アリサは滋賀県在住だという。

〈今夜の取材って可能ですか？〉

常識的に考えればあまりに急だが、取材が早いほど記事にできる可能性も高まる。他の記者に嗅ぎつけられる前に取材したい、という意図もあった。安田の提案に、彼女は〈いいですけど〉と返してきた。取材場所として指定したのはＪＲ野洲《やす》駅周辺であった。乗り換えアプリで検索すると、大阪駅から京都線で一時間。アリサとは、九時に駅前のファミレスで集合することになった。

「よし」

安田はすぐさま荷物をまとめて、部屋を出た。ホテルの廊下の壁はひび割れ、安い芳香剤の匂いが漂っている。エレベーターを待つ間、安田は靴の先でとんとんとリズムを刻んだ。

今のところ、アリサの存在を他の記者が嗅ぎつけた気配はない。深瀬と会ったことがあるという彼女の証言が事実なら、スクープになるかもしれない。ただし、売名目的の虚言という可能性も拭いきれない。それでも、打席で球が飛んでくるのをじっと待つよりは、前のめりでバットを振っているほうが気は楽だ。

大阪駅から、野洲行きの新快速に乗りこんだ。到着するまでの時間を使って、アリサのSNS投稿に目を通す。大半は〈ねむい〉〈退勤しました〉といった無意味な内容だったが、端々に漏れ出る生活の匂いから、いくつかのヒントが得られた。出身は奈良。仕事は接客業。飲酒習慣があり、度数の強い缶チューハイを好む。不定期でメンタルクリニックに通院し、服薬している。

過去に投稿した動画もチェックした。配信者としての活動をはじめたのは二年前の春。動画内での発言から察するに、最初は顔を映した動画を投稿していたようだが、昨年から顔出しNGに切り替えたらしい。顔の映った動画はすべて削除されていた。内容は、大半が日常の雑談や視聴者からの質問への回答だった。投稿の頻度は月に三、四回。いくつか視聴してみたが、取り立てて興味をそそられる内容ではなかった。それでも熱心なファンがついているらしく、コメント欄には常連と思しき視聴者たちの感想が並んでいた。

混雑していた車内は、大津《おおつ》を過ぎたあたりで徐々に空いてきた。窓の外を低層住宅の群れが流れていく。時おり現れる高層マンションが、安田の目には場違いに映った。

ファミレスには九時前についた。安田は目印として、テーブルの上に〈週刊実相〉の最新刊を置いた。

九時過ぎ、おそるおそる近づいてくる女性を見て、アリサだと直感した。彼女は薄桃色のスウェットにロングスカートという出で立ちだった。茶色に染めた髪はボブで、チークの濃さが少し目立つ。安田は腰を浮かせた。

「安田賢太郎です。アリサさん、ですよね？」

「あ、はい」

安田ははじめに、夜遅くに呼び出したことへの詫びを伝えた。向かいの席に座ったアリサは、「大丈夫です」と笑った。

「メイク落とす前でよかったぁ。ギリセーフ」

先ほどまで動画で見ていたのと同じ話し方だった。なんと言っていいかわからず、安田は苦笑する。

「あの、まだご飯食べてなくて。食べてもいいですか？」

上目遣いのアリサが考えていることは、すぐにわかった。

「ご飯代くらいは出しますよ」

「ありがとうございます」

へらへらと笑いながら、アリサはメニューを開いた。呼び出したスタッフにハンバーグセットを注文し、トイレに立ち、ドリンクバーでコーラを取ってきたところで、ようやく腰を落ち着けた。

安田はICレコーダーのスイッチを入れ、取材目的をあらためて説明する。アリサはぼんやりした表情で「すみません」と言った。

「これって本名とか顔とか、出さなあかん感じですか？」

「いえ。伏せることも可能です」

「じゃあ、それで。ネットでも出してないんで。あっ、アリサの名前は出してもいいですよ」

コーラを口にする彼女の真意は、まだ読めない。虚言の可能性は早めにつぶしておきたかった。

「確認ですが、深瀬礼司と会ったことがある、というのは本当ですか？」

「ああ、はい。亀戸の事件の犯人ですよね」

「疑うわけではないんですけど、最初になにか証拠になるようなものを見せてもらえないですかね。メールの記録とか、SNSのDMとか」

アリサは「えー」と言いながら、スマホを触りはじめた。安田は黙って待つ。五分も経たないうちに、彼女はスマホをテーブルに置いて、画面を安田に見せた。

「これでいいですか？」

表示されているのは、SNS上のメッセージ記録だった。アリサとやり取りしているのは、〈五芒星〉というアカウントだった。まぎれもなく、例のインフルエンサーの投稿で紹介されていたものだ。

――当たりだ。

安田は息を呑む。

「どんな顔だったか覚えてますか？」

アリサは「犯人の写真ありますか？」と問い返した。今度は安田がスマホで深瀬の写真を探す。ネットでは、誰かが撮影した事件直後の写真が拡散されていた。写真には警察官に四方を囲まれた男が写されている。上下とも黒い服を着た、貧相な男だった。目は虚ろで、口はなにかを言いたそうに少しだけ開かれている。状況から、彼こそが深瀬礼司で間違いなかった。

しばしその写真を凝視していたアリサは、重々しく口を開く。

「間違いないです」

「この男と会った、ってことですね？」

「会った、っていうか」

彼女は画面から視線を逸らすことなく続ける。

「誘われたんです。一緒に自殺しませんか、って」


実家は奈良の真ん中あたり、とアリサは言った。

「とにかく田舎臭いんがいやで、大阪の専門学校に入ったんです。卒業して、そのまま大阪の会社に就職しました。なんか、全然仕事続かないんですよね。最初の会社も一年で辞めちゃって、そっから一年おきぐらいに仕事変えてて。今は脱毛サロンのスタッフやってます」

安田は取材用のノートにボールペンを走らせる。レコーダーで録音はしているが、その場で書きとるのも大事だ。取材中しかわからないニュアンスがあるし、「熱心に話を聞いている」という意思表示にもなる。

「わたし、学生のころから鬱なんです」

「そうなんですね」

「だいぶよくなりましたけど、二十歳ぐらいのころはひどかったんです。通院も服薬も、一応まだ続けてます」

放っておくと、アリサの話は転々とする。

「配信をはじめたきっかけは、あるんですか？」

「暇やったんで。お金も欲しかったけど、そんな簡単に稼げへんのはわかってたし、どっちかというと話し相手が欲しいんです。最初は顔出してたんですけど、なんかストーカーみたいに粘着する人が出てきたんで、顔出しはやめました。アリサは昔の友達の名前です」

「友達？」

「小学校の同級生におったんですよ。超人気者の子。わたしは嫌いでしたけど。ネットで発信すると、気持ち悪いこと言われたり、罵倒されたりするでしょ。そういう時、傷つけられてるんはアリサであってわたしちゃう、と思えるとラクなんです。大胆になれる。どうせ、悪口言われてるんはアリサやし」

また話が逸れかけている。そろそろ本題に入ることにした。

「最初に深瀬と連絡を取ったのは？」

「深瀬……ってなんか言いなれへんけど……二年前の七月です。向こうが自殺仲間を募集する投稿してたんですよ。SNSでは向こうがわたしを一方的にフォローしてたんで、最初は気付かんかったけど。たぶん、同じような投稿を何回かしてて。その後、わたしに向けて直接送られてきたんです。DMが。誰にも相手にしてもらえなかったんでしょうね。ほんで、まあ、返事しちゃったんですよね」

「無視しなかったのは、理由が？」

「そのころ、わたしも希死念慮が強かったんです。男と別れたばっかりで、すごいお酒飲んでて。ストロングのチューハイを毎晩、ロング缶で三、四本空けてました。アホみたいにご飯食べて、吐いてチャラにする、みたいな。メッセージは後で送るんで、適当に見てください」

アリサはコーラで口を湿らせた。

「最初はね、ファンです、みたいなことが書いてありました。少ないですけど、わたしにもファンっぽい人らはおるんで。文章は丁寧でしたね。とにかく、わたしのファンらしい、ってことは伝わりました。その後に、自殺をしたいから一緒にどうか、って。病んでるの公表してたし、死にたい、とも投稿してたから、たぶんそのせいやと思います。こいつなら一緒に死んでくれそう、って思ったんちゃいますか」

「メッセージを見て、どう思われたんですか」

「はい？　って感じでした。知らん人やし。ファンって言われても全員の名前とかアイコンとか覚えてへんし。実際、ファンっていうのは適当で、死にたそうな人を探してただけかも。だから数日放置してました。でも、家でお酒飲んでる時にふっと死にたくなって、その時に思い出したんです。一緒に死のうって言ってるアカウントがあったこと。メッセージを確認して、酔った勢いで返信しちゃったんですよね。〈どこでどうやって死ぬの？〉って」

「返信は来ましたか」

「すぐに。〈どこに住んでますか？〉って来たんで、滋賀、だけ答えて。そしたら、向こうは神奈川やけど今から会って説明する、って返ってきたんです。この時点で、キモいなぁ、って。結局出会い目当てかよ、と思って。だからそこでいったん、返信するんやめました」

そこでアリサは、自分のスマホをいじりはじめた。

「ちょっと待っててくださいね。えーっと……そうそう。次の日に、ファイルが送られてきたんです。残ってたんで、後で転送しますね。そのファイルに、自殺の計画がめちゃくちゃ細かく書いてあるんですよ。練炭自殺なんですけど。読みますね。午後三時に大津駅集合。そこからレンタカーで移動し、ホームセンターで買い出し。六時ごろに軽食をとった後、信楽《しがらき》方面へ向かう。午後八時ごろに山道脇に車を停めて、練炭自殺を決行」

　ふっ、とアリサが噴き出した。

「笑いません？　遠足のしおりちゃうねんから。無駄にデザインも凝ってるし。でも本人はめっちゃ真面目なんですよね。これ見て、逆に興味出てきて。どんな人なんか知りたくなってもうたんですよね。だから、とにかくいったん会おう、ってこっちから送りました」

「それは、滋賀で？」

「大津駅のカフェです。半信半疑やったんですけど、ほんまに来ましたね。第一印象、幼いな、とは思いました。目ぇ合わせへんし、スタッフさんに声かける時も挙動不審やし。男子中学生と話してる感じでしたね。顔はちゃんと三十代で、年相応でしたけど」

　安田は服装や髪形を尋ねたが、アリサは覚えていなかった。

「ただ、なに話したのかは覚えてます。最初に深瀬から、あなたが死にたいと思った経緯を教えてほしい、って言われたんですよ。なんで言わなあかんの、って思ったけどまあ話したんです。付き合ってた男がよくない人でとか、メンタル病んだ話とか。そしたら深瀬が言ったんですよ。大変でしたね、って。それ聞いて、泣いてもうたんです。そんなつもりなかったのに」

「泣いた？」

「冷静に考えたら大したことないんですけど、当時のわたしにはめっちゃ衝撃やったんです。励まされることに慣れてなかったから」

　アリサが髪の毛を指でねじる。

「深瀬はわたしが泣きやむん待ってから、自分の話をしてました。大阪出身とか、高校中退してから人生めちゃくちゃになったとか、そんな話やったと思います。わたしも励ましてもらったんで、ちゃんと聞いてあげました。ただ、お互い洗いざらい話したら、変な空気になって。これから死ぬんやっけ？　みたいな。わたしもそうやったし、深瀬も勢いがなくなって」

「では、自殺は中止に？」

「はい。いったん解散になって、しばらくは連絡が途切れたんですよ。だから興味なくなったんかなぁ、って思ってたんです。そしたら一か月くらいして、急にメッセージが来たんです。〈自殺の件、どうなりましたか？〉って。深瀬はわたしの返答待ちやったみたいで。その時は自殺とかどうでもよくなってたんで、〈やめときます〉って返しました。そこからまた一か月くらいして、深瀬から連絡来て。〈自殺はしなくてもいいんで、会ってもらえませんか？〉って。いつもやったらそういうん無視するんですけど。でも、深瀬と会った時のことはそんなに悪い印象じゃなかったんですよね。わたしも励まされて、泣いたし。だからもう一回だけ会ってみることにして」

　アリサには、状況に流されやすいところがあるようだった。

「大津駅で集合して、前と同じカフェに行こうと思ったんですけど、よう考えたら自殺がどうとか他のお客さんに聞かれたらいややから、移動しました。でも駅周辺ってあんまりカフェないんですよ。しゃあないから、人がおらんくて近い場所ってことで、琵琶《びわ》湖のほとりに行きました。ベンチがあるんで、そこに並んで座って。深瀬は呼び出したくせになかなか話しださんくて、こっちから急《せ》かしたん覚えてます。そしたらいきなり、彼氏とかいるんですか、って言い出して」

「彼氏？」

「結局それかい、って思いましたね。女って明かして配信してると、変な連絡がしょっちゅう来るんです。声がかわいいとか顔見せてとか、付き合ってほしいとかプレゼントしたいとか。股間の画像送ってきたり、動画で抜きました、みたいな……住所特定しました、みたいなんもあるし。ほんまにうんざりなんですよ、こっちは」

口調は静かだが、端々に苛立ちが滲んでいた。

「その時もいややったんですけど、深瀬は緊張してるし、怒る気もなくなって。いません、って普通に答えました。そしたら急に早口で、声も大きくなって。夜間高校に通おうと思う、とか話しはじめたんです。資格を取ればちゃんとした仕事につけるとか、東大に行った同級生がいるから相談してもいい、とか。黙ってたら、最悪介護の仕事なら誰でもできるから、って言い出したんです。失礼すぎるでしょ。誰でもできる仕事ってなんやねん、と思って。それやったら今すぐやったらええのに」

アリサは両手でグラスを強くつかむ。

「ムカついたんで、今はなんの仕事してんのか訊いたら、市役所で働いてるって言うんですよ。市役所でええやん、って言ったら、期間が決まってるから、とかグズグズ言い出して。なんか、あまりにもナメてるっていうか、甘えすぎじゃないですか。資格取るとかどうせ口だけやし、介護の仕事バカにしたり。めっちゃイライラして。さっさと夜間通って、資格の勉強したらええやん、って言ったんです。なんもせんくせに上から目線で語ってるけど、ただの怠け者やろ、って」

「深瀬はなんと？」

「ショックです、って顔に書いてありました。でもこっちのほうがよっぽど迷惑ですよ。勝手に裏切られたと勘違いして。深瀬の顔色がどんどん悪くなっていって、怠け者ちゃうわ、って急に叫んだんです。それまで標準語やったのに、唐突に関西弁が出てきてびっくりしました。こっちも退《ひ》けへんから、自己責任やん、って言い返したら余計怒って。おれの人生うまくいかんのはおれのせいちゃう、って言ってました」

「アリサさんはどう思いました？」

「どう、って……人のせいにしてもしゃあないやん、と思いました。頑張って働いて、お金稼いで、学校行ったり資格取ったらええのに。あ、服装は覚えてないんですけど、すごいダサかったんは覚えてます」

それから深瀬は、琵琶湖を見ながら独り言をつぶやいていたという。腹を立てたアリサが「帰るわ」と声をかけて立ち上がったところ、急に振り返って「一人にせんといて！」と言い出した。そう言われたことでアリサは余計に怖くなり、深瀬をその場に置いて帰ろうとした。

「そしたら深瀬が、死ぬ、って叫んだんです。わたしが行ったら、琵琶湖に飛び込んで死ぬ、って。ぎょっとしました。少なかったけど、通行人はおるし。深瀬はずっと叫んでました。遺書に書いたる、お前が殺したんや、お前がおれのこと殺したんや、って」

アリサは身体を抱くようにして、二の腕をさすっていた。

「ほんまに怖くて警察呼ぼうかと思ったんですけど、これ以上関わり合いになりたくなかったんで逃げました。追いかけてきたらどうしよ、って怯えてたんですけど、それはなかったです。深瀬と会ったんはそれが最後です。ＳＮＳもブロックして、気持ち悪い夢やと思って、思い出さんようにしてました」

溶けた氷のせいで、グラスのコーラは色が薄くなっていた。

「ほんで、あの事件でしょ。ある意味納得ではありますよ。ヤバそうなやつやったから。やってもうたな、とは」

「深瀬との接触は、それで終わりですか？」

「以上です。冷静に考えたらショボいですね。でもね。なんか、深瀬が人殺しになってもうたんや、って思ったら、黙ってるんがつらくなったんです。誰かに聞いてもらってスッキリしたい。だから動画で上げたし、興味のある記者さんがおったら連絡ください、ってわざわざ言ったんです。あれでも、わたしなりに必死やったんですよ。安田さんから連絡きた時、配信してよかった、って思いました。そもそもなんでわたし、配信なんかやってるんでしょうね？」

アリサの視線はあさっての方角に向けられていた。

「まともな話し相手なんかできへんし、お金もほとんど稼げへんし。よう続いてるわ、と自分で思います。結局、発信することで救われてるんかもしれませんよね。反応あったら嬉しいし。そこを生きがいにしてる時点でどうなん、って思うけど、ないよりはましでしょ。家族とも長いこと会ってないんで、仕事と配信がなかったら孤独死しても誰も気付かんと思う」

そこまで話して、正気に戻ったような顔で安田を見た。

「今の話は絶対記事に書かんといてください」

「承知しました」

アリサが薄まったコーラを口に運ぶ。よく見ると、グラスを持つ手が小さく震えていた。

木曜の午前十一時半、安田は三品へ電子メールを送った。メールには原稿ファイルを添付している。あらかじめ字数は確認しているため、内容がよければ、ほぼこのまま掲載できるはずだ。アリサへのインタビュー記事は、我ながら会心の出来だった。つけたタイトルは、〈「一緒に自殺しようと誘われた」　女性配信者が語る無差別殺傷犯の正気と狂気〉。三品の反応次第だが、この記事が掲載されればシリーズ化できる自信があった。

昼食に、コンビニで買ってきたカップ焼きそばをすする。栄養が偏っていることは百も承知だが、そんなことを気にしていたら記者は務まらない。

ビジネスホテルの一室で、箸と口を動かしながらも、目はスマホの画面を追う。こうしている間にも、SNSに新情報が出ているかもしれない。

ふいに、見覚えのある動画が視界に入ってきた。投稿は五日前。すでに百万回以上再生されている。動画の一部はテレビの報道番組で数えきれないほど流されており、嫌というほど〝こすられ〟た素材である。

それは、亀戸の現場に居合わせた一般人がスマホで撮影した一分ほどの短い動画だった。歩行者天国の車道上。十メートルほど離れた場所にいる人影が、両手に持った包丁を振り回している。その足元には一人の男性が仰向けに倒れていた。映像は上下左右にぶれ、撮影者のものらしき息遣いも聞こえる。辺りには悲鳴と怒号がこだましていた。

なになに。逃げろ。ヤバいって。人殺し？　入り乱れる叫び声を浴びながら、画角の中央で人影は別の女性に背後から追いつき、その背中に包丁を突き立てた。被害者の絶叫。悲鳴が一段と大きくなる。人影はもう一本の包丁を首に刺し、すぐに引き抜いた。女性の身体から赤い鮮血が噴き出す。抵抗していた女性が動かなくなると、興味を失ったように人影は離れ、一人で逃げていた女の子に駆け寄る。人影は数秒で接近し、足払いを食らわせ、血に濡れた刃が女の子の身体を……。

安田はそこで動画を停止した。

みぞおちのあたりが重い。カップ焼きそばが胃からせり上がってくるような感覚を覚えた。天井を見上げ、瞼を閉じる。

実際の事件現場には、「無差別殺傷事件」という簡単な言葉では表現できない凄惨《せいさん》さがあった。深瀬が凶行に走った理由はいまだに見えない。ここまで悲惨な事件をなぜ起こそうと思ったのか。考えれば考えるほどわからなかった。

亡くなった三名の身元はすでに公表されている。最初に刺された男性は五十七歳の自営業で、三番目に刺された女の子は九歳の小学生。二番目に刺された女性は、重傷を負ったが生存している。動画には映っていないが、この後、深瀬を取り押さえようとして刺された三十八歳の男性が亡くなっていた。

グロテスクなこの投稿は、あきらかにSNSの運営が定めた規定に反している。それにもかかわらず、動画は現在に至るまで削除されていない。投稿には考え得るあらゆる反応が殺到していた。被害者を救助せずに撮影を続けたことへの非難。殺害現場の投稿は悪趣味であるという批判。大衆が知りたがる場面を迅速に共有したことへの賞賛。テレビ局をはじめとするメディアからの転載希望。そして大半を占める、毒にも薬にもならない感想。

履歴から、投稿者は若い男性とみられる。これ以降一切の投稿をしていないものの、テレビなどで流れているところから察するに、メディアへの使用許諾は出しているようだった。数多の人員を全国に配置する巨大メディアでも、スマートフォンを持った一般人に勝てない。長年腕を磨いたカメラマンの映像より、たまたま現場に居合わせた素人の動画が重宝される。こうした現象は今にはじまったことではない。

メディアの使命とは、記者の仕事とはなにか。そういうことを考えるたび、時間が経っても風化しない記事を書くこと、というシンプルな結論に毎度至る。プロにできるのは、クオリティを高めることしかない。

月曜の朝、三品から電話がかかってきた。

「おう、ヤスケン？」

三品の第一声には、機嫌のよさが滲んでいた。電話越しでも相好を崩しているのがわかる。

「お疲れ様です」

「例の記事、反響すごいよ。販売の連中も、こんなに売れるの久しぶりだって」

「本当ですか！」

三品いわく、安田の記事を掲載した〈週刊実相〉はよく売れているという。

事件発生からわずか六日後、というタイミングも奏功した。元同級生や自称友人への取材に成功したメディアはあったものの、いずれも高校中退の事実を報じる程度で、浅い情報に留まっていた。その点、アリサの話したエピソードには具体性があった。ＳＮＳ上のメッセージや、深瀬みずから立てたという自殺計画のファイルが残っていたことも大きかった。完全に裏を取れていたわけではないが、デスクの三品は信憑性があると判断し、掲載に踏み切った。

さらにテレビが後追いでインタビュー内容を報じたことで、広告となって雑誌の売上を加速させた。記事の一部はウェブにも転載され、猛烈な勢いで拡散されている。まだ月曜だが、すでにウェブ記事のなかでは歴代トップクラスのアクセス数に達しているという。記名記事のため、安田のSNSアカウントにも賞賛や抗議のメッセージは届いていた。

なにもかも、アリサという情報提供者と巡り会えたおかげだ。例の告白動画は十万回再生を超え、アリサのアカウントには彼女への無責任な発言が殺到している。取材を受けることを自身が望んだとはいえ、これでよかったのだろうか、という気もした。

彼女と出会えたことは偶然に過ぎず、安田の実力でもなんでもない。滋賀で即日取材ができたのも、別件の取材がきっかけだった。すべては運。ただ、事件記者にとっては運も手柄のうちである。

三品は上機嫌で語り続ける。

「局長がえらく喜んでてね。今度、飲みに行きたいって言ってたよ」

「ぜひ。また、例の門前仲町《もんぜんなかちょう》の店に行きましょうよ」

「いいねえ……それでさ、本題なんだけど」

来た。多忙な三品が、記事の出来を褒めるためだけに電話をよこすはずがない。安田は反射的に息を止めた。

「ヤスケンにシリーズ記事、任せたいんだよね」

「やらせてもらいます」

即答していた。シリーズで記事が書けるのは大歓迎だ。一定期間の食い扶持《くぶち》を確保できるだけでなく、腰を据えて取材に取り組むことで、内容に深みを持たせることができる。代表作を書くチャンスだった。

「よかった、よかった。局長も期待してるから。もちろんおれも。今後の取材の方向性は決まってるの？」

「もう少ししたらお話しします」

「気合い入ってそうだね。じゃ、次も木曜の午前で頼むね」

用件が済むと、三品はあっさり通話を切った。ビジネスホテルの一室に、安田の独り言が反響する。

「……さあ、どうするか」

椅子に身体を預けると、きいきいとスプリングがきしむ音がした。実のところ、次の記事の内容は固まっていない。

亀戸無差別殺傷事件は、発生から一週間が経ってもいまだ世間を騒がせている。その場に居合わせた目撃者や、深瀬の関係者を名乗る人物の証言が毎日のように報道されていた。ただし、安田が〈週刊実相〉に書いた記事はどこよりも具体性があり、深瀬の実像を詳しく描写している。大手メディアは別として、フリー記者のなかでは自分が一歩先んじているという自負が、安田にはあった。仮に〈週刊実相〉でのシリーズ記事がなくとも、亀戸連続殺傷事件については取材を継続するつもりだった。東梅田のホテルに先週の月曜から連泊し、深瀬礼司と縁のありそうな場所に足しげく通っている。

しかし、取材は進展していなかった。深瀬の卒業した小学校や中退した高校は特定できたが、いずれも取材を拒否された。周辺住民への聞き取りも難航した。すでに他の記者たちに荒らされたせいで、住民たちの口は重くなっている。目立つ場所にある店では、スタッフから一言も返してもらえないこともざらだった。

深瀬の親族に取材しようにも、居所がわからない。記者仲間からの情報で父母は健在だと聞いていたが、噂に過ぎない。父親はずいぶん前に亡くなったとか、母親は水商売をしているとかいう情報もあるが、いずれも信憑性に欠ける。通例なら、少なくとも記者クラブのあるメディアは警察から情報を得ていてもおかしくない。だが数名に探りを入れた感触では、本当に知らないようだった。

深瀬の高校中退後の足取りもつかめていない。すでに出ている記事から、二年の夏休みごろに中退したのは確実なようだが、その後どうしていたのかは不明だ。アリサの証言からも、断続的に仕事はしていたと推測される。だが、前職より前の経歴については依然として謎のままだった。

神奈川の自治体で働いていたのは三年程度と見られていたが、裏は取れていない。自治体職員に直撃した記者もいるようだが、当然ながら、履歴書などに載っている情報は教えてもらえなかったらしい。深瀬の元同僚や元上司を名乗る人物はネットで観測できないし、テレビや雑誌の取材にも応じていない。

――応じるメリットがないもんな。

実際、田巻のように進んで取材を受けてくれる関係者のほうが珍しい。多くの人は、たとえ本人と深い関係にあったとしても、凶悪事件の犯人について証言することを忌避する。世間をにぎわせている物騒な事件と関わり合いになりたくない、というのが本音だろう。

だが、そこを聞き出すのが安田の仕事である。

安田が書きたいのは、〈腐らない記事〉だった。情報の早さではテレビや新聞には勝てない。ましてや、今はネットがある。速報性に劣る雑誌というメディアでは、風化しない、深みのある情報が求められる。その点、深瀬の親族のコメントや、高校中退後の足取りはまだどこも報じていない。そうしたオリジナリティのあるネタを報じてこそ、〈腐らない記事〉になる。

ヒントを求めてSNSの投稿を検索するが、目新しい情報は得られなかった。この数日、同じことを散々やっている。目につくのは見たことのあるコメントばかりだった。

窓を開けると、一メートルほどの距離に隣のビルの壁がある。建物と建物のわずかな隙間から、夕刻の陽ざしがさしこんでいた。もう午後四時を過ぎている。いっそビールでも飲んで寝てしまおうか。そんな捨て鉢な思いがよぎる。

あらためて取材に使っている手帳を繰りながら、ネタになりそうな事柄がないか探した。もはや大阪でできることは、やりつくしたのかもしれない。ここはいったん東京に戻り、別の角度から切りこんだほうが……。

そこまで考えた時、ふと、ある人物の顔が浮かんだ。

――安田さんも、大阪には行かれるんですか。

関東新報の記者、服部泉だ。安田さんもという話しぶりから、彼女も大阪に来るつもりだと察せられた。もしかすると今も大阪にいるかもしれない。名刺入れから服部の名刺を引っ張り出し、しばし考える。

これ以上、単独で取材をしても行き詰まるだけだ。意地を張って一人でやるより、他の記者と合同で取材に当たったほうが、活路が開けるかもしれない。幸い、取り引きに使えそうな情報はいくつか手元にある。

やる、と決めたら早かった。安田は名刺の携帯番号に電話をかけた。三コールと待たずに相手が出る。

「関東新報、服部です」

はきはきとした女性の声が返ってきた。

「突然すみません。先日、亀戸でお会いした安田といいます」

「ああ。どうも、その節は」

服部は安田のことを覚えていた。近況を尋ねると、案の定、彼女は大阪支局にいると答えた。所在地は大阪駅の近くだ。安田はさりげなく〈週刊実相〉でアリサへのインタビュー記事を書いたのが自分であることを伝える。

「スクープじゃないですか」と服部が大げさに驚いてみせる。

「偶然ですよ。大阪にいるなら、情報交換がてらご飯でもどうですか。梅田にいるんで、そっちに行きますよ」

あー、と言いながら、服部はなにかを確認しているようだった。数秒間が空いてから「八時なら」と返ってくる。安田に異論はなかった。どうせ予定はないのだ。大阪支局の近くにある居酒屋で、午後八時に待ち合わせることになった。

「では後で」

「はい。面白い話、聞かせてくださいね」

電話を切る間際、服部はそう言った。ただの挨拶ではない。わざわざ会うからには面白い話を持ってこい、というメッセージだ。安田は「任せてください」と応じたが、もちろんハッタリだった。

通話を終えたスマホを充電器につなぎ、再度手帳をめくる。服部にどの情報を渡して、どの情報を隠しておくか。吟味する安田の目は、生気を取り戻しつつあった。


約束の八時を十五分過ぎたころ、服部が居酒屋に現れた。安田は出入口に近いテーブル席で待っていたが、前回と同じベージュのジャケットに黒のスラックスという服装だったためすぐにそれとわかった。片手を挙げると、気付いた服部が正面に座った。

「さっきまで仕事してたんですか?」

「支局で原稿を書いてました。色々と掛け持ちしていて」

「大変だ。お酒、飲みます?」

「この後、社に戻るので。わたしに構わずどうぞ」

そう言われると飲みにくい。店員を呼んだ安田は、メニュー表から適当に頼んだ。最初にウーロン茶が二つ運ばれてくる。

「服部さんは深瀬の地元、行きました?」

「小中高と。収穫はなかったですが」

「こっちもです」

しばらくは事件現場を撮った例の動画や、双方が書いた記事について当たり障りのない会話をした。テーブルに天ぷらの盛り合わせや魚の煮付けが並びはじめたあたりで、おもむろに安田が切り出した。

「実は〈週刊実相〉の記事、シリーズ化するんです。予算も出るんで、しばらくは亀戸の事件に専念しようと思ってます」

「そうですか」

「来週の号では、高校中退後の深瀬の足取りについて書こうかと」

服部が微かに目を細めた。

「安田さん、なにかつかんでるんですか?」

「これから調べます」

あえて言い方に含みを持たせる。実のところ、手掛かりらしきものは一つだけ手元にある。確度は未知数だが、提供できるものはそれしかない。

服部は腹を探るように上目遣いで安田を見たが、じきにゆっくりと口を開いた。

「……警察から取った情報ですが。深瀬は昨年の時点ですでに大量殺人を計画していたそうです」

安田は思わず身を乗り出した。いずれ公表されるのかもしれないが、それでも警察とのパイプを持たないフリー記者には貴重な情報である。

「方法や場所を事前に検討していたということですか」

「一年前の計画は実際の事件とまったく違ったようですけどね」

「具体的には？」

「そこまではまだ」

これも注意すべき情報だ。刃物を複数用意していることといい、歩行者天国を狙ったことといい、計画的であることは間違いなさそうだった。

服部が意味ありげな視線を向けてくる。今度はそちらの番だ、という意味だろう。

「……裏は取れていないですが」

そう断ったうえで安田は口を開く。

「中退後、深瀬は阪南《はんなん》市内へ転居したという噂があります」

この情報をもたらしたのは、東邦テレビの岸根だった。

〈週刊実相〉が発売された土曜、岸根から連絡があった。アリサの連絡先を知りたい、という用件だった。アリサは記事が出た後にSNSのダイレクトメッセージを受け取り不可にしたため、直接接触できなくなってしまったのだという。実のところ、アリサにそうするよう仕向けたのは他ならぬ安田だった。他の記者が追随するのを少しでも遅らせるためだ。そして、安田の手元には彼女のメールアドレスがある。

岸根には田巻の連絡先を教えてもらった借りがあったが、それでもタダで教えるのは気が引けた。のらりくらりと回答を引き延ばしていると、深瀬の元同級生からの噂だが、と断ったうえで岸根が言った。

――阪南市を探ってみると、なにか出るかもしれません。

ただし、その元同級生も「そう聞いたような気がする」というだけで確証はないそうだ。とはいえ新情報には違いない。安田はそこで手を打ち、アリサのメールアドレスを伝えた。

「どの程度の確度がありそうですか」と服部が問うた。

「さあ……噂程度だと思ってもらったほうが」

「そうですか」

服部は指先を顎にあてた。考える時の癖なのだろうか。

「でも、どうしてその噂が流れたんでしょうね」

「中退する時、同級生にでも話していたんじゃないですか」

「それにしては、卒業後の足取りが不透明すぎませんか。もしかしたら、誰にも行く先を伝えていなかったんじゃ？」

服部の発言は思いつきに過ぎないようだった。だが、安田の脳裏に閃くものがあった。

深瀬と親しかった元同級生は見つかっておらず、今後も見つかる見込みは高くないだろう。だが、教師ならどうか。同級生に伝えていなかったとしても、担任の教師なら、深瀬の卒業後の身の振り方を知っていてもおかしくない。過去の職員名簿でも手に入れられれば、事態を打開できるかもしれない。

「安田さん、どうかしました？」

無言でいると、服部が鋭い視線を投げかけてきた。わかったことがあるなら吐け、という圧力を感じる。口にするわけもなく、「いえ」とごまかす。

「大したネタじゃなくて申し訳ない」

「こちらこそ」

さらりと応じた服部は、用が済んだと判断したのか席を立った。

「ごめんなさい、そろそろ戻らないと」

テーブルにはまだ手付かずの食べ物がある。安田はもう少し残っていくことにした。服部は五千円札を一枚、差し出す。軽い問答の末、結局安田が受け取ることになった。

「またなにかわかったら、連絡しあいましょう」

去り際、服部はそう言った。社交辞令だろうが、最低限、相手の満足する情報は差し出せたのだろうと安田は捉えた。

新たに注文した生ビールを飲み、厚揚げのチーズ焼きを食べながら、安田は先刻の思い付きをあらためて考えた。公立高校の教職員は定期的に異動があるはずだ。深瀬の在籍時にいた者は全員、とっくに別の学校に移っているだろう。しかし教員の氏名さえわかれば、その後の足取りは色々な方法で追える。部活の顧問、組織の役員、各種報告書など、教員の名前が表に出る機会は意外に多い。

「なんとかなるかもな」

安田は誰にも聞こえない程度の小声で、ぼそりとつぶやいた。きっかけをくれた服部に、胸のうちで感謝しながら。

二日後、水曜午後五時半。安田は堺《さかい》市内の喫茶店にいた。他に客はいない。まもなく、取材相手がこの店へ来ることになっている。

締め切りまでによくぞここまで漕ぎつけたものだと、自賛したくなる。

月曜に取材方針を思いついてから、安田はすぐ行動に移した。

深瀬が在籍していた当時の教員について調べるのは、さほど難しくなかった。東邦テレビの岸根を頼って、高校の元同級生から高校二年時の担任教師の名を教えてもらった。室生周三《むろうしゅうぞう》、というのが担任教師の名であった。メールで転送されてきた卒業アルバムの画像には、室生の顔写真も載っていた。当時、室生教諭は五十歳前後だったという。

ここから室生の居場所を調べるのが一苦労だった。知り合いの記者のなかには室生への接触を図った者もいたが、すでに定年退職しているらしく、現在の居所をつかむことはできていなかった。

手始めにネットで氏名を検索したところ、数年前まで大阪高等学校体育連盟の水泳専門部会で常任委員を務めていたことがわかった。そこから丸一日を費やして、現在の委員が在籍する高校に片端から電話をかけたが、ほとんどの高校では電話を取られることすらなかった。稀に誰かが電話に出ても水泳部とは無関係の教職員であり、けんもほろろの対応を返されるだけであった。

心が折れかけた火曜の夕方、六十数件目にかけた高校でようやくヒントを得られた。水泳部の顧問が電話口に出てくれたのだ。

「室生さんやったら、知ってますけど」

男性教諭はそう答えた。

「室生さんの今の連絡先はわかりますか」

「さあ……四、五年前に定年になったんちゃうかな?」

安田はひっそりとため息を吐いた。退職後の足取りまで調べる術は現状、思いつかない。次の原稿は手元にあるネタをかき集めて書くしかない。三品の落胆する顔が目に浮かぶと同時に、電話の向こうで男性教諭が言った。

「まあ、再任用になってるとは思うけど」

再任用。聞いたことはあるが、実態はよく知らない。「そうなんですか」と勢いこんで尋ねた。

「ええ。今時、男性やったら大半の人は再任用選んで、六十五まで働くんでね。どこも人手不足やし、教員なんかそんな貯金ある人もおらんし。普通は最後に勤めとった高校でそのまま働いてますよ」

室生が定年を迎えたのが四、五年前なら、まだ働いている可能性がある。男性教諭は室生が最後に在籍していた、堺市内の高校名も知っていた。

翌水曜の早朝、安田は高校の正門で室生を待ち構えた。果たして、午前八時前に室生は現れた。髪が真っ白になっていたが、それ以外は卒業アルバムの顔写真と大差なく、すぐに本人だとわかった。大きなレンズの眼鏡をかけた、一見して堅物そうな人物である。

「室生周三さんですね」

声をかけると、相手は驚いて足を止めた。

「なんや、きみ。誰？」

安田は丁寧に自己紹介をしたうえで、過去の取材実績も織り交ぜつつ、深瀬の元担任教師として話を聞きたい旨を説明した。室生は「時間ないから」と言いつつ、安田の話に耳を傾けてくれた。

「誤った情報が流れるくらいなら、と進んで証言してくださる方もいるんです。ご協力いただけませんか」

その一言が決め手となったらしい。室生は「わかりました」と応じ、午後五時半に、学校近くにある喫茶店へ来るよう指定した。

約束の五時半から十分が過ぎたころ、室生がせかせかとした足取りで入ってきた。

「遅れてすんません。生徒の質問対応しとったら、長引いて」

「お気になさらず」

名刺交換の後、しばらく雑談を交わした。室生は若い時分に水泳の選手だったらしく、赴任先では毎度水泳部の顧問を任されていたという。担当教科は地理歴史。定年退職時、学校からは再任用を要望されたらしい。

「その再任用も、あと一年ちょっとで終わりですわ。講師やったら年齢制限はないって言われたけど、いい加減わたしもゆっくりしたいですから。再任用のロートルなんて、若い先生らにしたら邪魔なだけでしょうし。最近は職員室でもえらい肩身狭くてね。元校長が隣におったりするもんですから……」

室生はしばらく愚痴をこぼしていたが、やがて思い出したように「ほんで？」と問いかけてきた。了解を取ったうえでＩＣレコーダーのスイッチを入れる。

「深瀬礼司に関して、マスコミから取材は受けられましたか？」

「いえ。安田さんが初めてです。学校に問い合わせはあったみたいですけど、事務のほうで止めてくれてたみたいです。職員の在籍については言われへん、って。現地まで来たんは安田さんが初めてやと思います」

口元がほころびそうになる。大手メディアもいまだ室生にはたどりついていないらしい。

「深瀬の担任だったことは記憶にありますか」

「印象的やったんで覚えてます。成績優秀やったし、どこまで聞いてはるか知らんけど深瀬は中退しましたから。いつやったか……」

「二年の夏休みに」

「ああ、そうそう。休みに入ってすぐに保護者から連絡あったんですわ」

十八年前の出来事だが、語り口は明瞭だった。

室生いわく、七月下旬、母親から学校に連絡があったという。息子を中退させたいという申し出だったが、理由をはぐらかそうとする。不審に思った室生が三者面談を提案したところ、渋々ながら深瀬の母親は承知した。

応接用の部屋で面会したものの、母親は謝罪を口にするだけでなかなか話そうとしない。じきに、黙っていた深瀬が痺れを切らした。

「おれが全部話したるわ、と言いだして。そこからは深瀬が一人で話してくれました」

「具体的にはなんと？」

「父親が借金残して失踪した、と。金額は聞いてませんけど」

安田は「父親の借金」とメモを取りながら、何重にも丸で囲んだ。

「この状況では学費も払えんし、生活もおぼつかへんちゅうことで、中退して働くと言うてました。気の毒やけど、事情が事情やから止められへんかった。成績はよかったし、かなり上位の大学を狙えるはずやったんですけどね」

「借金の理由は？」

「父親がギャンブル狂いやったらしいです。たぶん、消費者金融で上限ギリギリまで借りて、返せんくなってヤミ金に手ぇ出したとか、そんなとこちゃいますかね」

「すみません。父親の借金なのに、どうして深瀬と母親が肩代わりすることになったんでしょう。なにか聞いてませんか」

「うーんと、お母さんが連帯保証人になってたみたいですわ」

当時、室生も同じ疑問を抱いたらしい。高校二年生の深瀬が言うには、父親が勝手に実印を持ち出し、連帯保証人として母親を指名したのだという。最初から、父親はいざとなれば家族に返済義務を押し付けるつもりだったのだ。

「長いこと教師やってましたから、いろんな家庭を見てきましたけどね。ろくでなしの度合いで言うたら、深瀬の父親は相当なもんです。問題のある父親は多くの場合、暴力もセットですから、深瀬も苦労したでしょうね」

ずいぶん昔の出来事にもかかわらず、室生の声は生々しい怒りを帯びていた。

「深瀬の父親も？」

「そらもう、そうでしょう」

「深瀬が言ってたんですか？」

「今の時代ならまだしも、そのころは父親の暴力なんか黙ってるんが普通ですから。相談しても解決するもんやない、と子どもも思いこんでるんでしょう」

それが事実なら、深瀬は家庭内暴力の被害者だった可能性もある。安田は吐き気を堪えて質問を重ねる。

「その後の転居先は知りませんか」

「どこやったかなぁ。聞いたような気はする」

「阪南市じゃないですか」

「あ、そうや。えらい南のほうまで行くんやな、と思ったんや」

中退後に阪南市内へ転居したという噂は事実らしい。

「なんで阪南だったんでしょう。親戚がいたとか」

「その辺は聞いた記憶ないなぁ。むしろ、誰も知り合いがおらんような場所を選んだんちゃうかな。生活圏は変えたいけど、住み慣れた大阪からは出たくない。まあそんなとこやと思います。もしかしたら借金取りから指定されたんかもね」

室生はコーヒーをすすった。

「勤務先は知ってますか」

「それも聞いた記憶はあるんです。就職の当てはあるんか、と聞いたら深瀬が答えたんですよ。進路を確認しとくのも仕事ですから。でも、どこやったか……聞いたことのある企業やったような……」

その後も室生はこめかみを揉みながら記憶を掘り起こそうとした。しばらく粘ったが、最終的には「あかんわ」と言った。

「ダメそうですか」

「あかん。思い出されへん。工場やった気がするけど」

工場というキーワードだけでは絞り込めない。阪南市内だけでもたくさんの工場があるだろうし、近隣の泉南《せんなん》や泉佐野《いずみさの》、和歌山で働いていたかもしれない。

「わかったら連絡いただけますか」

「あんまり期待せんといて」

室生の話しぶりには諦めが滲んでいた。結局、深瀬の足取りについては不明のままだ。苦労した割に得られた情報は乏しいが、中退後の転居先が阪南市内であることの裏付けが取れただけましだった。記者の仕事は空振りが基本だ。

会計を済ませようと腰を浮かせた時、室生が「あ」と言った。なにか思い出したらしい。

「関係あるかわからんけど」

「結構です。なんでも言ってください」

「話し合いの最後に、深瀬が笑いながら言うてました。明日の朝、死体が淀川《よどがわ》に浮かんでたらすみませんって」

「はい？」

安田の頬が引きつった。

「あの高校の南側、淀川が流れてるんです。ほんで梅田との間にかかってる、十三《じゅうそう》大橋いう橋がすぐ近くにあるんですけどね。淀川の底のほうは流れが速いんで、十三大橋から飛び降りたら簡単に溺死できますよ、て深瀬が言うたんです。もちろん、たしなめましたよ。でもそれから数日は怖かったです。ほんまに飛び降りへんか心配で。少なくとも、笑い飛ばすことができへんくらいには思い詰めてましたね」

「……なるほど」

「もうだいぶ前やけど、淀川沿いに通り魔が出たんがその二、三年前ちゃうかったかな。当時、無差別に通行人が刺される事件があったんですよ。現場は淀川沿いでね、そのころは夜になったら川沿いに行ったらあかんで、って毎日のように生徒に注意してました」

安田は深瀬の就職先を思い出したら連絡をくれるよう念を押してから、室生と別れた。

南海電鉄と地下鉄を乗り継いで、梅田に戻る。駅に着いてもまっすぐビジネスホテルに帰る気分にはなれなかった。原稿の締め切りは明日午前だ。すぐ取りかからなければならないのに、やるべきことがまだ残っている気がする。空はとっくに暗くなっていた。

夜の繁華街から離れ、阪急沿線を北へ歩いているうち、淀川へと近づいていく。このまま歩けば十三大橋だ。深瀬が飛び降りを示唆した橋。それを渡れば、彼の通っていた高校がある。安田は躊躇なく進んだ。梅田周辺は夜でも車両の通行が絶えず、無数のヘッドライトが炸裂しては消えていった。

やがて十三大橋に差しかかった。四車線の車道の両側につくられた、細い歩道。徒歩や自転車で通行する者が多く、落ち着ける場所がなかなか見つからなかった。橋のなかばでようやく通行人が途切れ、立ち止まることができた。

車道越しにもう一つの橋が見えた。新十三大橋。新とついているが、完成したのは半世紀以上前だ。黒い水面の鏡には、高層ビル群の照明が映し出されている。白、黄、橙、紫、緑。鮮やかな光が地上から淀川へ落とされ、色とりどりの蠟燭《ろうそく》が燃えているようだった。

安田は眼下を覗きこむ。暗闇のせいで、水面までの距離はつかめない。落ちれば無事では済まないだろう。安田がまだ大阪にいたころ、不良たちの間で度胸試しのため淀川に飛び降りるのが流行っていたと聞いたことがあるが、よく死者が出なかったものだ。いや、死者が出たせいで注意喚起が出回ったのだったか？

十三大橋の下に流れるのは、汽水——海水と淡水の混ざった水だった。

普通、川は河口に近いほど海水濃度が高く、内陸部ほど淡水に近くなる。両者が入り混じる汽水の領域は、潮の満ち引きによって変動する。ただし淀川の場合、海水が混ざる汽水は河口から毛馬《けま》にある淀川大堰までであり、それより上流は淡水とはっきり分かれている。梅田周辺は淀川大堰より下流のため、汽水だ。

どれほどの時間、橋の上から川を眺めていただろう。

安田の懐でスマホが震動した。ディスプレイに〈安田伊都美《いつみ》〉の名が表示されているのを見て、ついスマホを取り落としそうになる。久々の母からの電話にどぎまぎしながら、受話ボタンに指を重ねる。

「もしもし」

「ああ、出たわ。よかった。賢太郎やんな？」

何気ない風を装っているが、わずかに高い声から安田の機嫌を窺っていることが知れた。こういう時はろくな話ではない。ただでさえ母との会話は快いとは言いがたいのに。安田は苛立ちを抑えて言った。

「当たり前やろ。なんなん、珍しい」

そもそも、伊都美から連絡が来ることは滅多にない。

もともと安田は、高校を卒業して実家を飛び出したころから、親との縁は切れたと思っている。その状況に変化が訪れたのは、六年前の祖父の死がきっかけだった。数少ない地元の友人に安田の連絡先を教えてもらった伊都美が、電話をかけてきたのだ。以来、伊都美とは年に二、三度、電話で話している。離婚したことも、息子がいることも伊都美には話していた。

「あんた今、どこおるん。外？」

「外やけど、気にせんでええよ」

まさか大阪だとは言えない。言えば、顔を見せろと言われるかもしれない。伊都美は「あんなぁ」と語尾を伸ばして数秒沈黙した。

「お父さん、施設に入ることになってん」

まるで他人事のような、冷たい口調だった。

安田は知っている。両親は離婚こそしていないものの、夫婦関係が冷え切っていることを。そして、父の病が完治しない性質のものであることを。

「病気、悪いん？」

「この間こけて骨にヒビ入ってん。一応歩けるけど、食事も世話せなあかんし、わたしも仕事あるから、もう面倒見きれへん」

安田の父――信吉《しんきち》はパーキンソン病を患っていた。詳しいことは聞いていないが、祖父が亡くなった時にはもう診断が下っていた。自力で歩けるうちは自宅で過ごすと言っていたが、前倒しで施設に入ることになったらしい。

「お金とか大丈夫なん」

「ケアマネさんとか役所の人に相談したらな、お父さんのケースやったら助成金が使えるらしいわ。難病のなんとかいう……」

それから伊都美は、父を説得するのがいかに大変であったかを語りだした。安田には興味のないことである。肌寒くなってきたこともあり、「それだけやったら、もう切るで」と告げた。

「ああ、待って。もう一個」

「なに？」

伊都美は「時間のある時でええから」と前置きした。

「施設に入ったら、お父さんの見舞いに行ってくれへん？」

黙りこむ安田に、母はさらに言葉を加える。

「あの人、あんたに言いたいことあるみたいなんよ」

そう言って、枚方《ひらかた》市内の施設名を告げた。

「来週入居するから。こっち来ることあったら寄ってみて」

「たぶん行かんと思うけど」

「はい、はい。とにかく伝えたから」

母はどこかせいせいした口ぶりであった。行くのか行かないのかうやむやのまま、電話は切られた。

安田の耳に橋上の騒音が戻ってくる。暗い淀川の流れを見つめながら、この川面に飛びこむ高校生の姿を想像しようとしたが、うまくいかなかった。

放課後の教室に一人でいるときが、一日のなかでいちばん好きでした。

同級生のいない教室でのみ、たった一人の時間を楽しむことができたからです。自宅では、仮に一人でも、いつ父が帰ってくるかわからないという恐怖がありました。ここには父が来ない、というだけで心が安らぎました。

他の生徒がいる時は、たいてい本を読んでいました。よく読んでいたのは志賀直哉《しがなおや》の文庫本です。好きだったというわけではなく、考えるのが面倒で同じ本ばかり借りていました。本を読んでいるポーズさえ取れればよかったのです。なにもしていないと誰かに話しかけられたり、バカにされたりしますが、本を読んでいれば周りはそっとしておいてくれます。

志賀直哉の「和解」という小説が、作者自身と父との関係を描いたものらしいと知ったのは、そのころでした。個人的経験を言葉にして他人に伝えるなんて、自分にはできない、と思っていました。しかし今、こうして父とのことについて語ろうとしているのですから不思議なものです。

父は長年、路線バスの運転手をしていました。当時、年齢は四十七か八でした。放課後の教室で時間をつぶすのは、とにかく、父と一緒にいる時間を少しでも短くするためでした。

朝はいいのです。父は五時半には家を出るため、それより遅く起きれば顔を合わせることはありません。それに、朝は父もしらふです。

問題は夜です。外で飲んでこなければ、早ければ午後三時に帰ってきました。パチンコ屋に寄って帰ることもありましたが、遅くとも十時には家にいました。帰ってきたら、就寝まで延々と酒を飲み続けていました。ピーナッツやスルメを食べながら、安焼酎のロックをひたすら胃に流しこむのです。

酒が入った父は手がつけられません。酔いはじめると、決まって仕事の愚痴をこぼしました。給料が少ない、客のマナーが悪い、同僚の礼儀がなっていない、会社からの注文が多い。愚痴を聞かされるのは主に母でした。母は白けた顔で「そうなん」と応じていましたが、そのうち、父が前触れもなくいきり立つのが常でした。

「なんやそのツラ。バカにしくさりおって」

そんなことを喚きだしたら、もうおしまいです。「バカになんかしてへん」と言い返す母の頬を張り飛ばし、髪をつかむのです。

「誰がこの家の亭主なんじゃ、コラ。言うてみ」

その後は父の気が済むまで、殴る蹴るが続きました。母は感情をなくした顔で、ただ暴力をふるわれるまま耐えていました。物心ついたころから、数えきれないほど見てきた光景です。そして最後には、必ず父が詫びて終わります。床に額をこすりつけて土下座をし、母に許しを請うのです。

「すまん。ほんまはこんなことしたないねん。でも、どうしようもないんや。酒飲んだら頭んなかぱーっとなって、気ぃついたらやってまうねん。もう二度とせんから。ほんまにすまん」

この約束が守られないことは、母もよく知っていました。それでも最後には「もうええから」と言って事を収めていました。そして父は後日、懲りずに酒を飲んで同じ過ちを犯し、またひれ伏す。その繰り返しでした。

暴力の矛先がこちらにも向けられるようになったのは、小学校低学年からでした。母は近所のスーパーで仕事をしていて、母の帰宅が遅くなった日、家で父と二人きりになる時間がありました。その日、早番で仕事を切り上げた父は、日が出ているうちから焼酎を飲んでいました。狭いアパートの居間で、同じ部屋にいる父の気配に怯えながらテレビを見ていました。

「なんや、そのテレビ」

唐突に父が言いました。どんな番組かもはや覚えていません。父は執拗に難癖をつけ、「消せ」と言いました。それでもテレビの電源は消しませんでした。消せば、難癖をつける対象がテレビ番組から自分に切り替わってしまうからです。

「聞こえとんのか。消せ、言うてんねん」

リモコンを捜すふりをしてごまかしたのですが、父はすぐに痺れを切らしました。

「どんくさいガキやな」

気付けば、脇腹に父の足の甲がめりこんでいました。蹴られた、と思った時にはもう転がっていました。仰向けで「痛っ」と叫ぶと、頬に平手が飛んできました。父は暗い顔でこちらを見下ろしていました。

「そこにリモコンあるやんけ。よう見ろ、ボケが」

冷たい父のまなざしに急かされ、慌ててテレビを消しました。

その日を境に、酔った父から殴られるようになりました。罵倒の末に殴る、蹴る、髪をつかむ、という流れは母の時と同じです。最後に土下座をして謝るところまで同じでした。

「ほんまに殴るつもりはなかってん。ただ、どうやって接したらええかわからんだけやねん。すまん、この通りや」

その謝罪を聞きながら、どうやったらこんな卑しい人間になれるんだろう、と思いました。父が暴力をふるうと、最初は母が間に入って止めていました。しかしキリがないせいか、じきに黙認するようになりました。不思議と、母への恨みは抱かなかったです。母のほうがずっと前から父に殴られていたせいかもしれません。

酔った父からの暴行にも、徐々に慣れていきました。痛みが消えたのではなく、日常として受け入れるようになっただけです。中学生になってもなかなか身長が伸びないせいか、父は平然と拳をふるい続けました。

十五歳になっても、父の暴力は続いていました。

もしもあの男のせいで自分が死んだら、とよく考えました。あの男は泣いて謝罪する。殺すつもりはなかった。接し方がわからなかっただけだ。息子は偶然、死んでしまった。仮に逮捕されたら、父はそんなことを平気で抜かしていたでしょう。

夏と呼ぶにはまだ早いその日、五時過ぎまで教室に居残っていましたが、そろそろ限界でした。飲食店で時間をつぶせるほど小遣いはもらっていなかったですし、公園にはガラの悪い連中がたむろしていました。それに、空腹には勝てません。いずれは家に帰らなければならないと、わかっていました。

「まだおったんか？」

　通りかかった教師の声が聞こえてきました。生活指導の男性教諭でした。

「なにしてんねや、こんな時間に」

「すんません。ちょっと寝てて」

　下手な嘘でごまかしましたが、教師はすぐには去ってくれませんでした。

「部活はええんか。お前、なんか部活やってなかったか？」

「二年でやめました」

　部活は放課後の時間をつぶす口実になったのですが、二年の春合宿の前に辞めていました。運動は得意ではありません。無駄に身体を動かして疲れるくらいなら、勉強をしているほうがずっとましです。教師は「そうか」と気まずそうに言いました。

　いっそ、この場で全部打ち明けてしまおうかと思いました。父から暴力をふるわれているので、家に帰りたくありません。そう告白したら、この教師はどんな顔をするだろう、と想像しました。

「先生」

「なんやねん」

　その時の教師の目を見て、ダメだ、と思いました。厄介事をもちかけてくれるな、と視線が語っていました。打ち明けた後の展開は想像できました。大変やと思うけど、家の人とよう話し合って、できるだけ穏便に済ましてもらうようお願いしてみたらどうや。そんな、なんの足しにもならないことを言われて終わりだったはずです。

不自然な沈黙を、教師はなかったことにしました。

「なんでもええけど早よ帰れ。通り魔に襲われる前に」

「なんですか、通り魔って」

「知らんのか。最近、淀川沿いで何人も刺されてるんやぞ」

まったくの初耳でした。父はニュースを見ていると「つまらん」と言って怒るので、普段テレビでニュースを見ません。自慢ではありませんが友達も少なかったので、地元の噂話にも疎かったのです。

教師いわく、三か月ほど前から刃物を持った男が淀川沿いに出没している、とのことでした。すでに数名が刺されており、いずれも命に別状はなかったそうです。

「何人くらい刺されてるんですか」

「正確には知らんけど、五、六人はおる。年齢も性別もバラバラらしい」

怪我の程度も人それぞれで、かすり傷程度の人もいれば、太ももを深々と突き刺されて歩行が困難になった人もいるようでした。

「うちの生徒ちゃいますよね？」

「それはちゃうけど、少し前に守口《もりぐち》の高校生が刺されたらしいわ」

「守口って結構遠ないですか？　この辺は大丈夫ちゃいます？」

「でも、事件が起こったんはだいたい淀川沿いらしいからな。梅田とか、西中島《にしなかじま》とか。こっちの方に来んわけないやろ。ここやって、河川敷から歩いて三十分もかからんし。危ないんちゃうか」

教師の言う通り、学校はほぼ淀川沿いでした。そして学区内にある自宅は、さらに淀川から近かったのです。

「なんで川沿いで事件起こすんですかね」

「知らんがな。夜な夜な、徘徊してんちゃうか。ほんで油断してるやつ見かけたら、わーっと襲いかかるとか」

教師は根拠のない憶測をひとしきり語ってから、「早よ帰りや」と言い残し、ようやく去っていきました。通学用の鞄を手に、無人の廊下を歩きながら通り魔について考えました。

見知らぬ人を刺す犯人の、心根が想像できませんでした。

なにが楽しくて面識のない人間を刺すのか。悲鳴をあげたり、逃げ惑う姿を見て笑っているのか。暗闇にまぎれているとはいえ、少なからずリスクのある行為です。反撃を受ける可能性もありますし、そこまでいかずとも、顔を見られれば逮捕される危険性は高いでしょう。

どうせそこまでやるなら、憎い相手を刺せばいいのに。

そう思うと同時に、ある妙案が脳裏で閃きました。現実離れした計画が、通り魔の存在によって急激に輪郭を形成していったのです。バカげている、とは思いませんでした。

自宅から淀川までは十分とかかりません。もし、自宅周辺で刺殺された遺体が見つかれば、警察は最近の通り魔が起こした事件だと判断するはずです。一介の中学生に疑いの目が向くことはない、と確信しました。

たとえ、被害者が父だったとしても。

全身に震えが走りました。恐怖ではなく、歓喜の震えです。

復讐する最大のチャンスでした。父が一人で外出する隙を狙って、人気のない場所で襲撃すれば、周囲は勝手に連続通り魔が犯人だと勘違いしてくれる。こんなに都合のいい機会はまたとありません。

ためしに、頭のなかで父を血祭りにあげてみました。重傷で済ませるつもりはありません。やるからには、殺すまでやる。逆手に握った包丁で首の後ろを刺す。刃の先端をこじ入れ、背中を切り裂く。赤黒い鮮血が噴き出す。

しばし立ったままぼうっとしていましたが、追い抜いていった見知らぬ生徒の視線で我に返りました。いつしか、辺りは茜色から藍色へ変わっていました。

一瞬、くだらない妄想をしていたことを恥じました。父を殺したいほど憎んでいるのは事実ですが、いくらなんでも殺すというのは——。

あり得ない。そう断じようとしたのですが、心のなかにはほんの少し期待が残っていました。

この人生から父を排除できる。

その誘惑は、あまりにも甘美でした。

第二章

安田は電話の着信音で目が覚めた。視界には、すっかり見慣れたビジネスホテルの天井が広がっている。

寝る時はマナーモードにするのが習慣だが、前夜動画を見ながら眠ってしまったせいで設定できていなかった。寝ぼけ眼《まなこ》でスマホを見ながら、今が月曜の朝であることを確認する。画面には三品の名が表示されていた。慌てて電話を受ける。

「おはようございます」

「悪いな、ヤスケン。朝っぱらから」

さして悪いとも思っていなそうな口ぶりである。安田は立ち上がり、客室内を歩きながら話した。眠気覚ましのためではなく、落ち着かないせいだ。よくない予感がした。三品の口ぶりが、妙に丁寧なのが気になる。

「どうかしましたか」

「うん。遠回しに言ってもしょうがないから、はっきり言うけど……例のシリーズ記事の第二回、あんまり評判よくないんだよね」

三品の遠慮ない一言が胸に刺さる。

たしかに、初回ほどのインパクトはなかったかもしれない。だが平均点には達したはずだ。高校時代の担任である室生へのインタビューを軸に、深瀬礼司の周辺情報をちりばめた、手堅い出来だと自負していた。しかし三品の声音は冴えない。

「ほら、先週がよすぎたから。みんなの期待値も高まったんだよね。ぶっちゃけた話、おれも今回の記事読んだ時、失速したように見えちゃった」

「……力不足ですみません」

「いや、こういうのって時の運もあるから。実力のせいだとは思わないけど。ただ、売上は正直だからね」

三品いわく、シリーズ第二回の記事が掲載された〈週刊実相〉の初動売上は、前週と比べると大きく低下したという。当たり前だが、たった一つの記事で雑誌の売上が決まるわけではない。他にも目玉記事はあるし、グラビアページの人選、社会動向も大いに影響する。だが、昨週の売れ行きが安田の書いた記事によるものなのだとすれば、出版社にとって期待外れの感は否めないだろう。

「部内でも、次で終わりにしたほうがいいって意見があるのも事実なんだよね」

三品の話はあきらかにシリーズ打ち切りへと向かっている。おそらくは三品の上役あたりがそんなことを言ったのだろう。安田は悟った。これは、事前に打ち切りの可能性を通告したと後日言い訳したいがための電話だ。

「待ってください。まだ事件から二週間ですよ。終わるのは早すぎます」

「それもそうだけどさ」

「ネタの当てはあるんです。少しだけ時間をください」

「わかる、わかる。でもヤスケンには筆で黙らせてほしいのよ。記者ならね。第三回の記事がよければ、やっぱり続けようってことになると思うから。とりあえず、伝えたからね。じゃあ」

最後は一方的に切られた。

スマホをテーブルに置いて、ベッドに倒れこむ。舌打ちが出た。このまま並の記事を出せば、打ち切りは間違いない。木曜までに大きなネタを仕込む必要がある。シリーズを切られれば収入は断たれ、記者としての実績を上げるチャンスもふいになる。

ネタの当てがあるというのは、ハッタリではない。

目下、最も有力なのは深瀬の元恋人に関する情報だった。アリサへのインタビューのうち記事にしていない内容と引き換えに、フリーの記者仲間から仕入れたのだ。名前は佐田《さだ》清夏《さやか》。交際していたのは深瀬が二十代だった一時期だという。現在、佐田は京都府内に住んでおり、専門学校の事務をしている。連絡先もすでに手に入れていた。

ただ、積極的に取材に踏み切れない理由もあった。電話口で記者仲間がこうこぼしていたのだ。

――ぼくは会いましたけど、彼女の話はどこまで使えるか。さすがに元恋人というのは嘘じゃないと思いますけど、個別のエピソードとなると……確認のしようがないですよね。うちでは使わないかもしれません。

事件記者をしていると、平然と嘘をつく人物にたびたび遭遇する。焦った記者がそういった証言を裏取りせずに書き、飛ばし記事となってしまったケースを安田はいくつも知っている。

その記者は大手紙の社員から佐田清夏の連絡先を聞いたそうだが、元をただせば彼女のほうから取材の希望があったらしい。そうした経緯もふくめ、彼女の言い分がどこまで信じられるか判断がつきかねる。

とはいえ、今の安田に選り好みする余裕はなかった。他に取材の当てがないのなら、手持ちのカードで間に合わせるしかない。それに、他の記者が使わない情報には案外お宝が眠っていることもある。なんとか自分に言い聞かせて、重い腰を上げた。

気を取り直してパソコンに向き直り、佐田清夏へ取材依頼のメールを送る。返信は一時間もしないうちに来た。

〈ご連絡ありがとうございます。佐田と申します。〉

文面は丁重で、少なくとも非常識な印象は受けなかった。明日の午後は予定がないため、取材を受けてもいいという。

〈お手数ですが、もし当時の記録や写真などがありましたら、可能な限りご持参いただけますでしょうか。〉

そうメールを送ると、すぐに〈承知しました。〉と返ってきた。順調ではある。順調過ぎるくらいだった。安田はしばらく佐田清夏の真意を推測しようとしたが、手掛かりがなさすぎるため諦めた。どうせ明日になれば会えるのだ。記事に使うかどうかは、それから判断すればいい。

信憑性はともかく、取材の当てができたことで緊張が解けた。ホテル備え付けのカップにインスタントコーヒーの粉を入れ、ポットの湯で溶かす。口にふくむと、コクも深みもない、安い渋みが舌の上に広がった。

安田は椅子に腰かけ、スマホの見逃し配信アプリを起動した。最近は、過去のテレビ放送を配信で後追い視聴できることが多い。ワイドショーやニュース番組をざっと見返すのも、事件記者としての習慣の一つだ。

昨夜放送されたニュース番組を、ところどころ飛ばしながら見ている最中だった。テロップの文字列に、思わず顔を近づける。

〈亀戸無差別殺傷事件　被害者が語る恐怖〉

事件では三名が亡くなり、四名が重軽傷を負った。負傷した被害者へのインタビューは、安田が知る限り、まだどのメディアにも出ていないはずだった。目を細めて、スマホの画面を注視する。

テレビ局のインタビューに応じたのは、右腕に全治三週間の傷を負わされた男性だった。顔は出していないが、前腕部に巻かれた包帯が映される。服装や体型、たたずまいから、あまり若くはなさそうだった。

「あんなに怖い思いしたのは、人生で初めてです」

加工された声で、男性は語る。

「その日は遅めの昼ごはんを食べて、スーパーに寄って、家に帰るところでした。歩行者天国を歩いてたら、突然、前のほうで悲鳴があがって。なにがなんだかわからないうちに、人がどっと押し寄せてきたんです。誰かに押されて、バランスを崩して転んじゃって。気が付いたら周りに人がいなくなっていて、包丁を持った犯人がすぐ近くにいました。包丁は血に濡れていて……荷物を放りだしてすぐ逃げました。向こうも追いかけてきて、ここを切られました」

男性は包帯を巻いたあたりを指さす。

「その時は痛みも感じなくて。人混みにまぎれて逃げきったところで、やっと痛さを感じて、自分が切られたことに気付きました」

「犯人の様子はいかがでしたか？」

インタビュアーの質問に、男性はうなっていた。

「様子……まあ、おかしいなとは思いました。目が虚ろで、焦点が合っていない感じでしたね。わたしが切られた時にはもう、一人か二人は殺していたはずです。人間とは思えませんでした。あれは、ケダモノでしたよ」

映像はそこで終わった。

ケダモノという言葉が、安田の記憶を刺激する。

人間以外の動物が、明確な殺意をもって同種の他者を傷つけることがあるのだろうか。チンパンジーは縄張り争いのためにケンカをするし、結果として相手を死に至らしめることもあるかもしれない。しかしそれとて、殺意があるとは言えない。人混みのなかで包丁をふるうこととは意味が違う。

――人間だから、殺したんじゃないのか。

被害者の巻いていた包帯の白さが、視界に残っていた。

「深瀬とは、二十二歳の時から二年弱交際していました。あっちも同い年やったはずです」

佐田はぼそぼそと、独り言のように言った。

小柄な佐田は、黒いカーディガンにくたびれたチノパンという服装だった。地味な雰囲気で真面目そうにも見える。ただ、外見から人柄を判断するのがいかに危険か、安田は知っている。派手な正直者も、目立たない嘘つきもいる。

火曜午後。祇園四条のレンタル会議室は、老朽化したビルの四階にあった。狭い会議室はテーブルと四脚の椅子でいっぱいで、圧迫感があった。ただ、狭いおかげで佐田の小さな声でも問題なく聞き取ることができた。

「当時は大阪市内の実家に住んでいました。仕事はお休みしてました。高校出て病院で医療事務の仕事やってたんですけど、体調崩しがちで職場に行けんようになって。有休もらいながら続けてたんですけど、居づらくなって辞めました」

「それはおいくつの時ですか？」

「二十二になる少し前」

「深瀬と知り合ったのは、いつでしょう？」

「その年の春で、会ってから一か月くらいで付き合い出したと思います」

きっかけを尋ねると「出会い系の掲示板でした」と返ってきた。

「今やったらマッチングアプリとか使うところなんでしょうけどね。時間を持て余してたんで、たまに書きこんでました」

「その……男性とはよく会ってたんですか？」

「普段は反応を見るだけです。でも、向こうの書きこみに興味が湧いて。あっちは東京大学法学部出身、この春に大手食品メーカーに就職した新社会人やと名乗ってました。掲示板のログは見つからんかったんですけど、メールの記録が残ってたんでプリントアウトしてきました」

持参したキャンバス地のトートバッグから、佐田は紙束を取り出した。ざっと確認すると、たしかに佐田と深瀬のメール文面だった。

「さすがに、鵜呑みにはしなかったですけどね。いくらなんでも東大を出たエリート会社員が、出会い系掲示板で相手を探すようなことせんやろと思いました。しばらく無視してたら、画像を出してきたんですよ。模試の成績表の」

「模試、ですか」

「正確な数字は忘れましたけど、偏差値が七十くらいあって。めっちゃ高いってことはわかりました」

佐田は初めて、くすりと笑った。

「笑いますよね。深瀬が主張するには、社員証や東大の学生証は個人が特定されるかもしれんからネットでは見せられへん、その代わり学力が高い証拠として高校時代の模試の成績表を見せた、ってことでしたけど。言い訳が苦しすぎる。でも、少なくとも勉強ができたんは事実っぽかったんで。万が一プロフィールが本物やったら儲けもの、くらいの気持ちで会うことにしました。それに、模試の成績表載せる男なんか他におらんかったんで。面白半分でしたね。そこからは個人メールでのやり取りに移りました」

興が乗ってきたのか、次第に佐田は饒舌《じょうぜつ》になってきた。

「そこから一か月程度で付き合いはじめたんですね」

「正直、付き合うまでのことはあんまり覚えてなくて。映画見たり、天王寺《てんのうじ》動物園行ったりしたかな。唯一覚えてるんは、深瀬が毎回スーツで来てたことです。いっつも黒いスーツに紺色のネクタイでした。エリート会社員っていうより、就活生みたいでしたね。東大の思い出とか聞いてもふわふわしてるし、会社のことも研修期間やからまだわからんとかごまかしてたし、嘘なんやろなぁとは思いました」

そこで佐田は突然、両手を広げた。

「見てもらったらわかると思うんですけど、わたしもモテるわけではないです。それでも一応、男性とお付き合いしたことはあったんですよね。その、前の彼氏やった人が結構わがままで、何事もおれがおれがって性格やったんです。深瀬は嘘をついてるかもしれんけど、そういうおれ様タイプには見えんかったから、付き合っても振り回されることはなさそうやなぁという印象もあって、交際をオッケーしました」

「深瀬とは、頻繁に会っていたんですか?」

「月に二、三回でしたね。わたしが市内で向こうが尾崎《おざき》やったんで、会おうと思えば一時間もからずに会えましたけど」

尾崎駅は、阪南市内にある南海鉄道の駅だ。

「だいたい深瀬のほうがこっちに来て、買い物したりご飯食べたりして、ホテルに泊まってました。深瀬は独身寮でしたし、あっちに遊びに行ったことはないですね。いつの間にか服装もスーツではなくなってました」

そこで佐田は、安田が用意した緑茶のペットボトルに口をつけた。

「勤め先が嘘やっていうんは最初から感づいてましたけど、はっきりしたのは付き合ってからですね」

「きっかけはなんだったんですか」

「ある時、何気なく聞いたんです。会社は阪南に工場あるんか、って。例の大手食品メーカーは、阪南に工場がなかったんです。その質問したら深瀬がえらい慌てて、取引先に出向してる、って言い出したんです。あっちが言うには、メーカーの社員であることは間違いないけど、今はその生産委託先に出向してるんや、と。取引先の監督指導をする立場にあるんや、と。そう言うてました。すぐに嘘やってわかりましたけど」

「なぜですか？」

「だって普通に考えて、新入りが監督指導なんか任せられるわけないでしょ。社会経験の浅いわたしでもわかりました。慌てすぎやったし。でも嘘ついてることなんて、掲示板の時点でわかってたことですから。さっきも言った通り、暇潰しでしかなかったんですよ。彼氏がいたほうが家族も安心しますから」

安田はひそかに息を吐いた。今一つ、深瀬に対する佐田の感情が見えてこない。

「率直に、深瀬は恋人としてどうでしたか？」

「うーん。経歴を詐称しているところを除いたら、そんなにいやな人ではなかったかな。真面目は真面目やし、一緒にテレビとか見てると色々知ってるなぁと思うことはありました。ただ、仕事運がないというか、とにかく不器用なんですよね。そのせいで、職場でちょいちょいトラブルは起こしてたみたいです」

「具体的に覚えていますか？」

「……まず、最初に働いてた阪南の工場ですけど、上司と揉めて退職したみたいです。付き合いはじめて三か月くらい経ったころかな。呼び出されて二人でご飯食べに行ったんですけど、向こうがめちゃくちゃ機嫌悪くて。いかにも聞いてほしそうな態度やったから、なにがあったか尋ねたんです。そうしたら、会社辞めたって言うんです。さすがにびっくりしましたね」

「理由は？」

「色々言ってましたけど……覚えてるのは、職場の管理職がとんでもない不正働いてる、って話でした。消費期限の切れた食材で惣菜作ってる、とか。部下はみんな言いなりになってて、誰も不正を告発せぇへん。あんな会社で働いてたらこっちまでおかしくなる……みたいなね。なんか、公益通報したるとかパワハラ訴訟起こしたるとか言ってましたけど、正直、それも嘘やろな、と思ってました。自分を正当化するための。パワハラなんかも受けるほうの気分次第やし、必要悪ってこともあるし」

さらっと言ってのける佐田は、マネキンのように無表情だった。

「ケンカになりませんでしたか？」

「次の仕事どうするん、とは言いました。そしたらさすがに黙ってましたね。あの人、発作的に会社の寮飛び出してきたみたいで、その時はネットカフェに寝泊まりしてるって言うてました。呆れましたよ。その後、すぐにアルバイトの口見つけてましたけど」

次の仕事は塾講師だったという。寮を出たため、大阪市内に安いアパートを借りたらしい。

「当時は、東大は嘘でもどこかの大学は出てるんやとばっかり思ってたんで、そこまで不自然には思わなかったんですよ。でも、最近の報道見て知ったんですけど、あの人高校中退なんですってね？　大学どころか高校も出てへん人間が、よう塾の先生なんか……」

「履歴書なんかにはどう書いてたんでしょう？」

「嘘書いたんちゃいますか」と佐田は言う。

「仕事の内容はわかりますか？」

「文系の科目を教えてたような気がしますけど、ようわかりません。ただ、二か月しか続かなかったのは覚えてます。深瀬のほうから自己都合退職したんですよ。そこの予備校も不正をしてるとかで、めちゃくちゃ批判してましたね。ああいう塾って、模試とか夏期講習とか、単発で利用しただけの人も実績にふくめるんでしょう？　深瀬はそこが気に入らんかったみたいで。そんなもんは実績に入らんやろ、と。いくらなんでも潔癖すぎると思いません？　その前にお前の経歴詐称を謝らんかい、って話でしょ」

「仕事はそれきりですか」

「すぐに見つけてましたよ。たしかその次はパン工場です。そこも半年もたずに辞めてました。そのパン工場では、とにかく単純作業しかやらせてもらえへんかったみたいで。最初は我慢してましたよ。さすがにここも短期で辞めたら情けないと思ってたんでしょうね。まあでも、ダメでしたね。またある日いきなり、仕事辞めた、って言い出して。あんな仕事機械でもできる、おれがやらんでもええ、っていうんが深瀬の言い分でした。気持ちはわからんでもないですけどね。延々と単純作業ってつらいし。でもそれ言い出したら、大半の仕事やってられへんと思いませんか？　偉そうに仕事選べる立場かいな」

勢いづいたのか、佐田の語りは止まらなかった。

「わたしからすれば自業自得やろって感じですけど、深瀬は世間がおかしいと本気で考えてる節がありました。自分は正しい人生を歩もうとしてるだけで、平気な顔で不正をしている周りのほうが間違っているんやと。人生に正しいも間違ってるもないやん、と思いますけどね」

急に沈黙が訪れた。佐田は緑茶を飲んでいる。安田はタイミングを見計らって、話題を変えた。

「家族とは連絡を取っているようでしたか？」

「親とは連絡断ってるみたいでしたね。生きてたんかどうかも覚えてないですけど……親はどうしようもない人間やから縁切った、って言うてました」

佐田はまだ語りたりないのか「仕事のことですけど」と話を戻した。

「パン工場を退職した後は、ＩＴのエンジニアになってました。工場での単純作業に懲りて、頭脳労働っていうんですか、知的な仕事に憧れてました。実際、頭は悪くなさそうでしたからね。ハローワークとかで仕事探して、最初に見つかったんが、未経験者歓迎のエンジニア職やったみたいです。具体的にどんな仕事かはわかりませんよ。そんなんまったく経験ないし。会社は、谷《たに》町《まち》四丁目か六丁目かにあったと思います」

「なるほど」

「深瀬がそこで働きはじめて半年くらいしたタイミングで、別れました。いつ辞めたかはわかりませんけど、そこもそんなに長続きせんかった気はします。残業がすごいって愚痴ってましたから。朝八時に出社して、終電まで仕事するのが当たり前やって。労働基準法違反や、ってまたうるさいこと言うてました。土日出社もしょっちゅうで、それで会う頻度も減っていって。すれ違いというか衝突することも増えて、最後は口げんかで別れましたね」

上気した顔で、佐田はペットボトルをあおる。中身は空になっていたが、何度も何度も、執拗に傾けていた。再度、同じような質問を投げかけてみる。

「あらためて、深瀬という人間についてどう思われますか？」

「他人にはすぐ文句言う割に、自分にとって都合のいい嘘は平気でつく。性格がぶっ壊れてるんですよ。自分だけは選ばれた存在やと思ってたんです。だから、あいつが何人も人を傷つけたって聞いても違和感なかったですもん。あそこまでのことをやるとは思ってなかったけど、深瀬は自分のためなら平気でなんだってやりますから」

「恋人としてはそこまでいやな人ではなかった、という話でしたが」

「そんなん、言葉のあやです。人間としては最低です」

佐田自身、深瀬への評価がまとまっていないようだった。取材を受けるのはこれが初めてではないはずだが、いまだに感情の整理がついていないのか。

「佐田さんは、みずから新聞社にご連絡されたそうですね」

「そうですが、なにか？」

「なぜそうしようと思われたんです？」

佐田は返答に詰まったが、やがて「使命感です」と言った。

「深瀬と一時期付き合っていた人間として、証言する義務があると思ったんです。だってあんな凶悪な事件起こした人間ですよ。どんな人生を送ったか、ちゃんと報じないとダメですよ。だから、できることがあったら協力しようと思って……なのになんなんですか。協力してあげてるんですよ」

安田は「落ち着いてください」と呼びかけながら、目の前にいる佐田を過去の取材対象者と照らし合わせていた。

彼女は、自分を必要としてくれる誰かを欲しているのではないか。仕事でも恋愛でも、なんでもいい。ただただ、佐田清夏という存在を求め、尊重してくれる人間が欲しかった。そこに亀戸の事件が起こった。佐田は、深瀬礼司の元恋人という立場を利用できることに気が付いた。この立場を使えば、報道関係者が自分の証言を求めてくれる。発言を録音し、熱心にメモを取り、頷きながら耳を傾けてくれる。佐田が言うところの「使命感」の正体とは、その欲求ではないのか。安田が過去に取材した相手のなかにも、そういう性質の人間がいた。家族からも社会からも顧みられず、注目欲しさに自分から連絡してくる人間が。

佐田の発言には生々しさがある。第一印象では、虚言だとは思えない。ただ虚言でなかったとしても、そうした承認欲求が原動力である可能性は、念頭に置いておいたほうがいいだろう。

気まずさをかき消すように、「確認ですけど」と佐田が身を乗り出した。

「ほんまに謝礼は一切出ないんですか？」

「すみません」

「ゼロ円？」

「はい」

あーあ、と声に出して、佐田が嘆息する。

「こっちは時間空けて、無償で情報提供して、安田さんはその情報で記事書いてお金もらうんでしょう。そんな虫のええ話ないと思うんですけど。わたし、深瀬礼司の元恋人ですよ。わたしの話に価値を感じてるから、取材させてくれって言ってるわけですよね。それやのに対価を払わんっていうのは失礼ちゃいますか？」

「謝礼をお出しすると、かえって虚偽の証言が増えたり、無茶な主張をする人が出てきますから……」

「いや、払わんねやったらもういいです。言い訳聞いてもしょうがないんで」

言い捨てて、佐田は真横を見る。

「帰っていいですか？」

まだ訊きたいことは残っていたが、取材を続行するのは難しかった。彼女は薄汚れた会議室の壁から、視線を外そうとしなかった。


佐田清夏への取材は、午後四時前に終わった。

多少厄介ではあったが、高校卒業後の具体的なエピソードが得られたのは大きな収穫だった。裏取りする時間もある。

シリーズ連載は終わらせない。まだまだ、この事件については調べなければならない。

佐田を見送ってから、安田はレンタル会議室を引き払い、祇園四条駅へ向かった。宿のある梅田までは一時間ほどだ。その途上には安田が生まれ育った枚方もある。

先日、伊都美との電話でその地名を耳にしたことを思い出す。パーキンソン病の信吉が、枚方市内の施設へ入居することになったと母は語っていた。見舞いに行ってくれ、とも。やけにせいせいとした口ぶりだった。

――あの人、あんたに言いたいことあるみたいなんよ。

駅のホームでスマートフォンを使い、伊都美から聞いた施設を検索する。見つかったウェブサイトの情報によれば、ここから一時間ほどで着く。面会時刻の記載はない。すでに十六時だが間に合うだろうか。思いきって電話をかけてみた。無理なら無理だと、はっきりさせておきたかった。

一コール目で相手が出た。はきはきとした口調の女性に、面会時刻を尋ねる。

「はい、はい。大丈夫、十九時まで受け付けてますから。ご希望でしたら、訪問先とお名前、ご連絡先をお願いします」

今さら行かないとは言いだしにくかった。安田は問われるまま、電話口で信吉との面会を予約した。女性いわく昨日入居したばかりらしい。

通話を終えると、待ち構えていたかのように淀屋橋《よどやばし》行きの特急がやってきた。重い足を引きずって乗りこむ。

夕刻の車内は混雑していた。ドアの脇に立った安田は、駅に着くまでの間、スマートフォンで亀戸の事件の続報をチェックすることにした。すでに事件直後の速報合戦は収まり、独自のネタを掘り出す媒体が出てくる時期だ。〈週刊実相〉以外の雑誌や新聞でも特集がはじまっている。ライバルたちの動向を頭に入れておくのも、事件記者の重要な仕事だった。

深瀬の名や「亀戸　殺傷」のキーワードで検索をかけていると、関東新報のネット記事が見つかった。タイトルは〈その十二分、なにが起こったか〉。〈路上の惨劇　無差別殺傷事件の心理〉という副題がつけられていることから、シリーズ記事だと読み取れる。記名は見当たらないが、おそらく服部が書いたのだろう。大阪支局の近くにある居酒屋で彼女と会ったのが先週。数日しか経っていないのに、ずいぶん昔のことのように思える。

記事は有料だった。安田は仕方なくその場でネット会員に申し込んでから、一読した。概要は既報の通りだが、新情報として被害者に関する記載が盛り込まれていた。


「なんの罪もない子どもが、なぜ理不尽に殺されなければいけないのか。どれだけ考えても納得できない」

被害者の一人、押川香音《おしかわかのん》さん（9）の父親、押川研次《けんじ》さん（44）はそう語った。香音さんは都内の小学校に通う三年生。体を動かすのが好きで、今年の春、バトントワーリングのジュニアチームに入ったばかりだった。明るい性格で、学校にはたくさんの友達がいたという。

その日、香音さん父子は午前中から亀戸に住む祖父母の自宅を訪れていた。出前のちらし寿司を食べ、午後二時半に祖父母の自宅を後にした。そして駅へ向かうために通った歩行者天国で事件に遭遇した。

「突然叫び声が聞こえて、振り返ったら男性が路上に倒れていたんです。刃物を持った男が別の女性に駆け寄っていくのも見えました。みんな、パニックですよね。我先に駆け出すものですから、人混みにまぎれてしまった香音とはぐれたんです。見失っていたのは十秒ほどだったと思います。その間に香音は犯人に転がされ、めった刺しにされました。わたしが発見した時にはもう、血まみれで倒れていました」

押川さんは犯人の極刑を求めているが、そこには葛藤もある。犯人が「死刑になりたい」と供述しているためだ。

「もし死刑になれば、願いを叶えることになってしまう。本心としては極刑を要求したいが、それでは彼の思う通りではないかという悩みがあります。そもそも死にたいだけなら、なぜ一人で死ななかったのか。他の人間を巻きこむ必要がどこにあったのか。そこが知りたい」

新聞記事にしては抒情的な文面だった。関東新報の、あるいは服部の特徴なのかもしれない。記事にはセルフレームの眼鏡をかけた押川研次の写真も掲載されていた。

いずれにせよ、被害者遺族へのまとまったインタビュー記事を読むのは初めてだった。深瀬の過去に焦点を当てている安田と違い、服部は被害者の視点から取材を進めているようだ。これはこれで、記事としての価値は高い。

安田も幾度か経験があるが、被害者遺族と安定した関係を築くことは容易ではない。特に事件直後は、記者が被害者遺族のもとへ殺到する。ただでさえ家族を失ったショックで傷ついている遺族は、取材対応でさらに消耗させられる。心身ともに疲弊し、取材を完全にシャットアウトするケースも珍しくない。

押川という人物の希望なのかもしれないが、事件から二週間というタイミングで、遺族本人の告白が得られるのは貴重だった。おそらくは、服部が丁寧に遺族たちとの関係構築を試みた努力の賜物だ。

文面はやや感情に流されているものの、取材力は侮れない。シリーズ記事になっていることから、服部は亀戸連続殺傷事件の取材を続けていると思われる。今後も定期的に連絡をとったほうがよさそうだ。

枚方市駅が近づいてきた。父がいる施設へ行くには、ここで降りる必要がある。特急の車両が減速するにつれて、席に座っていた乗客たちがドアの近くに移動する。安田はドア脇に立ったまま、窓の外を睨んだ。銀色の柱が目の前を流れていく。

ドアが開き、乗客が吐き出される。降りたのとほぼ同数の男女が乗ってくる。その横で、安田は動くことができなかった。

何事もなかったかのようにドアが閉まり、車両が動き出す。はあ、と息を吐く。水中にいたかのような苦しさだった。手すりをつかむと、氷のように冷たい。手のひらにぐっしょりとかいた汗のせいだった。

電車は速度を増して、故郷から遠ざかっていく。

その日のうちに、さっそく阪急三番街のカフェで記事を書いた。佐田清夏の証言をベースに、深瀬の高校卒業後の足取りや、彼女との交際の顚末をまとめた。佐田の証言を鵜呑みにするのは怖いため、渡されたメールの文面に沿って記事を組み立てた。

さらに取材対象者を広げるため、佐田の話から深瀬の元勤務先を特定しようとしたが、ほとんどの会社は不明だった。情報が少なすぎて、候補を絞りこめなかったのだ。パン工場やＩＴ企業というだけでは、ヒントが少なすぎる。

唯一、高校中退後に就職した食品工場は、有力候補を見つけることができた。阪南市に工場がある、という情報に加えて、独身寮を備えていたことからもそれなりの規模の工場だと推測できる。さらに深瀬は「消費期限の切れた食材で惣菜作ってる」と話していたという。つまり、その工場では惣菜製造を担っていたということだ。

これらの条件を満たすのは、安田が調べた限り、阪南市に本社工場を有するダイケンデリカ株式会社だけだった。ただし信用調査会社のリリースによれば、ダイケンデリカは五年前に破産手続きをしている。


ダイケンデリカ株式会社（阪南市、設立平成二年五月）は二月十五日、破産手続きを増田和也《ますだかずや》弁護士ほか二名に一任した。負債総額は約二十一億円。

弁当や惣菜の製造販売を主な事業とする食品製造業者。大手流通業者向けのOEM生産が主体で、府内南部を中心とした飲食店経営も行っていた。ピーク時には四十億二千万円の年間売上高を計上した。

その後は競争激化や市場環境の悪化によって売上が縮小。さらに大豆等の原価コスト上昇により赤字を計上するようになって以後、飲食店事業からの撤退などによって採算性向上を図るも有効な打開策を見出せなかった。収益力は低下の一途をたどり、四期連続で赤字を計上。資金繰りが逼迫し、事業継続が困難となったことから今回の措置に至った。


ビジネスホテルに戻ってから、電話で室生に確認したところ「そうそう、そうです」という答えが返ってきた。

「ダイケンデリカで間違いないです。たまに高校に求人来てました」

「他に、思い出したことありますか？」

「いや、特には。しかし潰れてもうてたんですねぇ」

室生の虚しい嘆息は、電話を切った後も耳朶《じだ》に残った。ともかく、深瀬が高校中退後にダイケンデリカで働いていたという裏は取れた。

ここから、どうするか。

来週以後も〈週刊実相〉の連載が続く保証はないが、次の締め切りに向けた準備はしておくべきだろう。できれば、ダイケンデリカの元社員に取材したい。過去に迫ることができれば、深瀬の人物像もより鮮明になる。冷蔵庫から冷えたペットボトルを取り出し、口につける。冷たい緑茶が喉の奥へと落ちていく。

真っ先に思いついたのは、大手メディアの知人を頼ることだった。たとえば、大手紙やテレビ局の記者にこのネタを渡して、安田の代わりに取材相手を探してもらう。ただしこの方法では先に記事を出されるおそれがある。速報性では新聞やテレビには勝てない。当然、安田の記事への注目度は落ちる。

SNSで呼びかけるという手もなくはない。深瀬礼司の元同僚で、取材に応じてくれる人を募集するのだ。だが、実際に集まる投稿の大半はイタズラや批判だろう。手間がかかる割に成功する確率は低い。

あれこれ考えたが、妙案は浮かばなかった。

「もう、ええわ」

安田は独り言を口にして、備え付けの椅子から立ち上がった。

悩んでいても解決しない。とにかくダイケンデリカがあった阪南市内へ向かうことにした。現地へ行けばなにかが得られるかもしれない。

翌朝、コンビニでサンドイッチを買い、梅田のホームで朝食兼昼食を済ませた。地下鉄でなんばへ行き、南海線急行に乗り換えておよそ五十分。ダイケンデリカ本社の最寄り駅であった尾崎駅で降りた。

しばらくバスに揺られ、目当ての停留所で降りる。晩秋の空は灰白色に曇っていた。大阪に来た直後より、風がさらに冷たくなっている。安田はジャケットを掻き合わせ、本社所在地だった番地を目指した。周辺は住宅街で、戸建て住宅や駐車場が多い。瓦屋根をいただいた昔ながらの民家も少なくなかった。

停留所から徒歩五分の場所に目的地はあった。ダイケンデリカの本社があった場所は、広大な空き地と化していた。ざっと見渡す限り、一面が手つかずの荒れ地である。雑草が伸び放題で、ビニール袋や空のペットボトルが捨てられている。片隅にプレハブ小屋が建てられている他はなにもなかった。フェンスや柵もないため、立ち入るのも容易だ。

とにかく建物だけは取り壊した、という風情である。不動産会社の立て看板もないが、跡地の用途は決まっていないように見受けられた。この土地の持ち主が誰なのかも不明だが、調べる気力も湧かない。

敷地に足を踏み入れる。名も知らない雑草を踏み、スナック菓子の袋を爪先で退けながら、歩き回ってみる。わかってはいたが、こんな場所に深瀬の手がかりが落ちているはずもなかった。

プレハブ小屋のなかを覗こうとしたが、窓はなく、人気は感じられない。

――なにしてんねん、おれは。

安田は自分にツッコミを入れ、敷地から離れた。せっかく来たのだから、近隣の飲食店に入ってみることにする。深瀬も職場の宴会などで、飲み屋を利用する機会があったはずだ。深瀬礼司がダイケンデリカに就職したのは十七歳の時。今から十八年前だ。開業から二十年以上は経っていそうな、老舗らしき店を探す。

歩き回っているうち、錆びた看板の居酒屋を見つけた。開いた木戸には〈営業中〉の札がかかっている。腕時計は一時前を示していた。他にめぼしい店があるわけでもない。安田はのれんをくぐることにした。

「すんません、一人なんですけど」

店内は入口から想像するより広かった。十人ほど座れるカウンターがあり、座敷には六つのテーブル席が用意されていた。先客数名が黙々と定食を食べている。柱の黒ずみ具合や壁に貼られたメニューの短冊の焼け具合から、相当年季が入った店だとわかる。安田の声を聞きつけ、エプロンをした還暦くらいの女性が出てきた。

「ランチやってます?」

「見ての通りよ。カウンター、どうぞ」

端の席に腰を下ろした安田は、妙にべたついたメニュー表を開いた。とっさに目に付いた野菜天ぷら定食を注文する。「十五分くらいかかるけどええ?」と言われたが、急ぎの用などなかった。待っている間に他の客はどんどん会計を済ませ、座敷でテレビを見ている老人だけになった。

先ほどと同じ女性が安田の前にお盆を運んでくる。

「はい、野菜天。ごゆっくり」

「あのう。お姉さん、ちょっといいですか？」

「はあい？」

「おれ、実は記者なんです。取材に来てて」

「えー、そうなん。なに、新聞の人？」

女性の声のトーンが上がった。

「新聞ちゃいますけど、同業みたいなもんです」

安田はあえて身元を黙っておいた。この女性には、大手メディアの記者だと思わせておいたほうがよさそうだ。

「少しだけ話聞いても構いません？」

「お客さんの対応してへん時やったら。いややわ、取材なんか初めてやわ」

女性はカウンターの隣席に座った。良くも悪くも、あまり口が堅そうには見えない。

「このお店は、いつからやってはるんですか」

「えーっと、うちが三十一の時やから、三十三年前かな。いややわ、年齢バレる」

ははは、と女性の高笑いが響く。

「近くにダイケンデリカって会社あったん、知ってます？」

「そら知ってるよ。お得意様やったもん」

「社員の方がよく来てたんですか」

「もう、毎日毎晩。この辺、そないようさん居酒屋があるわけちゃうし。忘年会とかでよう使ってもろてたで。会社の寮も近かったから、一人で飲みに来る子らもおったし」

「寮は近かったんですか？」

「うん。店出て、左行ったらすぐのとこにあってん」

「そんなに大きい会社やったんですか」

「別に大企業ちゃうと思うけど。でも寮完備っちゅうんを売りにしてたんちゃうかな。あ、天ぷら冷めるから食べながらでええよ」

深瀬が就職先にダイケンデリカを選んだのは、地元から離れたい思いもあっただろうが、寮があったのも重要だろう。上京してから仕事を転々とした安田には、その魅力がよくわかる。

その後も天ぷらをかじりながら聞きこみを続けた。本社と工場は同じ敷地内にあり、建屋は隣り合っていたこと。社員数は十五年前の時点で少なくとも二百人程度はいたこと。ただし労働環境はあまりよくなかったらしく、人の入れ替わりは頻繁だったこと。

「もう潰れたから言えるけど、結構ブラックやったね。労災隠しとかもあったみたい」

女性は声をひそめて言う。

労基法に詳しくない安田でも、それが犯罪であることは知っている。労働災害が発生すれば、企業は必ず労働基準監督署に報告しなければならない。

深瀬は佐田に、勤め先の工場が消費期限切れの食材を使っている、などと言っていたらしい。パワハラについても話していた。佐田は虚言だろうと断じていたが、労災隠しをするような会社だったのなら、あながち嘘でもないかもしれない。

「それいつからですか？」

「かなり前よ。時代が時代やったしねぇ」

それだけでは済まされない気もするが、今は労災隠し云々よりも重要なことがある。安田は深瀬の顔写真をスマホの画面に表示させた。中学の卒業アルバムの写真である。

「お姉さん、この人知ってます？」

女性は数秒見て、「わからん」とつぶやいた。

「誰なん？」

「深瀬礼司っていう男です。この間、東京で無差別殺傷事件があったんわかります？」

「ああ、犯人やん！」

深瀬の名前に聞き覚えがあったのか、女性が大声を出した。座敷の老人がちらりと見てくる。

「その深瀬が昔、ダイケンデリカで働いてたんです」

「ほんまにぃ？」

大仰に驚いてみせた女性は、声を落として「うちにも来てたんかな」と言う。

「その可能性、あると思います。十八年前に入社してそこの工場で働いてたはずなんですよ。見覚えないですか」

女性はあらためて、食い入るように画面を凝視した。だが結局は「昔過ぎて覚えてへんわ」と眉尻を下げた。

「常連さんやったらまだしも、たまに来たぐらいやったら難しいなぁ」

「そうですよね」

やはりダメか。安田がしまいかけたスマホを、女性が横からむんずとつかんだ。思わず手を引っ込めるが、思っていたよりも相手は力強い。

「えっ、なんですか」

「これ貸してくれる？　旦那に訊いてみるから。あんた、こっち来て！」

女性は座敷の老人に向かって声をかけた。客ではなく、女性の夫だったらしい。「なんやねん」と大儀そうに近づいてきた。頬のこけたごま塩頭の男性で、紺色の綿入れを着ている。女性から一部始終を聞きながら、安田のスマホを覗きこんでいた。

「どう、あんた。覚えてる？」

「……自信ないけどなぁ」

しわがれた声でそう言ったのを、安田は聞き逃さなかった。

「お父さん、自信ないって言いましたか。多少なら覚えがあるってことですか」

「見たことある気ぃする。自信ないけど」

目をしょぼつかせる老人に、安田は顔を寄せた。

「最近の写真もあります。見てください」

スマホを操作し、ニュース番組のキャプチャ画像を表示した。事件直後の憔悴《しょうすい》した顔つきの深瀬礼司である。老人は即座に「ああ、うん」と腑に落ちたような声をあげた。

「こっちのほうがようわかる。見たことあるわ」

「ほんまですか。いつごろです」

「十年以上は前やで。一気飲みさせられて潰れてたんを介抱したんや。覚えてる」

「あんたよう覚えてるなぁ」

感心する女性に、「お前もおったやろ」と老人は言う。

「その当時の職場の同僚とか、上司とか、今どこにいるかわかりませんかね」

「いや、そこまでは……」

「サタケさんやったら知ってるんちゃう?」

女性が横から言った。老人が「そうかもしれん」と同意する。核心に近づいている感覚があった。

「その方、どなたですか」

「さっき社員寮があったって言うたやろ? ダイケンデリカが潰れた後も、社員寮の建物は取り壊されんと、不動産屋が居抜きでアパートにしてるんよ。ほとんどの人は退去したけど、サタケさんだけは同じ部屋借りて住み続けてはるわ。五十歳くらいで独身の人やけど、今さら他所には行かれへん、言うて」

「仕事もこの辺で?」

「うん。建築会社やったかな。総務の仕事やってたとかで、潰しが利くらしいわ」

夫妻から元社員寮の場所を聞き出して、店を後にした。去り際に名刺を手渡すと、女性は「フリーなんやね」と拍子抜けしたような声を出した。

サタケが住むアパートは徒歩五分の場所にあった。三階建ての古びた建屋で、ドアの間隔からいかにも間取りは狭そうである。

一階の郵便受けをチェックすると、二〇三号室に〈佐竹〉と記されていた。郵便受けからはチラシが飛び出していて、指先でかき分けてみると電気料金の請求書も交ざっていた。念のため二階の二〇三号室に行き、呼び鈴を押してみたが、室内からの反応はなかった。薄い合板のドアには、無数の細かい傷がついていた。

「退散するか」

白い吐息が拡散して、消えた。住所を控え、外観をスマホで撮影してから、安田はアパートを後にした。


月曜、安田はみずから三品に電話をかけた。〈週刊実相〉でのシリーズ記事が続くか否かを確認するためだ。午前中に一度、午後に一度かけたが、いずれも出なかった。

土曜に発売された〈週刊実相〉最新号にはシリーズ記事の第三回が掲載された。佐田清夏の証言と、尾崎の居酒屋で聞いたダイケンデリカの風評をまとめた記事だ。手応えはある。昨日今日と、SNSはこの記事を巡って盛り上がっていた。大半は深瀬の頑なさや身勝手さに対する否定的な投稿だったが、なかには深瀬への同情的な意見もあった。

〈やったことは許せないけど、犯人も社会の被害者だよな〉

〈死刑にして終わる問題じゃないと思う〉

そういった投稿に対して、別の誰かが拡散したり、あるいは横槍を入れたりすることで、話題はさらに広がっている。

ある程度のインパクトは残せたが、それだけでは不十分だ。喫緊の課題は、連載の継続である。シリーズ記事が打ち切られれば、原稿料と発表する媒体を同時に失う。深瀬礼司については調べなければならないことが山ほど残っているが、収入がないことには取材もままならない。連載継続か、打ち切りか。結論がどうなったのかたしかめないことには、腰を据えて取材もできない。

三品が折り返し電話をかけてきた時には、すでに午後八時を回っていた。安田はスマホに飛びつき、一コール目で着信を取った。

「安田です。わざわざありがとうございます」

「いや、全然。でもヤスケンから電話なんて珍しいねぇ」

「今週の売れ行き、どうでした?」

用件を悟った三品は「ああ」と数秒黙った。

「いい記事だったと思うよ」

その一言で、安田は結論を悟った。しかし気付かないふりをして「じゃあ、続けてもいいってことですか?」と問う。

「個人的にはそう思うんだけど」と三品は言い訳がましく言う。

「販売がうるさくてね。三回やって結果がイマイチだと、テコ入れしろって言われんのよ。最近は紙も高いから、ページ数も限られてるし。ただでさえ貴重な連載枠だから、無駄打ちする余裕はないんだって」

「おれの原稿は無駄打ちですか?」

「いやいや、そうじゃなくって」

「第一回はアクセス数稼ぎましたよね?」

「落ち着けって。な。編集部の忘年会、ヤスケンも呼んでやるから。悪いけどちょっと取り込み中だから、ここで」

三品はすぐさま電話を切った。

ビジネスホテルの一室に、長い息がこだました。安田はなにも考えず、冷蔵庫に入れておいた発泡酒を取り出し、立ったまま口をつけた。一気に三分の二を飲み干すと、アルコールが全身に染みた。

「クソが」

ベッドに勢いよく腰を下ろし、手のひらで顔を擦る。さすがに悔し涙は出ないが、額や頬が熱かった。

頭のなかでは冷静に金勘定をしていた。取材費用は、今日までの分はなんとか認めさせよう。だが明日以降は厳しい。宿泊費に交通費、食費、会議室代やカフェ代だって、積み重なればバカにならない。なにより、来週以降は原稿料が発生しないのがつらい。生活のためには別の仕事をしなければいけない。

とりあえず、東梅田に滞在するのも今夜が最後だ。フロントに内線をかけ、明朝チェックアウトする旨を伝える。荷物の整理でもしようかと思うが、身体は椅子に腰かけていた。そのまま飲みかけの発泡酒を片手に、ノートパソコンを操作する。すぐにでも他の仕事を探すべきなのだろうが、無意識のうちに亀戸無差別殺傷事件について検索していた。

職業記者として、褒められた行動ではない。稼げる記事を書かなければ、生計は成り立たないからだ。理想を語るのは自由だが、飯を食えなければ記者である以前に社会人ですらいられない。連載が打ち切られた現在、安田がやるべきことは、取り急ぎ収入に直結するような仕事を見つけることである。そういう仕事の当てだって、皆無というわけではない。かつてのクライアントのなかには、オウンドメディアや社内報の無記名記事を書かせてくれる担当者もいるはずだ。

だが、深瀬礼司に関する調査を止めることはできなかった。安田はアルコールを入れながら、ネットの記事を次々に閲覧する。

夕刻に大手新聞社が配信したニュースが、目に留まった。

東京都江東区亀戸で通行人ら七名が死傷した事件で、東京地検は五日、殺人容疑で逮捕された深瀬礼司容疑者（35）の精神鑑定を行うため、鑑定留置を請求し、認められた。留置期間は約三か月間。

東京地検によると、刑事責任能力を確認するのが目的であり、事案の重大性等を考慮し、起訴前本鑑定を実施することとなった。

鑑定留置については、すでに知り合いのフリーの記者から聞いていた。殺人や放火といった重大事件では、起訴前に精神鑑定が行われることが多い。数か月を要する起訴前本鑑定と、一時間ほどで済む簡易鑑定があり、今回は前者だ。こうなるだろうことは安田も予想していた。無差別殺傷という事件の性質を考えれば、当然の判断であった。

鑑定留置の間はたいてい接見禁止となる。すなわち弁護人以外は面会できない。記者が接触できるのは起訴後、早くとも来年三月になる。

深瀬のもとにはまず間違いなく、マスコミから面会希望が殺到する。そうなれば、安田が早々に会える可能性は低い。そもそも面会を拒絶する犯人だって珍しくないのだ。

つまり、本人に直接会って話を聞くという選択肢は、少なくとも当面はあり得ない。

かといって、血縁者を探すのも至難の業だった。両親は、存命であれば警察の取り調べを受けているかもしれない。それに伴い、警察とパイプを持つ大手メディアも居場所をつかんでいる可能性はある。だがフリーの安田には、深瀬の両親の存否《そんぴ》すら不明だ。

面会はできずとも一方的に連絡する手段はある。手紙だ。接見禁止中は手紙の受領が禁止されている場合もあるが、それを確認するのも手間がかかる。ならば、送ったほうが早い。返送されれば、受領禁止になっているということだ。

ただし、まだ鑑定留置がはじまったばかりだ。もう少し、深瀬に落ち着く時間を与えたほうがいいだろう。

「あっ」

一本目の発泡酒を空にした安田は、二本目を手に取った瞬間につぶやいていた。面会という言葉で思い出したのだ。今月の海斗との面会日程を返信するのを忘れていた。慌ててメールを見返すと、亜美からの連絡は一週間前に来ていた。面会日には次の日曜午後を指定されていた。

どうしても海斗に会いたいわけではない。どうせ無言で釣りをするだけだ。十二月の川沿いは寒いが、他にやるべきことも思いつかない。かといって、断る理由もなかった。

〈了解。〉

亜美にメールを返信してすぐ、ベッドに倒れこんだ。ベッドサイドに手を伸ばして部屋の照明を消す。そのまま安田は、束の間の眠りへと落ちていった。

翌日、安田が江戸川区のアパートに帰り着いたのは昼過ぎだった。

自宅の椅子に座ると出張の疲れを感じた。慣れたつもりだったが、やはりホテルに泊まりながらの長期取材は楽ではない。それとも、疲れているのは年齢を重ねたせいだろうか。若いころより疲労の度合いが増している気がする。

このまま一日休養したいところだが、連載が打ち切られた以上、ぼうっとしていても金は入ってこない。別の仕事の道筋をつけなければならなかった。

カップラーメンで遅い昼食を済ませてから、出版社の知り合いや、過去に記事を書いた企業の担当者に営業メールを送った。多忙な彼ら彼女らからすぐに返信が来るはずもなく、二時間もすると手が止まった。

そうなると、やりたいことは一つだけだった。

自分でも、なぜここまで深瀬礼司が気になるのか不思議だった。記事を発表する場所も、原稿料の当てもない。だが、それでもいい。いざとなれば、メディアに片端から記事を持ちこむつもりだった。タダでいいから書かせてほしい、と言えば、どこかのウェブ媒体は載せてくれるだろう。

ためしに、知り合いの記者に当たってみた。本ネタでなくても、次につながるきっかけさえつかめれば。淡い期待を抱いて数名に電話をかけてみたが、亀戸連続殺傷事件を取材している者自体が少数だった。

「初動は大手に勝てないよ」

長年付き合いがある先輩記者は、そうこぼした。

「ヤスケンならわかってると思うけどさ。警察とのつながりもない、全国に情報網もない、金も人手もない、フリーの記者が出る幕なんてないでしょ。とりあえず接見禁止が解けるの待って、根気強く会いに行くくらいしかおれらにできることなんてないよ」

もっともである。しかし、指をくわえてチャンスを待っているわけにもいかない。開き直った安田は、あらためてネットや新聞の記事を漁った。見覚えのある記事ばかりが、視界を流れていく。

そんななか、目についたのが関東新報の記事だった。押川という被害者遺族に取材した記事だ。

——ダメで元々だ。

スマートフォンで服部の番号に電話をかけた。しばらくコール音が続き、諦めかけた時に「はい」と相手が出た。きびきびした口調だった。

「安田です。お忙しいところすみません」

「どうかしました?」

「先日の記事、素晴らしかったです」

安田は例の記事を賞賛した。執筆者を訊くと、案の定、服部だった。自分の連載が好評であるという虚勢も織り交ぜながら、本題を切り出す。

「わたしもぜひ、遺族の押川さんに取材させてもらえればと思いまして」

「……そうですか」

服部の返事は慎重だった。当然である。独自の取材先を簡単に他人へ紹介する記者はいない。記事のオリジナリティが損なわれるし、下手をすれば取材先との信頼関係が壊れかねない。

「これまで加害者である深瀬礼司の側から取材してきたんですが、被害者の視点がないのはバランス感覚に欠けていると気付きました。押川さんにも、メディアで話したいという意志がおありなんじゃないでしょうか」

なかば口からでまかせだったが、ここぞとばかりに安田は熱弁した。だが服部の反応は鈍い。

「そうですかね」と相槌を打ったり、「うーん」と唸ってみせるだけだった。はぐらかそうとしているのは明白だ。

「お願いします。ご迷惑かけないようにしますから」

次第に安田は懇願するような口ぶりになった。服部は考えこんでいるのかしばし黙っていたが、じきに「いいですよ」と応じた。

「ただ、そちらも紹介していただけませんか」

「というと?」

「〈週刊実相〉の記事、拝読しましたよ。かなり話題になっていましたから。深瀬の元担任教師は、安田さんが独自に接触されたんですよね。せっかくなら、互いに紹介しあいませんか。その方の取材を取り付けてもらえるなら、こちらも押川さんをご紹介します」

室生は貴重なネタ元だが、持っている情報には限りがある。囲い込むほどではないだろう。安田は二、三秒のうちに考えをまとめた。

「わかりました。押川さんが取材を承諾してくれれば、こちらも紹介します」

「決まりですね」

そう告げる声の裏に、抜け目なさが透けていた。

通話を終えてから一時間も経たないうちに、服部から電話がかかってきた。

「押川さん、承諾してくれました。後で連絡先を送ります。平日は仕事があるから、取材は土日にしてほしいとのことです」

安田は礼を言いながら、頭のなかでスケジュールを確認していた。うまくいけば、今週末に取材できるかもしれない。

「約束、忘れないでくださいね」

服部は一段と低い声で念を押した。貸しはその場で取り立てるのが流儀らしい。忘れないうちに室生へ電話する。首尾よく連絡先を教える許可を得て、服部にメールした。返信の文面には押川の電話番号が記されていた。さっそく電話をかけたが、相手は出ない。

いつの間にか、夜になっていた。安田は肩こりを覚え、首をひねる。

全身をほぐすため、久しぶりに湯船に浸かることにした。浴室の隅に転がっていたスポンジでおざなりにバスタブを洗い、熱い湯を張る。自動で給湯してくれるような機能はついていない。プラスチックの椅子に腰かけ、蛇口から流れ出る湯をぼんやり眺めた。

──なんでおれは、ここまで頑張るんだ？

この自問も何度目だろう。なぜ、深瀬礼司にこだわるのか。

記者として重大事件の犯人を追った経験は、数えきれないほどある。死刑囚と会うため幾度も拘置所に足を運んだこともあったし、凶悪犯の家族から話を聞くために足かけ三年通ったこともあった。そういった取材は記者としての血肉となり、忘れがたい記憶として刻まれている。

しかし深瀬礼司には、これまでの取材対象者とは別種の印象深さがあった。

犯罪者──とりわけ複数名を殺害するような凶悪犯であれば、必ずといっていいほど犯人への憤りが湧くものだ。これまで取材してきた凶悪犯たちには、自己中心的な思考や卑劣なふるまい、他者への想像力の欠如といった要素があった。犯人の友人や同僚に取材すれば、暴力性や歯止めのきかなさ、狡猾さや身勝手さを表すエピソードがほぼ必ず得られる。そういった情報を手掛かりに、凶行の動機を紐解いていくのが常道だった。

だが、深瀬には凶悪犯罪につながる具体的なエピソードが見えてこない。偏屈さや几帳面さ、自殺への願望は見て取れるが、それだけで無差別殺傷事件を起こす動機は説明できない。田巻やアリサ、佐田清夏は、深瀬が事件を起こしたことにさほど疑問を持っていなかったが、安田にはそうは思えなかった。

深瀬へのこだわりをどう表現すればいいのか、わからない。強いて言えば、安田の胸中にあるのは恐怖だった。どこにでもいる一般人が、無差別殺傷犯になり得るという恐怖。その一般人という枠には、当然安田も含まれる。例外はない。

湯が足を濡らす感触で、安田は我に返った。気付かないうちに、バスタブ一杯に溜まった湯があふれていた。慌てて蛇口をひねる。

タオルで足を拭きながらつい苦笑した。これから風呂に入ろうというのに、わざわざ足を拭いても無意味だ。それでも安田はタオルを手放さなかった。丁寧に水分を拭い、それから服を脱いだ。

どことなく、自分の人生に似ている気がした。別れるとわかっていながら結婚した。愛せないとわかっていながら子どもをつくった。三十六年の人生は、入浴前に身体を拭くようなものだったのだろうか？

日曜、正午。

東京駅近くのホテルラウンジで、安田は取材相手が来るのを待っていた。一人掛けのソファはやけに柔らかい。自宅や安ホテルの固い椅子に慣れているせいか、かえって落ち着かなかった。

これから、ここに押川研次が来る。

電話がかかってきたのは金曜の夜遅くだった。押川の声色には疲れが滲んでいた。服部から聞いていた通り、取材に応じられるのは週末だけだという。日曜のランチタイムに一時間程度であれば、という条件で、押川は取材を了承した。東京駅付近を指定したのも向こうだった。

正午ちょうど、ラウンジに長身の男性が現れた。グレーのジャケットにベージュのスラックス。安田は、セルフレームの眼鏡をかけたその顔が、関東新報の記事で見た押川研次であることにすぐ気付いた。

「押川さん」

手を振ると、重々しい足取りでやってくる。顔は土気色で、表情は冴えない。対面する形で腰かけた押川は端《はな》から不審そうな目をしていた。取材に対する礼を述べている間も、眉間に皺を寄せて安田を観察している。差し出した〈週刊実相〉の最新号を受け取る手つきは、どこか硬い。

注文したコーヒーが運ばれてくると、押川は「はじめに」と言った。

「一つだけ確認させてください。安田さん個人は、深瀬礼司に対してどういう感情を持っていますか?」

「……強い憤りを抱いています」

口先では即答したが、正確には嘘だった。憤りがないではないが、かといって、そう言いきるには複雑すぎる感情だった。押川の眉間に刻まれていた皺が少し薄れた。

「わかりました。よろしくお願いします」

押川が座ったまま一礼した。

安田はあらかじめ、発表媒体が決まっていないことを伝えた。これは個人的な仕事であり、いつ形になるかはわからない、と。押川は「そういう取材もあるんですか」といくらか驚いたようだった。

関東新報の後追いになるのを承知で、安田は一から話を聞いた。相手は被害者の父親だ。こちらの都合で性急に質問すれば、反感を買いかねない。本人がありのままに話せる空気づくりを優先した。

幾度も記者に話しているのか、押川の話はよく整理されていた。事件当日の話は、概ね関東新報の記事で読んだ通りである。うなだれた押川がつぶやく。

「香音《かのん》にはなんの罪もないんです」

殺された押川香音は、九歳だった。成人男性である深瀬に腕力で勝てるはずもなく、身体を押さえつけられ、背中や脇腹をめった刺しにされた。

「わたしはその場にいながら、助けることができなかった。見つけた時には、すでに刺された後でした。あれから香音のことを考えなかった日はありません。どんなに怖かったろう、どんなに痛かったろう。ずっと心のなかで謝罪しています。どうせ刺すならわたしを刺してほしかった。誰でもいいなら、香音ではなくわたしを……」

そこで押川は言葉を切った。真っ赤に充血した目を見た瞬間、心の奥の疑念が頭をもたげた。

――おれは、どうかしているんじゃないか？

被害者遺族への取材は常につらい。血縁を亡くした人が抱える喪失感を、安田が百パーセント理解することはできない。だから安田は可能な限り想像する。苦しみを心に宿し、凶悪犯への怒りを募らせる。

しかし今回は、うまく押川の心情に寄り添うことができなかった。理由はわかっている。深瀬への怒りが足りないせいだ。多くの人々を殺傷し、悲痛な思いをする遺族を生んでしまった犯人にうまく怒ることができない。満身創痍の遺族を前にしても、なお。

「深瀬が壊したのは、被害者の人生だけではありません。亀戸に住む両親は自分たちのせいだと思い詰め、体調を崩しました。妻は心を病んで入院しました。娘の通っていた小学校では、登校拒否になった子がいるそうです。わたしもあらゆる意味でボロボロです。あいつは、殺傷した人数の数倍、数十倍の人を傷つけた」

「それを償うには、極刑しかないということでしょうか」

「償うことなんてできませんよ」

押川は語気を荒らげた。

「人を傷つけ、殺した人間が罪を償うことなんて不可能です。もう、その前には戻れないんですから。深瀬は一生、絶対に償えません。わたしが死刑を求めるのは、ただ深瀬に死んでほしいからです。生きる価値のない人間だからです」

ふと視線を動かすと、隣の席の女性と目が合った。相手は目を見開き、同じ席の女性とひそひそ話している。席間が離れているから大丈夫だろうと思ったが、ホテルラウンジにしたのはミスだったか。押川は気にしていないのか、話を続ける。

「安田さんはどう考えますか？」

「すみません。どう、というのは」

「死刑ですよ。深瀬を死刑にするべきかどうか」

その問いの背景に、深瀬の「死刑になりたい」という発言があるのはあきらかだった。

「死刑が妥当だろう、とは思います」

「本心からですか。ためらいませんでしたか？」

安田は「いえ」と視線を逸らした。押川は鼻を鳴らしただけで、もう追及しなかった。

「かつてはわたしも、死刑制度自体を疑問視していたことがありました。重罪人だからといって、命を奪うことまでしていいのか、という素朴な疑問でした。しかし娘が殺されてわかったんです。死刑以外、犯人に望むことはありません」

「ですが、葛藤もおありですよね」

「死刑になれば、あいつの目的が達成されてしまいますから」

押川の表情がはっきりとゆがんだ。顔に通した糸を引っ張られたように。

しばし、二人とも黙った。安田は急かすことなく待つ。答えがない問いに答えを求めるのはあまりに酷だった。やがて、唇を舐めた押川は一言一句吟味するように語りだした。

「深瀬には、殺意があったんでしょうか」

安田に考える暇さえ与えず、押川は言葉を継ぐ。

「深瀬の希望は死刑になることであって、その手段として人を殺した。窃盗で死刑になるなら、深瀬は人殺しをせず、窃盗をしていたかもしれない。だから殺意ゆえの犯行ではなかったとも言える。伝わってますか。深瀬には、この人間を殺したい、という殺意はなかったんです。なら香音は、どういう感情の下で殺されたんですか。国に殺してもらうための、ていのいい道具にされたってことですか」

押川は、安田に解を求めているわけではない。それは押川自身に向けられた問いだった。それでも安田は、問いの刃先が己の心に食いこんでくるのを自覚した。一分、二分と、沈黙が続いた。

「そろそろ行かないと」

なにかを思い出したように、押川が腰を浮かせた。取材をはじめてから一時間と少しが経過していた。安田は立ち上がり、あらためて感謝を伝える。

「お忙しいところ、ありがとうございました」

「次も新聞の取材なんですよ」

押川がまとっている、疲弊した空気の理由がわかった。メディアの取材に応じるのは存外体力を使う。一件だけでも疲れるのに、立て続けに取材を受ければ疲弊するはずだ。ただでさえ押川は娘を亡くして日が浅い。

「記者のわたしが言うのもなんですが……なぜ、積極的に取材を受けてくださるんですか」

「義務感です」

答えながら、すでに押川は歩き出していた。安田は後を追う。

「他の遺族の方は、メディア取材に応じていないそうです。でも、誰かが被害者の側に立って代弁しないといけない。そうしないと遺族の声は届かない。誰もやらないから、わたしがやっているまでです。これでも選んでいますけどね」

そう言い残して、押川は足早に去っていった。

一人掛けソファに戻った安田は、殺意について考える。

殺意とは要するに、特定の誰かを殺したいと切望する感情のことではないか。理由はさまざまだろう。痴情や家族関係のもつれ。仕事上の恨み。金銭目的。殺意の源は、いくらでも考えつく。

だが深瀬の場合は違う。彼にとって、特定の誰かは存在しなかった。血みどろになるのは誰でもよかった。だとすると――。

頭が痛くなってきた。先ほど、押川も同じようなことを言っていた。大いなる堂々巡りをしている気がする。

スマートフォンが振動し、それに合わせて安田の肩も震えた。亜美からの着信だ。ラウンジの外に移動してから電話に出る。

「どうした」

「まだ着かない？　海斗、待ちくたびれてるんだけど」

安田は声が漏れるのをかろうじて我慢した。日曜午後が海斗との面会だったことを思い出した。午後一時に練馬の自宅まで車で迎えに行くのが面会日のルーティンだ。すでに一時半になっている。

「まさか忘れてたの？　信じられない。わたし、午後予定あるんだけど」

「すぐ行く」

「いつこっちに着く？」

「一時間……いや、もう少しか。三時ごろには着く」

「もういい」

通話は切られた。安田は長いため息を吐く。取材が決まった時点で、すぐに連絡を入れるべきだった。連絡しても非難されていたかもしれないが。いずれにせよ今月の面会はなくなった。

そして、それをさほど残念に思っていない自分を、安田は軽蔑していた。押川の、娘に対する強い思いを聞いた直後だからかもしれない。面会はあと二回しかないのに、その一回が流れても平然としている自分がひどく薄情な人間に思えた。

もし、見ず知らずの通り魔に海斗が殺されたら。

その時、自分はちゃんと悲しめるだろうか？

すぐに想像するのをやめた。これ以上自分を軽蔑したくない。安田は荷物をまとめて、足早にラウンジを後にした。


帰宅すると、一通の手紙が郵便受けに届いていた。

差出人の名は記憶にあった。事件記者として駆け出しのころに取材した殺人犯だ。およそ三十年前、路傍のトラックを盗んで運転し、二名を轢き殺した男だった。一審で死刑となったものの、最高裁で無期懲役が決定した。彼を取材したのは約十年前、交通事故に関する特集がきっかけだった。取材時は還暦間近で、刑務所での面会でもしきりに反省の弁を述べていた。

今さら、なんの用だろうか。

部屋に入って開封すると、便箋が一枚入っていた。そこには、先日ようやく仮釈放になったこと、収容時に世話になった人々に手紙を書いていること、今後は交通安全の啓発に携わりたいことなどが直筆で記されていた。

終身刑のない日本では、死刑の次に重い刑罰は無期懲役である。無期懲役であっても仮釈放になれば社会復帰できるが、その割合は一パーセント未満といわれる。くわえて、仮釈放までは早くとも三十年はかかるのが通例で、その日を迎える前に亡くなるケースが少なくない。

安田の取材対象者のなかで、無期懲役で仮釈放まで至った人物は初めてだった。もっとも、取材に来ただけの記者にわざわざ手紙を送ってくれる者ばかりではないだろうから、安田が把握していないだけ、という可能性もあるが。

文面に目を通してから、クローゼットにしまっているファイルを引っ張り出した。事件ごとにファイルを作り、関連資料はそこに保管しておくのが安田のやり方である。古いファイルを三十分ほどひっくり返し、ようやく目当てのものを見つけて、手紙をしまった。

せっかくなので、ついでに資料を整理することにした。十数年かけて溜めこんだ資料は、クローゼットを満杯にしている。おかげで服を入れる場所がなくなり、いつからか衣類は別のケースにしまうようになった。

ファイルの背表紙には、事件の名称と主な取材対象者の名前を油性ペンで書いてある。崩れかけたファイルの位置を直していると、いやでも過去の取材の記憶が蘇る。死刑囚に面会室で恫喝《どうかつ》されたことや、犯人の家族から脅迫の手紙を受け取ったことが、昨日の出来事のように思い出された。

安田が取材してきた相手のなかには、死刑囚もいれば、無期懲役や有期刑で収容された者もいた。裁判の経過を追うと、判決が死刑と無期懲役の狭間で揺れることもままある。先ほどの手紙の差出人が、まさにそうだ。

「紙一重だな」

舌の上に広がる苦みをやり過ごし、安田は手を動かす。

深瀬礼司は、どうなるだろうか。

量刑相場を踏まえれば、三名を殺害した彼には死刑が下されるだろう。「死刑になりたい」という彼の願いは、ほぼ間違いなく現実のものとなる。だが深瀬はなぜ、死刑を求めるのか。今の安田には、何一つ、回答を示すことができなかった。

ファイルの整理を終えた安田は、ノートパソコンの前に戻った。まだ発表する当てはないが、押川へのインタビューを文字に起こすつもりだった。文字起こしは、もはや記者としての習性だ。

ＩＣレコーダーにイヤフォンを接続してすぐ、スマホが振動した。０９０からはじまる番号だった。安田は反射的に受話ボタンをタップする。見知らぬ番号からの着信に迷わず出ることも、職業病の一つだった。

「もしもし。安田ですが」

「……賢太郎か？」

やすりのようにざらついた声が流れてきた。相手が誰なのか、すぐに察する。

安田信吉――父親の声を聞くのは、十八歳で家を出て以来だった。なのに、父の声であることが反射的にわかってしまった。黙ったままの安田に「賢太郎やな」と今度は確信めいた口調で言う。唾を飲むと、喉が鳴った。

「久しぶりやなぁ」

「……なんで番号がわかった？」

「この間、ここの施設に面会予約の電話したやろ。職員さん怒ってはったで。ちゃんと来るようにおれから連絡しますわ、って言うて、電話番号教えてもろたんや。お前、大阪来とったんか？」

電話の向こうの男は、機嫌よく話し続けている。

「ここの施設、まだ慣れへんわ。こんなとこに死ぬまでおると思ったらかなわんで。そういえばお前、今、なんの仕事してんねん。あいつに訊いてもようわからんことしか言わん。会社員ではないんやろ？」

「……今、忙しいから」

安田は通話を遮断した。すぐにスマホの電源を切る。動悸が止まらない。

なぜ、信吉はわざわざ電話をかけてきたのか。まさか、雑談のためではないだろう。

頭のなかを無にするため、押川のインタビューの文字起こしに専念した。必死で指先を動かし、キーボードを叩く。指が動くほど、文章が生み出されていく。そのたしかな反応にすがるように、安田は休む間もなく文字列を打ちこむ。

〈深瀬には、殺意があったんでしょうか〉

押川の発した言葉が、一言一句違わず、ディスプレイに再現された。

その夜、父の機嫌がひどく悪かったことを覚えています。早番だったのか、午後六時過ぎに帰宅した時にはすでに泥酔していました。父は居間であぐらをかき、テレビを見るともなく見ながら、百円均一の店で買ったグラスで酒を飲んでいました。愛飲している焼酎の瓶は空になっていました。

家には八畳の居間の他、寝起きしていた四畳半と、父の寝室である六畳の和室がありました。父は自室で飲んでいることのほうが多かったですが、テレビを見たかったのか、その夜は居間にいました。

母はまだ仕事から帰っていませんでした。母が働いているのは、家計を助けるという目的だけでなく、父とできるだけ顔を合わせないためだと知っていました。

薄汚れたスウェットを着た父が、酒臭い息を吐いていました。

「こんな時間まで、どこほっつき歩いてんねん」

いっぱしの親のようなことを言うな。胸のうちで悪態をつきながら、四畳半へ向かいました。部屋に入ればひとまずは安心できます。酔った父は無断で襖を開けることもざらでしたが、それでも同じ部屋で息を潜めているよりはましです。

「待て、コラ。そこ座れ！」

赤ら顔の父に呼び止められました。振り返ると、眉を吊り上げ、光のない瞳でこちらを睨んでいました。

「ええから座れや」

仕方なく、自分用の座布団に正座しました。何気なく座卓に手をつくと、いやにベタついていました。袋入りのピーナッツを、父は無造作にかみ砕きました。

「無視しとったやろ。どういうつもりや」

していない、と言うと、すぐさま父の張り手が飛んできました。とっさに首をすくめ、両腕で顔を守ると、父の手が腕に当たりました。手の甲を爪で引っかかれ、赤い筋ができました。その反応が、父の逆鱗に触れたようでした。

「ええ度胸やんけ」

立ち上がった父は横に立ち、素足で胸のあたりを蹴りつけてきました。今度は避けきれず、かかとが左胸に当たり、仰向けに転がされました。馬乗りになった父はこちらの両腕を股に挟みこんで身動きを取れなくしてから、思いきり頬を張りました。

きいん、と耳の奥で音が鳴っていました。

「親に逆らうからこうなるんじゃ」

興奮した父は、二度、三度と頬を打ちました。ただ両目を固く閉じ、痛みに耐えていました。身体の下から両腕を抜こうとしても、がっちりと固定されていて動きません。十五歳にもなって中年の父に抵抗すらできないのが情けなくて、目の縁から涙がこぼれました。

「男やろ、お前。恥ずかしないんか。なあ。五十前の親父にええように殴られて」

父は内心を見透かしたかのように揶揄してきました。頭に血が上りました。

「うっさいわ、貧乏人」

思い付きの一言でしたが、父は目を見開き、瞳孔がきゅっと縮まりました。効いている、と思うと口が動くのを止められませんでした。

「貧乏人のくせに結婚して子どもつくるからこんなことなるんや。酒に頼って嫌なこと忘れるだけが楽しみの、甲斐性なしや。絶対、お前みたいな人間にはならへん。なってたまるか」

父の目の色が変わりました。ざまあみろ、と思うと同時に、ごつごつした手が喉元に伸びてきました。

「殺したる」

父は右手で握りつぶすように、喉を絞めてきました。指の一本一本が首に食いこむのがわかりました。急に息苦しくなり、頭に血が上りました。やめろ、と叫ぼうとしても「あっ、あっ」と喘ぐことしかできませんでした。

必死で両足を蹴り上げると、膝は父の背中に当たりましたが、首を絞める力は緩められませんでした。目の前で光が点滅しました。

ほんまに殺される、と思いました。

自分が死んだら、父は言い訳をするのだろうと確信しました。殺すつもりはなかった、しつけのつもりだった、と。

視界に靄がかかりはじめた直後、胃が痙攣する感覚がありました。次の瞬間、嘔吐しました。

ほとんど胃液だけでしたが、口から流れ出たものが手にかかり、反射的に父は「うわっ」と手を離しました。空気が肺に流れこんできて、咳きこみながら、うろたえる父の身体の下から抜け出しました。怒号を聞き流し、這うようにして部屋に飛びこみました。急いで襖を閉め、外から開けられないよう力任せに押さえつけました。

「おい、逃げんなクソガキ！」

父は喚き声をあげながら襖を開けようとしましたが、こっちが押さえる力のほうが強かったです。外側の引手が浅いため、指の先しか引っかかっていないようでした。叫び散らしていた父ですが、開かない襖を前に唐突に沈黙しました。

「……なあ。堪忍してくれ」

聞こえてきたのは泣きそうな声音でした。

「おれが悪かった。貧乏な家で育ったのがおれの負い目やねん。だから、ちょっとな、カッとなってもうて……許してくれ。親を貧乏人なんて、けなしたお前にも少しは非があるやろ？　だから、な。許してぇな」

先ほどまでとは別人のような、猫なで声でした。

襖を押さえるのも忘れて、床に尻をついていました。つい数分前まで自分を殺そうとしていた人間が、豹変して許しを請う。その変わり身の早さにぞっとしました。いっそ、襖を破って突進してこられたほうがまだ理解できました。

やめて、というつぶやきは襖の向こうには届かず、父は勝手に語り続けていました。

「心の底から申し訳ないと思ってるんや。なあ。どうしたら許してくれる？　こんなに謝ってもあかんのか？　父親に頭下げさせて、申し訳ないとかいう気持ちは起こらんか？　それくらいのことを自分がしたせいやと思わんか？」

首を絞められていた時よりもはっきりと、死を意識しました。このままでは、いずれ本当に父に殺されてしまう。

襖の染みをじっと見つめながら、静かに決意していました。

やられる前に、こっちがやらなあかん。

第三章

店員が三杯目の生ビールを運んできた。ジョッキを受け取った安田は、すぐさま口につける。

「いい飲みっぷりだねぇ」

隣の席の三品が言った。安田は半分ほど中身が減ったジョッキを置いて、苦笑する。

「最近、ちょっと嫌なことがありまして」

「やめてくれよ。連載の中断はおれの判断じゃないって」

「デスクに大した権限がないことくらい、おれだって知ってますよ」

「さすが、出身者だけあってよく内情を知ってるねぇ」

三品は悪びれる様子もなく、ビールをあおった。

門前仲町にある居酒屋で忘年会がはじまったのは、午後八時。テーブルを囲んでいるのは編集長以下、〈週刊実相〉の編集部員たちである。出版社の社員でないのは安田だけだった。以前の口約束を覚えていた三品から、声をかけられたのだ。誘われれば必ず出席するのが安田の信条だった。編集者との顔つなぎはしておくに越したことはないし、時には思わぬ情報を仕入れられる。

三品がつくね串をかじりながら言う。

「おれたちもだけど、ヤスケンも今月は忙しいでしょ」

十二月、出版業界は年末進行のため締め切りが前倒しになることが多い。

「他でも結構、書いてるんだよね？」

「ぼちぼちです」

安田はあえて言葉を濁した。実際のところ、企画はあまり動いていない。事件とは無関係なインタビューがスポットで入る程度だ。大半は無記名であり、名前を売ることはできない。

「もう一回だけチャンスくれませんか。連載じゃなくてもいいんで」

三品はすげなく「ムリだな」と応じる。

「サイトのビュー数が獲れる企画じゃないと。誌面は隠し子騒動に持っていかれてるし」

ある大物俳優に隠し子がいることが発覚したのは、先週だった。きっかけは、息子を名乗る当人の告白である。顔出し実名で自分の経歴を語った動画が、配信プラットフォームに投稿されたのだ。動画には、大物俳優の本名が記された母子手帳も映っていた。その俳優がクリーンなイメージだったこともあり、この話題は各メディアで大々的に報じられ、ＳＮＳでも話題を独占している。

「どっかの局が俳優デビューさせるんじゃないかとか言ってるけど、本当かねぇ。あの父親の息子だけあって顔はいいし、あり得るよね。ヤスケンは追ってないの？」

「芸能は専門外なんで」

「あ、そう。でもあの隠し子も、よくやるよね。あんなやり方しなくたってさ。よっぽどオヤジが憎かったんかね」

「なにがなんでも、父親に届かせたかったんじゃないですか」

安田はその一件について、詳しいことを知らない。だが、告発した息子の気持ちを想像することはできた。有名俳優である父は、手の届かない場所にいる。普通に連絡を取ろうとしても黙殺されるかもしれない。あるいは、すでにされたのかも。ならば捨て身でも、絶対に無視できない方法を取るしかない。

その後、宴は十時過ぎでお開きとなった。編集部員のほとんどはそそくさと帰宅していく。以前なら出版社の飲み会は必ず二次会、三次会まであったものだが、最近はめっきり減った。

「ヤスケン、もう一軒行く？」

駅へと足を向けかけた安田に声をかけたのは、三品だった。断る理由はない。

他には誰も誘わず、二人でバーに行った。これまでにも何度か訪れたことのある、三品の行きつけだ。暮れの店内は賑わっていた。カウンター席に着くなり、三品は紙タバコに火をつけた。

「悪いね、付き合わせて」

「とんでもないです。誰かと飲むのも久しぶりなんで」

三品は無言でタバコ一本分の灰を作り、二本目に火をつけた。一軒目とは雰囲気が変わっている。ゆったりと煙を吐く三品からは、編集部員たちの前で見せていた空元気《からげんき》がなくなっていた。安田も愛想笑いを消し、黙ってロックグラスを傾ける。

三品とは、安田が出版社でアルバイトをはじめてから十年以上の付き合いになる。飲みに行った回数は数えきれないし、互いの成功談も失敗談もよく知っている。今や社員と社外記者という間柄だが、それでも二人で飲んでいれば素に戻る。

「この間、親が施設に入ったんだよ」

ふいに三品が口にした一言で、鼓動が早まった。

「うちもですよ。父親が」

「こっちは母親。そういう年代なんだろうな、おれたちも」

三品は四十代半ばだった。結婚はしているが、子どもはいなかったはずだ。父親はすでに他界しているという。盛大に煙を吐いた三品は遠い目をした。

「若いころは、親の介護なんて想像もしなかったよなぁ」

返事の代わりに、安田はスコッチウイスキーを流しこむ。燻したような香りが鼻を抜け、追いかけるようにアルコールが喉を刺した。慌ててチェイサーの水を口に運ぶ。

ひとしきり介護の苦労を語った後で、三品が咳ばらいをした。

「おれ、来年の春で異動だわ」

「本当ですか？」

「たぶん。四月一日だな。コンテンツ事業部の担当部長だって」

聞き覚えのない部署名だった。安田がアルバイトをしていたころにはなかったはずだ。

「出世なんじゃないですか」

「出世だとしても、この年齢で異動したくないよ。二十七からずーっと雑誌だったんだから。なにする部署なのかも知らないし。会社員だから、あっち行けって言われたら行くしかないんだけど」

淡々と話しているが、三品の目は暗い。席に着いてからタバコを吸ってばかりで、手元にあるジンフィズは一滴も減っていなかった。

「雑誌編集部は縮小。しょうがないけどな、雑誌売れてないんだから。ヤスケンも早いうちに他の会社とパイプ作っといたほうがいいよ。ウェブマガジンとか。うちの会社は予算削る一方だと思うから」

「どこも一緒ですよ」

安田が付き合っている雑誌の多くが、刊行ペースを落としたり、広告のページを増やすことで予算の削減に対応していた。廃刊したタイトルも少なくない。〈週刊実相〉は週刊誌のジャンルでは売れているほうだから、すぐにどうこうということはないと読んでいたのだが。

「寂しいですね」

「時間の問題とは思ってたよ。ただ、これでいいのかね」

煙がバーの空気に溶けていく。

「紙の雑誌が弱くなるのはもうしょうがないよ。でも、代わりになにがジャーナリズムを担保するんですかって話。ネットの記事なんか雑誌とか新聞の転載ばっかりじゃん。自前のメディア育てようって気概はないよね。なくなったら困るのはお宅らじゃないの、と思うけど。でも一度なくなったら、復活はしないんだよね」

会社はともかく、業界への不満を三品が口にするのはあまりないことだった。それほど鬱屈が溜まっている証拠なのかもしれない。

「インフルエンサーとか、配信者が代わりになるんですかね」

何気なく発した一言に、三品は「なると思う?」と目を剝いた。

「空振りばっかりでも諦めず、駆けずり回っていろんな人に話聞いて、怖い思いもして、苦労して取ってきたネタでクオリティの保証された記事書いて、訴訟やクレームの対応もして、そこまでのことがインフルエンサーにできる？　絶対無理だよ。舐めんじゃないよ、おれたちの仕事」

ようやくグラスを手にした三品は、ジンフィズを一気に飲み干した。

安田は同調も反論もしなかった。三品の言うことには一理ある。これまでにも、雑誌や新聞に関わる人間から同じような台詞を聞いたことがあった。このままではジャーナリズムが崩壊する、真の報道の担い手は自分たちしかいない、と誇らしげな顔で語る関係者は少なくない。

しかしその崩壊の一因は、関係者の意識にもあると思っていた。

自分たちのような報道は他のメディアにはできない、という決めつけ。クオリティの担保された情報を発信し続ければ、大衆に求められるはずだという傲慢さ。先ほど三品が語ったような「舐めんじゃないよ」というおごりこそが、自分たちの首を絞めた。安田のような第三者からは、既存メディアの特権意識がよく見える。だから、親しい三品が相手であっても安易に同調することはできなかった。

――そういうおれも、既存メディアに養ってもらってるんだよな。

安田は自嘲気味に笑った。内心では批判していながら、出版業界にしがみついている自分が情けなかった。

「ヤスケンは、他の仕事やろうとか考えないの？」

「記者の他にやりたいことないんで」

「そう思えるのも幸せかもねぇ」

テーブル席からはしゃいだ嬌声が聞こえた。安田は照明の当たらないカウンター席からその様子を眺める。陽気に手を叩いている連中と自分との間に、見えない壁が存在していた。

翌日、安田は午前十時過ぎに目を覚ました。前夜の深酒のせいか、頭が重い。三品とは三時ごろまで飲んで、タクシーで帰宅した。

ベッドで寝転んだまま、ほとんど無意識にSNSアプリを立ち上げていた。流れで「深瀬礼司」と入力して、投稿を検索する。毎日同じことをやっているせいで、すっかり手癖になっていた。

検索結果のトップに表示されたのは、レコメンド機能が選んだ話題の投稿だった。冒頭の一文を読むと同時に、眠気が吹き飛んだ。

〈無差別殺傷犯・深瀬礼司の母親を説教！〉

「おいおい」

つぶやいた独り言は、やけにざらついた声だった。気持ちを落ち着けるため、立ち上がってキッチンで水を飲む。冷たい水はゆるやかに身体を覚醒させてくれた。立ったまま、再度スマホを確認する。

先ほどの投稿の主は、ある動画配信者だった。プロフィールのURLから配信プラットフォームに飛ぶと、八十万人ほどのフォロワーがいた。安田はその名を知らなかったが、再生数が百万回を超える動画がいくつもある。過去にアップロードされているのは、路上喫煙を面と向かって注意したり、違法駐車するドライバーを説教する動画だった。SNSでは世直し系配信者と呼ばれているようだった。

そして今回、その配信者のターゲットに選ばれたのが深瀬の母親らしい。どうやって、深瀬の母の居所をつかんだのか。疑問はいったん脇に置いて、動画を再生する。

最初に映し出されたのは、配信者である中年男性の上半身だった。坊主頭で体格がよく、見るからに強面《こわもて》だった。屋外にいるようだが、背景にはモザイクがかけられている。彼はチャンネル名を告げた後、亀戸無差別殺傷事件について話しはじめた。

「えー、その犯人である深瀬礼司。わたしも個人的に、彼の凶行には怒りを禁じえません。しかし深瀬はいまだに犯行動機をあきらかにせず、死刑になりたい、などと腑抜けたことを話しているようです。自殺するなら一人ですればよかったわけで、いわばこれは、日本社会への壮大な迷惑行為です」

配信者はそこで眉間に皺を寄せた。

「そして実は、先日われわれのところに貴重な情報提供がありまして。深瀬礼司の母親らしき人物が、某所で勤務しているという情報です。息子である深瀬があれだけの重大犯罪をしていながら、母親は今でも謝罪しないどころか、公に姿を現していません。いったいなにを考えているのか。きょうはその勤務先近くまで来ていますので、本人に話を聞いてみたいと思います」

そこからしばらく、配信者が事件の概要を語りながら歩く光景が映されていた。引き続きモザイクはかけられているものの、処理が雑なせいか、ところどころ店の看板や標識が映ってしまっている。その気になれば場所は容易に特定できるだろう。

「着きました。ここですね」

配信者は足を止めた。視線の先には、宝くじ売り場があった。

「さっそく行ってみましょう」

売り場には三つの窓口があったが、配信者は迷わず左の窓口に向かう。あらかじめ、チャンネルのスタッフなどが下調べをしていたのだろうか。窓口に座る女性の顔にもモザイクがかかっていたが、胸元の〈すずき〉というネームプレートが映りこんでいた。

「すみません」

「いらっしゃいませ」

「あの、深瀬礼司のお母さんですよね？」

女性は沈黙した。表情は見えないが、緊迫した空気が伝わってくる。

「どうなんですか。違うなら、違うって言えますよね？」

「…………」

「答えてくださいよ。深瀬の母親なんでしょ？」

配信者の言葉は徐々に威圧感を増していく。

「どう思っているんですか、息子があんな事件起こしたことについて。親として、世間に謝罪する必要があるとは思わないんですか？　あんた母親でしょう。三十超えてたって、息子は息子なんだから。家族として申し訳ないとか思うでしょ？」

〈すずき〉はあいかわらず沈黙している。

「被害者やご遺族の気持ち、考えたことありますか？　三人も殺されたんですよ。みんな、これから先も生きていたかっただろうに。あなたの息子が殺したんでしょう。ねえ。答えなさいよ」

「……やめてください」

「いや、実際どう思ってるんですか？　だっておかしいでしょう。凶悪犯の身内が、こうやって堂々と働いてるなんて」

画角の外から「警察」という女性の声が聞こえた。その声から逃れるように、配信者は急に「もう結構です」と言い捨てた。足早に宝くじ売り場から離れる。歩きながら、カメラマンと思しき男性が口を開く。

「あの人、深瀬の母であることは否定しませんでしたね」

配信者が「そうなんだよ」と言う。

「もし違うなら、否定するはずなんだよ。でも気まずそうに黙っただろ。間違いなくクロだね」

まるで、彼女が罪人であるかのような口ぶりだった。その後は「公開説教」と題して、配信者が母親へのメッセージを語り、動画は終わった。

この動画がアップロードされたのは、昨夜十時。再生数はすでに十万回を超えている。

ＳＮＳで感想を検索すると、大半は〈すずき〉への怒りを吐露するものだった。なかには配信者の行動を「やりすぎ」だと非難する声もあるが、ごくわずかであり、深瀬の母に対する批判が大半を占めている。

〈苗字がすずきなのに、本当に深瀬の母親なの？〉

そんな投稿もあったが、苗字が違うというだけで母子関係は否定できない。真っ先に安田が思いついたのは、深瀬の両親が離婚している可能性である。

妻が夫の戸籍に入っている夫婦を仮定すると、離婚した場合、妻は夫の戸籍から抜けて旧姓に戻る。一方、子は夫の戸籍に留まるため姓の変更がない。つまり、どちらが親権者であっても、子の苗字は原則そのままになる。子の姓を変更したければ、家庭裁判所に子の氏の変更許可申立てをする必要がある。

安田はその実例を知っている。亜美は家裁への申し立てを経て、海斗の戸籍を安田から自分の戸籍へと移した。海斗の姓はすでに「大城」へと変わっている。

――そっちに行ったのか。

それが、動画を見た安田の感想だった。

少し前なら、こうした情報を垂れこむ先はテレビや雑誌などのメディアと決まっていた。だが現在では、配信者やインフルエンサーも選択肢となっている。若い層にとっては、大手メディアよりもずっと親近感があるのだろう。こんなところでも雑誌の存在価値の低下を感じる。

情報が誤りであれば、この動画が引き起こしている騒ぎもすぐに鎮静化するだろう。だが厄介なことに、安田の直感は〈すずき〉が深瀬の母だと告げている。百パーセントの確信はないが、それなりに見込みは高い。配信者と同じ理由なのは癪だが、深瀬の名を出した時の反応はいかにも怪しい。

今日を境に、あの宝くじ売り場には記者が続々とやってくるだろう。もっとも、〈すずき〉がまだ勤務していれば、の話だが。あの動画が何日前に撮影されたのかわからないが、身の危険を感じた彼女がすでに休職ないし退職している、という可能性も十分にある。

安田は記者として、数えきれないほど加害者家族にも取材してきた。取材を申しこんだ時の、彼ら彼女らの反応はほぼ同じだ。最初は必ずと言っていいほど拒絶される。声をかければ逃げられ、手紙を送っても返事はない。記者として、きわめて接触の難しい相手であることは否定しない。

ただ、口を閉ざしているからといって、加害者家族を攻撃するのは間違いだとも思う。罪を犯したのは家族ではない。話すことなどない、という定番の言い分も、ある程度は事実なのだろう。加害者家族への批判はたいていの場合、ただ溜飲を下げることが目的だ。その証拠に、攻撃したことで「世直し」につながったという事例を、安田は聞いたことがなかった。

おそらく〈すずき〉の身元は、早晩あきらかになる。これだけネットで話題になれば、個人情報が流出するのは時間の問題だ。同時に、ネット上での批判はさらに高まるだろう。誹謗中傷や、さらには実力行使へと発展するかもしれない。安田としても深瀬の母にはぜひ取材したいが、タイミングは今ではない。

――これ以上、なにもないといいけど。

それは偽りない、安田の本音だった。

見知らぬ番号から電話がかかってきたのは、水曜の夜だった。自宅で原稿を書いていた安田は、キーボードを叩いていた手を止め、電話を取った。

「はい、安田です」

「あっ、すみません。佐竹というもんですけど」

えー、と言いながら、安田は懸命に記憶を探った。その名前に聞き覚えはあるが、何者だったかとっさに思い出せない。黙っている安田に、佐竹が助け舟を出した。

「訊きたいんは、深瀬くんの件でしょ?」

それで思い出した。佐竹はダイケンデリカの元社員だ。アパートを訪問したが不在で、郵便受けはチラシであふれかえっていた。

あの後、安田は佐竹に取材依頼の手紙を書いた。すぐに読んでもらえるとは思えなかったが、氏名と住所しか手がかりがない以上、他に連絡手段がなかった。期待していなかったが、まさか電話がかかってくるとは。

安田は一度通話を切って、あらためて自分からかけ直した。

「わざわざご連絡、ありがとうございます」

「ちょっと身体悪くして、入院してたもんで。えらい遅なってすんません」

声の感じから、佐竹は相応の年齢であることが窺えた。四、五十代といったところか。

「ぼくも、あの事件のことは気になってたんよ。いただいた手紙に書いてた通り、深瀬礼司は一時期ダイケンデリカに在籍してました。間違いないです。ほんで、なにが訊きたいんですか？」

安田は、ダイケンデリカ在籍時の深瀬について話を聞きたい、と率直に申し出た。佐竹は「そうやねぇ」と考えるそぶりを見せてから、切り出した。

「ぼくは二十代の後半からずっと、工場の管理部で総務の仕事をやってたんやけどね。現場職の若い子はだいたい高卒で入ってくるんやけど、深瀬くんは珍しく高校中退での採用やったから注意してたんよ。おとなしそうな子で心配やったけど、五、六年は働いてくれたんちゃうかな」

「職場は製造ラインですか？」

「第二製造課っていう惣菜のラインやったね。そこの現業員からはじまって、何年かしたらパートさんの管理もやってもらう感じで」

誰にも話せず鬱憤が溜まっていたのか、佐竹の口は滑らかだった。深瀬が退職した理由を尋ねると、しばらく唸っていたが、じきに「倒産したからええか」と言って話してくれた。

「記事にせんといてほしいねんけどな。ダイケンデリカが潰れた理由、知ってる？」

「リリース読みましたけど、競争環境の激化とか、原価コストの上昇とか……」

「うん、ま、表向きはな。もちろんそれも理由なんやけど。はっきり言えば、プライベートブランドを作ってた主な取引先から切られたんよ。なんでかというと、消費期限切れの食材使ってたんがバレたから」

その話は以前、佐田清夏からも聞いた。深瀬の虚言ではなかったのだ。だが安田は、初めて聞いたかのように「ほんまですか」と大阪弁で驚いてみせる。

「残念やけど、ほんまなんよ。ぼくは総務やから関わってへんけどね。その主犯が、第二製造課の課長やった人。部下もみんな知ってて従ってたんやけど、深瀬くんだけは許せへんかった。こんなことやったらあかん、と公言した結果、課長と対立してパワハラ受けて、辞めてもた」

「深瀬礼司は社内の不正を指摘してたってことですか」

「そういうことやね」

通行人を殺傷した凶悪犯が、消費期限切れの食材を使うことは許せなかったということか。佐竹はため息を吐く。

「東京の事件起こしたんが深瀬くんやって聞いた時、心底びっくりしたんよ。正義感の強い、まっすぐな子やったから。ＳＮＳとかでえらい叩かれてるけど、彼のこと知らんのによう言うわ、と思うけどね」

佐竹は深瀬の印象や仕事ぶりをぽつりぽつりと語ったが、具体的なエピソードは出なかった。このあたりが限界のようだ。職場が違うため仕方ないが、深瀬の人物像に迫るにはもう少し近い人物の証言がほしい。当時の同僚から話を聞きたいと告げると、佐竹は「ちょっと時間くれる？」と言った。

「元第二の人らは、一人二人やったら連絡先知ってる。確認したるから、向こうからオーケー出たら連絡するわ」

「ありがとうございます」

「いや、ええんよ。最近の報道には正直、ムカついとったから。凶悪犯は昔も凶悪やったはずやっちゅうのはさすがに暴論やろ。人間、いろんな面があるんやから」

その夜、聞くことができたのはそこまでだった。

翌日の夜、またも佐竹から電話がかかってきた。

「昨日の話やけど、一人、取材受けてもええって人おったよ。アドレス教えるから、あとはそっちでやってくれる？」

安田は感謝を伝え、送られてきたアドレスにさっそくメールを送った。今津大輔《いまづだいすけ》という男性で、深瀬と同じ時期、第二製造課で働いていた社員だという。

今津からはすぐに返信が来た。現在和歌山に住んでおり、直接会うのなら仕事の休日である土日にしてほしいと告げられた。

少しだけ、安田は迷った。和歌山での取材となれば、往復の新幹線代もバカにならない。だいいち、今津に取材したところで発表媒体の当てはない。いつどこで記事にできるかもわからないネタのために、数万円の出費をしてもいいものか。電話やオンラインでの取材でも、事足りるのではないか。

――そんなわけあるか。

浮かんだ考えを、安田はみずから打ち消した。対面でなければ取れない情報はある。会いに行くから、意味がある。


日曜、安田は和歌山駅近くのカフェにいた。

今津が現れたのは午後二時ちょうどだった。カフェのスタッフに案内されて、チェックシャツにダウンジャケットの男性がやってきた。肩にはショルダーバッグをかけている。安田は立ち上がり、にこやかに挨拶をする。

「はじめまして。メール差し上げた安田賢太郎です」

相手はまだ戸惑った様子で、「今津です」と会釈した。四十歳前後と思しき今津は、物腰が低く声が小さいせいか、気弱そうな印象を受ける。対面の席に座った今津にメニュー表を勧める。

「どうも」と応じる声も小さかった。

「あのう、安田さんは記者さん……なんですか?」

「フリーの事件記者です。最近まで、亀戸の無差別殺傷事件に関するシリーズ記事を連載してました」

自宅から持ってきた〈週刊実相〉のバックナンバーを開く。そこにはシリーズ第三回の記事が載っている。今津は手に取ってしばし黙読していたが、「なるほど」と言って雑誌を閉じた。ちょうどその時、二人分のコーヒーが卓上に置かれた。

「これから話すことも、こんな感じで記事になるんですね」

「発表の媒体も、時期も決まっていないんですが……」

「へえ」と今津は関心のなさそうな声音で言った。

「実名、じゃないですよね？」

「もちろん匿名です。他に気になる点はありますか？」

「いや、ないですけど……意図が変わるといややな、と思って」

意図とはなにか。安田が黙って待っていると、今津が意を決したように言う。

「わたしには、深瀬が人格破綻した凶悪犯やとは思われへん。いや、たしかにあいつがやったことは犯罪です。被害に遭われた方の気持ちを考えたら、こんなこと言うんは不謹慎かもしれません。でも、わたしが知ってる深瀬は……」

「すみません、ちょっと待ってください」

このままなし崩し的に本題に入るのは避けたい。今津の了解を得てから、安田は急いでICレコーダーの電源を入れた。

「最初に今津さんのことをうかがいたいんですが」

「はあ」

「まず、ダイケンデリカに就職されたのはいつですか？」

「就職したんは高校を卒業してすぐなんで、十八歳の時です。それから倒産する直前……三十四まで勤めてました。だいたい十五年、在籍してましたね」

今津は現在、和歌山県内の菓子工場で働いているという。

「特殊技能のないオッサンが転職しようと思ったら、同業に行くぐらいしかないんでね。会社が潰れて同情してもらえたんは救いでしたけど」

「深瀬の入社はいつごろでしょう?」

今津は年季の入った手帳をバッグから取り出し、ページをめくりながら答える。

「深瀬が働きはじめたんは、わたしがライン長になった直後、二十一歳の年の秋でしたね。その時、深瀬は十七歳でした。四年ちょっとはダイケンに在籍してたと思います」

「お二人は、同じ職場だったんですか?」

「はい。わたしがおったんは第二製造課ってところで、スーパーのプライベートブランド向けにお弁当を作るのが主な役割でした。そのなかでも、実作業をするパートさんたちを管理するのがライン長っていう仕事です。人手が足りんから、たいてい自分もラインに入るんですけど。そのラインに、入社直後の深瀬が配属されました」

「深瀬への印象はいかがでしたか?」

「最初は暗いなぁと思ってね。この子、やっていけるんかなと不安になりました。高校も中退したって聞いてたし、協調性もなさそうな気がして。でも最初から真面目そうではありましたね」

今津の語りは流暢ではないが、堅実さを感じた。

「今津さんがライン長で、深瀬は部下ということですか?」

「いや、わたしは上司というより教育係みたいなもんでした。ライン長といっても、勤怠管理なんかをやる、いわゆる管理職ではなかったんで。そういうのは、第二製造課の課長がやってました。指導というのも大したことではないです。正社員でも、入社して一、二年は実作業に専念するのが通例でした。だから深瀬にも最初は、惣菜をひたすら弁当の上に載せる、という作業をやってもらいました」

「周りの評価などはどうでした？」

「深瀬は高校中退やったこともあって、期待されてなかったですね。課長も外れクジ引かされたって言うてました。でも実際に働いてもらうと、悪くなさそうで。口数は少ないけど、指示したことをすぐ理解するし、几帳面にやってくれるし。下手な高卒の子よりも、ずっと仕事ができそうやと思いました」

佐田清夏の証言とはずいぶん異なる。会社の内と外では、見え方が違ったということか。

「深瀬は寮住まいだったと聞きました」

「家は、入社した時から社員寮でしたね。わたしも在籍中はずっと寮でした。それがダイケンの数少ない、ええとこでした。工場から歩いて十分の場所にあるアパートに住めるんです。家賃は月五千円天引き」

安田はノートにペンを走らせる。今津は細かいところまでよく覚えていた。

「入ってすぐ、歓迎会をやった記憶があります。最初はとにかく心を閉ざしていてね。なにを訊いてもまともに答えへんから、プライベートは知りようがなかったです。嫌々入社したんやなというのが透けて見えたから、他の先輩も課長も、かわいげのないやつ、と思ってたでしょうね。先輩の悪ノリで一気飲みさせられて、潰されてましたね」

「今津さんご自身はいかがでしたか？」

「わたしは仲良かったです」と今津は言う。

「深瀬が入社した年の末から、工場でおせちを作るようになりました。会社の幹部が安請け合いして、その生産が第二製造課に割り振られたんです。ただ、普通のお弁当作ってた工場がおせちをやるのって、結構大変なんです。栗きんとんとかごまめは粘度があって食材の取り回しが大変やし、温度管理も面倒くさいし、包装容器もいつもと別のメーカーやし。ライン長のわたしは受け入れ準備でてんやわんやでした。あまりにも忙しいんで、ダメ元で深瀬にも手伝ってもらうことにしました。最初はマニュアル作りとかやってもらったんですけど、これがいい出来で。パソコンの使い方も、ちょっと教えたら後は自分で身に付けてくれるし」

温かみのある口調で、今津は続ける。

「そこから色々手伝ってもらって、気が付いたらライン長の仕事の半分くらい任せてました。わたしもまだ役付きとしては新米やったし、正直、二人で一人前みたいな働き方でしたね。あの時に深瀬がおらんかったら、わたしが潰れてたと思います」

「プライベートでも、付き合いはあったんでしょうか」

「一緒に仕事をしていくうちに、少しずつ、身の回りのことも話すようになりました。おせちの製造が終わった大みそかの夜に、二人でご飯食べたんです。コンビニで買ったものを、社員寮のわたしの部屋に持ち込んでね。印象に残ってるんは、高校を中退するまでの話です。ずいぶん勉強頑張ってたらしいですね。東大目指してた、って聞いた時はさすがにホラかなと思いましたけど、普段の仕事ぶりとか見てると、あながち嘘とも言い切られへん」

「高校を中退した理由は聞いていますか?」

「実家の経済的事情やと聞きました。はっきりとは言いませんでしたけど、父親のせいやということは。えらい額の借金を残して失踪したって」

父親の失踪は、室生への取材でも聞いている。

「母親は？」

「……別々に住んでる、ということしか」

「なにか、犯罪の兆候のようなものを感じたことはありませんか？」

それまで穏やかだった今津の表情が、にわかに険を帯びた。

「断言できますけど、あいつは犯罪に手ぇ染めるようなやつではなかったです。一度、深瀬が会社のボールペンを持って帰ってもうたことがあってね。わざわざわたしの部屋まで訪ねてきて、今津さんどうしましょう、て言うんです。よう聞いたら、備品を持って帰ってしまったがすぐ戻しに行ったほうがええか、と。そんなん、次の日にでも返したらええのに。それぐらい生真面目やったんですよ。そんなやつが人殺しなんて……」

言葉を切った今津はしばし口をつぐんだ。黙ってテーブルを見つめていたが、ぼそりと「深瀬はね」と言った。

「ルール違反は、どんなに些細なことでも許せへん人間でした。その根っこに、父親の影響はあるかもしれません」

「失踪した父親ですか？」

「自分は同じようにはならんぞ、という決意を感じました。入社して三年くらいしたころ、深瀬も通例に従ってライン長になったんです。とにかく昇格してよかったってことで、二人で飲みに行きました。その時はもう深瀬も二十歳やったんで、一緒にビール飲んで。お互い不満が溜まってたせいか、二人ともえらい酔ってね。ひとしきり愚痴を言うた後で深瀬がぽつりと言うたんです。絶対、父親みたいにはなりません。正しい人生を歩みます、と」

正しい人生、という言葉が安田の脳裏に刻まれた。

「家庭が大変やったことも聞きましたけどね。深瀬にとって父親は、負けた側の人間やったんちゃうかなと思うんです。働いて、所帯まで持ってるくせに、ギャンブルでしこたま借金作って失踪した。深瀬は息子として迷惑なだけやなくて、男としても軽蔑しているようでした。父親は間違った道を行ったから、負けた。自分は絶対に正しい道を選んで、勝つ。そういう意志を感じたんですね」

そこで今津は渋面をつくった。

「わたしもね……もう少し諭してやったらよかったと思うこともあります」

「なにをですか」

「だって、正しい道を選んだら勝てるなんて、ゲームのダンジョンとちゃうんやから、人生そんな単純にできてませんよ。そこが深瀬の弱点かもしれませんね。正しく生きてればいつか必ず報われるはずやっていう、思いこみが」

今津は泣きそうな顔でうつむいた。安田はいったん、質問の目先を変えることにした。

「ダイケンデリカは、不正が横行していたとうかがいましたが」

「めちゃくちゃでした。もう潰れたんで言いますけど、わたしが入った時から常識なんてあってないようなもんでした。とにかくコストカットで納入価格を抑えて、その安さをエサに契約取ってくるんが常態化してたんです。衛生管理も適当で、床に落ちたもんでもアルコールかけて弁当に使ってたし、手洗いなんかやってもやらんでも構わん。潰れて当然ですよ、あんな会社。特に第二の課長は悪質でした」

　第二製造の課長は、当時の今津や深瀬の上司にあたる人物だ。

「勝手に人手は減らす。そのくせ安請け合いはする。具体的な対策も取らんと、精神論だけで仕事をする。佐竹さんから聞いてると思いますけど、消費期限切れの食材なんか使ってたんは第二製造課だけですよ。どの材料をいつ使うか、計画を立てるのは各製造課長の仕事なんですけど、仕入れは別の部署が担当してました。製造の立てた綿密な計画に沿って、仕入れの担当者は材料を購入する。つまり、原則的には消費期限切れの食材を使うのは無理なんです。製造課長がきちんと計画を立ててたら、ね」

「しかし、第二製造ではそれが起こっていた」

「第二の課長は仕事がとにかくいい加減で、計画にもしょっちゅうミスがあったんです。大量に食材が余ったり、不足したりも日常茶飯事でした。そういう時にあの人は正直に申告せんと、こっそり捨てたり、他のラインから集めたりしてごまかしてたんです」

　溜まっていた鬱憤を吐き出すかのように、今津の独白は続いた。

「ある時、計画ミスで惣菜にする前に豚肉の消費期限が切れてもうた時がありました。数十キロ廃棄せなあかんうえに、計画も破綻して納品できへん。大事《おおごと》になるのは目に見えてました。わたしらが頭抱えてる時に、課長が来て言うたんです。一日二日過ぎたところで変わらへん、使《つこ》てまえ。おれがやれ言うたらやれ。上の人らもみんな黙認してる……そう言われたらやるしかないですよ」

だんだん、今津の顔色が白みを帯びてきた。十年以上前の出来事のはずだが、いまだに消化しきれていないのかもしれない。

「指示されるまま、色の変わりはじめた豚肉で揚げ物作って、盛り付けて。そら、罪の意識はあります。けど逆らえないですよ。従わんやつは社員失格やみたいなこと、大声でわーっと言われてね。最初はみんな後ろめたかったと思うけど、二回目、三回目があって、課長もわたしらも感覚が麻痺してきて……深瀬が入ってきたころには、また消費期限切れか、くらいの受け止めでしたね」

「深瀬は入社してすぐに知ったんですか？」

「いえ。深瀬がそれ知ったんはライン長になってからですね。作業する人には内緒にしてたんです。課長とライン長で処理してたんで知らずに済んだけど、深瀬が昇格したら言わんわけにはいかん。ライン長の会議の席やったんですけどね。それを知らされた瞬間、わたしも深瀬に詰め寄られました。恥ずかしかったですよ。その場に課長も他のライン長もいましたけど、みんなだんまりで」

「深瀬はなんと言っていたんです？」

「あり得へん、と」

今津はさらに肩を縮めた。

「深瀬が声をあげた途端、課長はものすごい勢いでテーブルを叩きました。それが部下を服従させる時の手やったんです。子どもみたいなこと抜かすなとか、後ろめたいところのない会社なんかないんやとか、社会人やったらそれくらい理解せぇとか……聞いてるんも恥ずかしいような恫喝でした。深瀬は黙って課長を睨んでいました。横で見てたわたしはハラハラしっぱなしでした。それと同時に、情けなくて仕方なかったです。自分は上司には逆らえへんと決めつけて不正に協力してるのに、年下の後輩が立派に否定してる。なんで自分はこういう風に毅然と対応できへんのやろ、と反省してました」

「深瀬はどうなったんです？」

「出て行け、と課長に言われました。深瀬もびくっとしてましたけど、課長から視線は外さんと、黙って出て行きました」

深瀬の行動は立派だが、パワハラが常態化している組織でそのような態度を取って、ただで済むとは思えない。案の定、「深瀬は課長からいじめられました」と今津は語った。

「ライン長の役割を取り上げられて、食用油をひたすら運ぶ仕事をやらされてました。一斗缶を持ち上げるのが大変で、現業員の間でも嫌がられてた力仕事です。それを一人で、朝から晩までやるように命じられたんです。ほんで、課長は些細なことで深瀬を呼びつけて、一時間とか説教するんですわ。お前はどこ行っても通用せんとか、人間として劣ってるとか。仕事を手伝ったりするとまた課長に怒られるからわたしも手出しできへんし。できることと言えば、仕事終わりに飲みに連れていくくらいで」

「周囲は見て見ぬふりだったんでしょうか？」

「恥ずかしながら……総務には何度も訴えたんです。課内でパワハラが横行してるからなんとかしてくれって。だって、部下のわたしらが言えるわけないでしょう。でも佐竹さんも、製造課のことはそっちに任してるから、の一点張りでなにもしてくれなかったです」

安田は正社員として勤めたことはないが、記者になる前の仕事では何度もパワハラを見かけた。店舗の責任者がアルバイトをいびったり、管理者が本社の上役から恫喝されたりといった光景は、さほど珍しくなかった。いずれの場合も、安田が在籍している間は解決しなかった。

「深瀬は日に日に弱っていきました。毎日単調な力仕事やらされて、延々と罵倒されてたら、元気な人間でも頭おかしなりますよ。余計なことやと思いつつ、わたしもアドバイスしたことあるんです。みんな同罪なんやし、反抗するだけ無駄やと。でも深瀬はかたくなに拒否しました。ここで折れてもたら、自分の人生全部否定することになる、と言ってました」

「どういう意味でしょうか」

「これは、わたしの考えですけどね……深瀬の場合は、正しく生きていれば幸せになれる、というよりも、正しいと思うようにしか生きていけへんかった。少しでも自分が正しいと思う道から逸れたら、それはもう全部間違いなんですよ。普通の人間なら、ちょっと出てもうたな、で済ますところでも、深瀬にはそれができへん。一ミリでもはみ出たら、全部出たんと同じことなんです。父親のことがよっぽど心に残ってたんやと思うんです。少しでも道を逸れたら、ああなってしまう、と思いこんでたんちゃうかな」

課長によるパワハラは、一年弱は続いていたという。

「怒鳴られても、いびられても、深瀬は黙って耐えてました。ただ、耐えすぎたんかもしれません。ある日、深瀬をメシに誘ったんです。休みの前の日やったからか、深瀬もようさん飲んでました。その最中にぽつりと、もう続けられへん、と言ったんです」

「辞めたい、ということですか」

「そうでしょうね。一生懸命説得しましたよ。ここで辞めたら課長の思うつぼや。もう一回総務にかけあったるから、少しだけ頑張ってみろ。そんな感じでね。そうしたら、深瀬がうつむいたまま顔上げんようになったんです。座敷の畳にぽろぽろ涙が落ちてました。そこで初めて深瀬に睨まれました。目ぇ真っ赤にして、こう言うんです」

今津は上目遣いでこちらを見る。

「なんでみんな、間違ってるのに堂々としてられるんですか」

しばし、安田と今津は互いの目を見ていた。先に視線を逸らしたのは、今津だった。

「わたし、なにも答えられなくてね……さっきから言ってるように、わたしが情けなかったのは否定しません。なんで課長を責めへんねんって言われたら返す言葉ないです。でも、普通は上司に逆らうなんてできへん。正直に言うと、その瞬間はちょっと腹立ちました。正論ばっかり言うて、って。それでお開きになって、寮まで一緒に帰って……しまいですわ」

「しまい、とは？」

「飛んだんです、深瀬。誰にも言わんと」

今津が冷めたコーヒーを口に運んだ。

「休みの日が明けて、始業の時間になっても来んから寮まで様子見に行ったら、もぬけの殻やったんです。私物は一部残ってましたから、ほんまに衝動的やったんかもしれません。なにもかも嫌になったんでしょうね。結局、あんだけ嫌ってた父親と同じように失踪してもうたんやから、皮肉なもんですわ。真面目すぎたんでしょうね。限界まで抱えこんで我慢してたから、折れる時は一気に折れてもうた。深瀬にとっては、一ミリはみ出すんも全部はみ出すんも一緒ですから……それきり連絡は取ってないです。事件で知るまで、なにしてるかもまったく知らなかったです」

後悔を飲み下すように、今津はコーヒーのカップを傾けた。一気に中身が空になる。安田は落ち着くのを待って、次の問いを重ねた。

「その後、ダイケンデリカは……」

「深瀬が辞めてからも四、五年は不正が続いてたと思います。第二の課長は異動もせんと、むしろ幹部からは気に入られてました。そろそろ部長に昇進か、ってタイミングで取引先にバレました。第二製造課の誰かが取引先にメール入れたんですよ。消費期限切れの食材を撮った証拠写真、送って。しかも絶対に言い逃れできへんように、課長との会話の録音まで添付してたんです。腐りかけのほうがうまいんやからええんや、って課長は発言してました」

「どうなりましたか？」

「そら、取引先はカンカンですよ。いちばんのお得意先やったんですけど、全面的に取引停止になってもうて。あれがなかったとしてもいずれはバレてたでしょうけどね。あそこまで続いたんがおかしいくらいで……課長は解雇です。ライン長も減給処分食らってね。最悪でしたわ。後は坂道転げ落ちるみたいに、勝手に潰れていきました。ほんまに、なにからなにまで最悪な会社でした」

今津は手帳をショルダーバッグにしまった。その姿がどこか寂しげに見えて、安田はつい「もう一杯飲みます？」と訊いていた。今津が黙って頷くのを確認してから、コーヒーを追加で注文する。しかし運ばれてきたカップには手をつけず、今津は黒い液面を見ていた。鏡で自分の顔を覗きこんでいるようだった。

「……すんません」

唐突に、今津が頭を下げた。

「正直に言いますわ」

「はい？」

「取引先に垂れこんだん、わたしなんです」

うつむきがちだった今津は顔を上げ、真正面から安田を見ていた。

「深瀬が会社辞めてからずっと重荷やったんです。もう、心底嫌やった。不正に加担してる自分も、それで平然としてる会社も。課長も自分も他のライン長も、みんな間違ってる。終わってからわかったんです。正しかったんは深瀬だけやった。あんな会社、逃げて正解やったんです」

今津は、テーブルの上に置きっぱなしになっていた〈週刊実相〉を手に取った。

「深瀬、死刑になりたいって言ったんでしょ？」

「そのようです」

「世間への復讐のつもりやったんとちゃいますか。ひっそり自殺してたまるか、どうせ死ぬんやったら目にもの見せたろ、と自暴自棄になったんちゃうかな」

そうですね、とは言えなかった。深瀬の動機について、わかったようなことは語りたくなかった。今津は腕を組む。

「あの事件聞いて真っ先に思い出したんは、いなくなる前の夜に見た真っ赤な目ぇでした。自分は間違ってへんのに、なんで責められなあかんねん。なんでこっちが生きづらい目に遭わなあかんねん。そう、訴えてるようでした」

にわかに、店内が騒がしくなった。若い男女の集団が入店したためだった。二十歳前後だろうか。彼ら彼女らは、声高に話しながら店の中央のテーブル席を陣取っている。今津はそちらを一瞥して、言った。

「深瀬が事件起こした理由はわかりませんけど、でも、もしも理由があるとしたらね。それは、あいつ一人に背負わせたらあかんのちゃいますかね」

その声は大きくはないが、カフェの喧騒よりもはっきりと安田の耳に届いた。

その日の夜、東京の自宅に戻ってから、安田は今津へのインタビューを聞き直していた。イヤフォンからは朴訥《ぼくとつ》とした語りが流れている。

——深瀬の場合は、正しく生きていれば幸せになれる、というよりも、正しいと思うようにしか生きていけへんかった。少しでも自分が正しいと思う道から逸れたら、それはもう全部間違いなんですよ。

深瀬はいつ、彼の思う正しい道から逸れてしまったのか。自分の信じるように生きられなくなった彼は、自暴自棄になって、事件を起こしてしまったのか。だとしても、通行人を殺傷する必要があったのか。みずから命を絶つことなく、「死刑になりたい」と願うのはなぜなのか。

証言を集めれば集めるほど、闇は濃くなる一方だった。

当面、原稿の締め切りはない。スマホでネットの新着記事をチェックしていると、見逃せない見出しに行き当たった。

〈亀戸無差別殺傷　容疑者の母語る「本当に申し訳ない」〉

――えっ？

タイトルをタップすると、画面はテレビ局の配信動画へ切り替わった。地上波で放送したワイドショーの切り抜きだった。このところ、テレビ番組を切り抜いた違法アップロード動画が後を絶たないが、これは公式のようだ。

先日の、世直し系配信者の動画が頭をよぎる。

あれから数日が経ったが、配信者が説教していた〈すずき〉の身元はすでに特定され、ネットに情報が晒されていた。名前は鈴木容子《すずきようこ》。東大阪市内の宝くじ売り場に勤務していて、年齢は六十歳前後。ネット上に公開されているのはそこまでだった。しかし動画が公開される前に退職しており、現在の居場所は不明だという。

このまま、深瀬の母が表に出ることはないのだろうと思っていた。しかし誰がどうやって説得したのか、コメントを取ることに成功したらしい。安田はイヤフォンをスマホに接続し直し、居住まいを正して動画を再生した。

映像には女性の首から下だけが映されている。会議室のような場所で、スーツを着てパイプ椅子に座っていた。画面には〈深瀬礼司容疑者の母親〉というキャプションがついていた。左上のワイプには、スタジオ出演者たちの顔が順番に映っている。

「この度は、息子が起こした事件で多くの方にご迷惑をおかけしまして、本当に申し訳ないと思っております」

声には加工がかけられていなかった。例の動画の〈すずき〉と同じ声に聞こえる。女性の語りは続く。

「息子とは、最初に就職した会社を辞めてからは、たまに電話で話す程度でして。かれこれ十年以上もまともに連絡を取っておりませんもので、これまでどこでなにをしていたのか、わたしにもわかりません。警察の捜査にも協力できず、申し訳なく思っております」

深瀬の足取りがつかみにくいのは、母親との連絡を断っていたことも一因なのだろうか。

「息子は生真面目というか、ある意味潔癖なところがありましたから、許せないことがあると気が済むまで追及する、と、そういう傾向はたしかにありました。ただ、街中で刃物を振り回すだとか、犯罪に及ぶとは……父親がいなくなったことも、息子の人生をおかしくしてしまったのかもしれません」

このコメントは危うい、と安田は思う。自己弁護と取られ、炎上を招きかねない。

「夫が失踪したのは、賭け事でつくった借金が原因です。ギャンブル依存症だったんだと思います。当時はまだ、そういう言葉も知りませんでしたが」

ワイプに映った女性アナウンサーが、顔をしかめた。

「わたし自身は本当にもう、ひっそりと生活してきたつもりです。でも事件のことがあって、勤め先は退職せざるを得なくなりまして。職がない状況です。もし夫がこれを見ているなら、今すぐに出てきてほしいです」

徐々に、鈴木容子が取材に応じた理由が見えてきた。彼女はこのインタビューを通して、失踪した元夫——深瀬の父親が名乗り出ることを期待しているのだ。例の動画が話題になったことで開き直った面もあるだろう。そうだとすれば、この配信を皮切りに、積極的に露出を図るかもしれない。

「最後にあらためて、お詫びを申し上げます。被害に遭われた方、またご家族や親しい方々には、本当に申し訳ないことをいたしました。亡くなられた方々のご冥福をお祈りいたします」

画面が切り替わり、リモート出演している白髪の男性の顔が映し出された。大学の心理学部教授という肩書きだった。男性司会者が「先生」と呼びかける。

「深瀬容疑者の母親がインタビューに応じたわけですが、この母親の心理状況というのはどうお考えでしょうか?」

「あくまで推測ですが」と前置きしてから、教授は答える。

「一般的に、加害者家族は自責の念に駆られることが多いです。なぜ止めることができなかったのか、自分の子育てに問題があったのではないか、と思い悩むんですね。深瀬容疑者のお母様も、そのような理由から証言されたと推測できます」

教授は生真面目な口ぶりで答えた。

「先生。父親の失踪については、どう思われます?」

「事件の遠因となった可能性は、あるかもしれません。ギャンブル依存症は、経済的な困窮をもたらすのはもちろん、家庭内暴力との密接な関係も指摘されています。実際、ギャンブル依存症の患者は家庭内暴力の加害者となるリスクが高い、という研究結果も複数あります」

「では、深瀬容疑者は幼少期に虐待を受けていたかもしれない、ということですか? そういった経験が、事件の引き金になった、と?」

「個別にはなんとも言えませんが、可能性としてはあります」

そこで動画は終わった。安田はもう一度頭から視聴したうえで、SNSをチェックした。案の定、この動画は炎上していた。

〈母親の自分は悪くないアピール〉

〈自責の念じゃなくてただの責任逃れでしょ〉

〈なんで一か月も経ってから謝罪？　遅すぎるし言葉にも誠意が感じられない〉

SNSにはありとあらゆる種類の暴言が並んでいた。胸やけがしそうな光景に辟易した安田は、いったんネットから離れた。指先で目頭を揉みほぐす。

——本当に申し訳ないことをいたしました。

深瀬の母は繰り返し謝罪を口にしていた。だが、被害者遺族が本当に求めているのは謝罪なのだろうか？

ともかく、動きがあったのは間違いない。母親がコメントを出したことで事件への注目度も再度高まるだろう。もしかしたら、記事を載せてくれる媒体が見つかるかもしれない。

安田は室生をはじめ、いくつかのネタ元に電話をかけた。深瀬の母の証言に対する感想を聞きたかったが、いずれも出なかった。こういう時はじたばたしても仕方がない。いったん、深瀬の母については保留することとした。

その後は深夜まで、年賀状を書いて過ごした。取材関係者に直筆の手紙を書くのは昔からの習慣だ。関係構築には効果がある手段で、やるとやらないとでは相手に与える印象がまったく違う。今後も話を聞きそうな相手には、都合のいい時だけでなく、用がなくてもとりあえず連絡する。

発送する年賀状は優に百枚を超える。

ボールペンを動かす手を休めた一瞬、ふと思いついた。

――そろそろ、深瀬にも書くか。

鑑定留置が終われば、おそらく接見禁止は解かれる。すでに多くの記者が深瀬への取材を申し込んでいるだろう。だが大半の記者はプリントアウトした紋切り型の書面を送りつけているはずだ。別件で使ったファイルを流用して仕上げた、形式的な文面だろう。こういう時、手書きは案外力を持っている。

問題は、なにを書くか、どう依頼するかだ。

安田にはまだその答えが見えていない。手紙を書きだすのは、もう少し戦略を練ってからだ。仕損じれば無駄打ちになるだけでなく、悪印象を与える。深瀬本人への接触は、慎重に進めるべきだった。


一人きりの年末年始を終え、一月四日の朝が来た。

安田は三が日が明けるのを待って、さっそく三品に電話をかけた。

「おう、ヤスケン。今年もよろしく」

「新年早々にすみません。ちょっと相談したいことがあって」

年始の挨拶もそこそこに、今津へのインタビュー記事掲載の相談をする。被害者遺族である押川へのインタビューも用意はできるが、ここは今津の証言のインパクトを重視すべきだ、と判断した。三品の返事は思いのほか色よかった。あと三か月で異動のため、なかば自棄になっているのかもしれない。

「亀戸の事件、また盛り上がってるからね。内容によってはいけるかも」

ここぞとばかりに安田は、深瀬の新たな一面に切り込む記事が書けた、と熱弁した。三品は言葉少なだったが、相槌のはしばしから関心が滲んでいた。

「その記事ってもう、できてる？」

「はい、もちろん」

本当はまだ完成とはほど遠いが、そんなことはおくびにも出さない。いざとなれば、徹夜でもなんでもするつもりだった。

「実は、次号が穴開きそうでちょっとヤバいんだよね」

三品が言うには、記事を依頼していたライターと年始から連絡がつかなくなったらしい。稀にだが、雑誌の仕事ではこういうことがある。

「分量は？」

「見開き二ページ」

「大丈夫です。すぐに用意できます」

安田の耳に、追い風の吹く音が聞こえた。三品は「とりあえず単発で」という条件で、今津のインタビュー掲載に許可を出した。腹の底から力がみなぎってくる気がした。

「もし評判よかったら、次の号も任せてもらえませんか」

「ネタあるの？」

「深瀬の母親とか、どうですか」

鈴木容子は、年末年始でいくつかのテレビや新聞の取材に応じていた。話す内容はほとんど同じだ。息子が起こした事件についての謝罪。失踪した元夫への呼びかけ。そして、自分はなにも知らないという主張。彼女は大阪府内在住で、求職中のため時間の都合はつきやすいようだ。

これだけ取材に応じているのだから、旧知の記者たちに尋ねれば連絡先はすぐにわかるだろう。それでも容子への取材に踏み切っていないのは、記事の価値が担保できないためだ。最初にテレビ出演した時こそ驚きがあったものの、同じ証言を繰り返す容子のニュースバリューは急落している。

加害者の親がこれだけオープンに取材を受けているのは異例と言ってもいい。楽ではあるが、裏を返せば、彼女の証言だけでは独自記事として成立しないということでもある。だが贅沢を言っていられる状況ではない。なんでもいいから、ネタがあるところを三品に見せなければならない。

「ヤスケンさあ、正直、深瀬の母親に取材しても面白くないんじゃない?」

「でも、そこに触れないのは不自然ですよ。他のメディアはみんなやってるんですから、実相だけ触れないのもどうなんでしょう」

三品が沈黙した。日本の報道機関は横並び意識が強い。他社が報じている以上、わが社が報じないわけにはいかない、と考えがちだ。たとえ週刊誌でも、その意識から完全に自由ではない。

「……わかった。検討する」

三品の言質を得たうえで、通話を切った。拳を握りしめる。これでまた〈週刊実相〉に記事が書ける。

今津へのインタビュー記事を手直ししつつ、鈴木容子への取材の段取りに取りかかった。後追いで取材をするのは本意ではないが、深瀬の母親がキーパーソンであることは事実だ。なにより、深瀬の人間性に迫るうえで家族の証言は欠かせない。遅かれ早かれ取材するのなら、早いほうがいい。そう自分を納得させた。

心のなかの淀みが、にわかにかき消される。明確な目標があれば、人は生き生きと動けるらしい。

今津への取材は、〈「あいつが凶悪犯とは思えない」　元同僚が語った無差別殺傷犯の知られざる過去〉というタイトルで記事となった。

発売された〈週刊実相〉の反響は上々だった。とりわけ今回は、ウェブへの記事転載後の反響が大きかった。SNSで、この記事は深瀬礼司をかばっているのではないか、という論争が巻き起こったのだ。安田としては、ダイケンデリカでの深瀬の働きぶりを客観的に記したつもりだったが、読者はそうは受け取らなかったらしい。記名記事だったこともあり、安田のSNSアカウントにコメントを送ってくる者もいたが、すべて無視している。

鈴木容子の携帯番号は難なく手に入った。ただ、何度か電話をかけているものの、相手は一度も出ない。念のため留守電も入れているが、折り返しの連絡もなかった。このまま連絡がつかなければ、次の記事が書けない。

安田は保険のため、深瀬の父の消息も調べていた。

頼ったのは、東邦テレビの岸根だった。テレビ局の記者なら、警察からの情報が入っている可能性がある。しかも岸根は亀戸の事件に強い興味を示していた。今津に聞いた話のなかで、未公表の情報を与えれば、きっと何らかの手札を見せてくるだろうと踏んだ。

予感は的中した。

――名前と年齢くらいしかわかりませんけど。

岸根はそう前置きしてから、電話口で教えてくれた。

氏名は深瀬勝之《かつゆき》。生きていれば今年六十歳を迎える。家族の前から姿をくらましたのは四十二歳の時で、七年後に容子が失踪宣告をしたことで離婚が成立していた。連絡先はもちろん、生死すら不明。

安田としても、すぐに取材できるとは思っていない。だが今津へのインタビューからも、父親が深瀬の人生に影響していることは間違いなさそうだった。

雑誌発売の三日後、安田のスマホに着信があった。押川研次の番号である。いやな予感を覚えつつ、受話ボタンをタップした。

「もしもし?」

「安田さん。なんですか、あの記事」

一瞬とぼけようかと思ったが、火に油を注ぐことは避けたい。素直に「〈週刊実相〉ですか?」と問い直した。

「そうですよ。深瀬をかばうなんて、なにを考えてるんですか」

「それは誤解です。かばっているわけではなく……」

「あんな記事書いておいて、よく言えますすね。深瀬は不正を告発しようとしていたとか……まるで、あいつが社会の被害者みたいじゃないですか。あいつが娘を殺したんですよ。二度と香音は帰ってこない。深瀬礼司のせいで！」

「待ってください、押川さん」

「雑誌の売上のためだか知りませんけど、人としてやっちゃいけないことがあると思いませんか」

安田が口を挟もうにも、熱くなった押川は止まらなかった。

「わたしは、マスコミの前に立つことが遺族としての自分の使命だと思っています。時間が許す限りは取材に応じていますし、名前も顔も出している。そうしたほうが、受け取る側も真剣に考えてくれるだろうと期待するからですよ。あんな事件はね、繰り返されてはいけないんです。正当化されてはいけないんです。だから犯人への共感を誘うような報道は許されない」

この手の意見は珍しくはなかった。第三者からいくら言われたところで動じることはないが、相手は取材対象、しかも被害者の遺族だ。安田は押川の言葉に相槌を打ちながら、隙を見て「まずはお詫びさせてください」と割り込んだ。

「ご遺族の皆さんを傷つけてしまった点に関しては、言い訳などできません。申し訳ありませんでした。一方で、あの記事を出した意義もあると思うのです」

「意義？」

押川は不快感を隠そうともしない。

「殺人犯に共感させることが意義ですか？」

「わたしは事件を取材して記事を書くことが仕事です。この仕事の根底にあるのは、社会への違和感です。なにかがゆがんでいる。なにかがおかしい。そういう違和感が表出した結果、いわゆる重大事件が起こると思っています。ですから、わたしは個別の記事を書いている時にも、必ず社会背景を意識します。個人の問題に収束させてしまうと、改善する手がかりが見つからないからです」

安田は普段口にしない思いを、懸命に言葉にしていく。

「あの記事は、個別で読めば深瀬への同情を誘うものかもしれません。でもそれは真意ではないんです。多角的に社会を語る、視点の一つでしかない。過去の記事も通して読んでもらえれば、わかるはずです」

押川は、先ほどより幾分落ち着いた様子で「そうですか」と応じた。

「しかし、それは読者には伝わっていないですよね。事実として記事が一人歩きしているわけだから」

「現時点ではその通りです。ですから続報を出し続けることが大事なんです。深瀬に共感させて、はい終わり、ではないんです。その共感をぶち壊すような記事も書かないといけない。次の記事も、ちょうど準備しているところです」

「わたしへの取材は、まだ記事になっていないようですが」

「お待たせしているのは申し訳ありません」

安田はひたすら低姿勢で応対した。ここで論争を繰り広げても、亀裂が広がるだけだ。それならプライドをかなぐり捨て、頭を下げたほうがまだましだった。

十分ほど話すと、ようやく「わかりました」と押川が言った。

「納得はしていませんが、安田さんなりに筋を通されるということは理解しました」

「恐縮です」

「ただ、全員が理解しているとは思わないでください」

そう告げて、押川は通話を終えた。全身に、どっと疲労を覚えた。

おれはただ、事実を知りたいだけだ。その思いは方便ではない。なのに――。

安田は事件記者の使命をまっとうするほど、世間から嫌われていく気がした。


その速報が入ったのは、昼にカップラーメンを食べた直後だった。

SNSを巡回していた安田の目に、不穏な一文が留まった。投稿元は大手ニュースサイトであった。

〈札幌市中央区《ちゅうおう》で通り魔　刃物によるけが人多数〉

反射的に、付記されたURLへアクセスしていた。


きょう午後一時ごろ、札幌市中央区の札幌駅前通地下歩行空間で、刃物を持った男が通行人を切りつける事件が起こった。少なくとも一名が死亡、二名が負傷した。男はすでに身柄を確保されており、札幌方面中央警察署へ連行されたとみられる。

記事は数分前に投稿されたばかりである。あまり練られていない文章から、記者の混乱が伝わってくるようだった。

すぐさまテレビをつけた。ちょうどワイドショーに速報が入ったところだった。男性アナウンサーが読み上げる原稿の内容は、先ほどの記事と大差ない。テレビをつけっぱなしにしたままネットニュースを漁るが、同様だった。北海道の地方紙記者とは顔見知りだが、今は連絡したところで相手にしてもらえないだろう。

こういう時はやはりSNSが早い。〈札幌　事件〉〈札幌　通り魔〉といった言葉で投稿を検索する。真っ先に見つかったのは、画像データを添付した匿名の投稿であった。

〈チカホに包丁持ってるやついた〉

北海道での取材経験がある安田には、〈チカホ〉が札幌の地下歩行空間の通称であることがわかった。スマートフォンで撮影したと思しき画像には、紺色のダッフルコートを着た人物が写っていた。長い髪のせいで顔はよく見えないが、顎ひげや喉仏から男性だと察せられる。両手に包丁を握り、周囲には走り去る人影が写りこんでいた。男の姿は、凶行に走った深瀬礼司を彷彿させた。

――まさか。

安田の頭の隅に暗い予感が浮かぶ。

時に、凶悪事件は連鎖する。一つの事件が類似の事件を引き起こし、さらに別の事件の呼び水となる。決壊したダムのように、悪意が社会へと放たれる。安田はそういった例をいくつも思い起こすことができた。

二番目、三番目の犯人たちは、取り調べに対してこう打ち明けることがある。あの事件に触発された。あの事件を見て自分もやれると思った。あの事件の犯人みたいになりたかった。

ディスプレイを見つめる安田の瞼は、痙攣していた。

まだ直感でしかない。しかし亀戸の事件から二か月と経っていないこと、人通りの多い場所を選んでいること、両手に包丁を持っていることなどから、この犯人が深瀬礼司の模倣犯である可能性は十分にあった。

「まずいな」

独言した安田は瞼を閉じ、目頭を揉んだ。

経験上、模倣犯の発生は事件記者にとってプラスにならない。必ずと言っていいほど、マスコミの報道責任を問われるためだ。先行する事件を報道していなければ、こんな事態は起きなかったのではないか。後追い犯が出るのは、犯人を英雄に祭り上げた報道の責任ではないのか。そんな言説が出回ることは目に見えていた。事実、ＳＮＳにはそういった趣旨の投稿がすでに散見された。

〈これどうすんのマスゴミさん〉

〈深瀬に同情的な記事書いたやつ全員責任あるだろ〉

〈犯罪者がヒーローになる国、日本〉

記名で〈週刊実相〉に記事を書いている安田のもとにも、いずれ批判が来るかもしれない。罵詈雑言を寄せられるのは多少慣れたが、度が過ぎれば、法的措置も検討せざるを得ない。

それ以上に事件記者として困るのは、取材対象者の口が重くなることだった。特定の証言が別の事件の呼び水になってしまったと思われれば、取材を避ける者もいるかもしれない。まだ見ぬ情報提供者も、模倣犯の存在を意識して躊躇するおそれがある。

このまま深瀬を追うか、方向転換するか。

亀戸の事件に関して、今後の取材難度が上がるのは確実だ。ならばいったん札幌の事件に取材の対象を変える手もある。無差別殺傷事件というくくりで、二つの事件をまとめて論じるのだ。札幌には多少土地勘もある。しかしそちらに労力を割けば、深瀬への追及がおろそかになる。

悩んだが、結論を出すのにそう時間はかからなかった。

やはり、深瀬礼司への執着を捨てるという選択肢はなかった。深瀬はこれまでの凶悪犯とは決定的になにかが違う。運命の相手、という表現は適切ではないのだろうが、今後の記者人生で出会うことのできない性質の人間であることを、安田は肌で感じている。

それに一連の事件が連鎖しているのだとすれば、端緒である深瀬を避けて通ることはできない。束の間逃げることができても、いずれはここに帰らなければならないのだ。ならば、真正面からぶつかったほうがいい。

スマートフォンを手に取り、鈴木容子の番号を呼び出した。スピーカーから鳴るコール音を聞きながら、安田は腹を決めた。たとえ他の記者が興味を失おうとも、絶対に深瀬礼司を追う。そのためにできることは、なんだってやる。

コール音は六度目で途切れ、ようやく、待ち望んでいた相手が出た。


翌週月曜の昼、安田は東大阪市内のイタリアンレストランにいた。

正午の十五分前に到着すると、すでに先客がいた。安田より一回りほど年上の男性である。黒のスーツをきっちりと着込み、ヘアセットにも余念がない。相手は安田が現れるなり、立ち上がって一礼した。

「木嶋《きじま》といいます」

男性が差し出した名刺には、大手出版社の社名が記されていた。所属は書籍編集部。安田が自宅のプリンターで出力した名刺を出すと、木嶋はうやうやしい手つきでそれを受け取る。

「安田賢太郎です」

「お名前はかねがね」

「そんな。とんでもないです」

世辞を言われることには慣れていない。安田は目を伏せて恐縮した。

「先日の記事、拝読しましたけども素晴らしい取材力で驚きました。うちの編集部でも、フリーの記者さんといえば必ず安田さんの名前が挙がりますよ」

そう言う割に、木嶋の勤め先から仕事を依頼されたことはない。社交辞令を適当に切り上げてから、安田はあらためて「今日は申し訳ありません」と頭を下げた。

「無理やり割りこんでしまって、ご迷惑おかけします」

「ご本人の希望ですから。むしろ、事件記者さんの取材を拝見できるのでありがたいです。意外と、こういう機会は少ないので。勉強させてもらいます」

木嶋は慇懃《いんぎん》な態度を崩さない。手練《てだ》れの編集者といった印象だった。

鈴木容子とは電話で話したが、ごく普通の中年女性、という印象である。悲壮さや傲慢さは感じられず、淡々とした受け答えだった。彼女は安田が東大阪まで来ることを条件に、取材を了承した。都合のいい日程を尋ねると、容子は少し考えてから答えた。

——それやったら月曜、お昼に出版社の方と会うんです。何度もお話しするの大変なんで、よかったら同席してもらってもいいですか？

安田は身構えた。合同取材という形式も、ないわけではない。ただしそうなると、取材対象者のコメントを記者全員が共有することになるため、独自のネタは作れない。安田が慎重に確認すると、容子は合同取材ではないと答えた。

——記者さんではなく、編集者さんです。電話でちらっと聞いただけですけど、本を書かんか、ってお誘いらしくて。

その答えに安田は合点した。重大事件の犯人、あるいはその家族が手記を出版した例は多い。社会的な反響が大きい事件であるほど、売れ行きも見込める。

——連絡先お伝えするんで、よかったらそっちで訊いてみてください。編集者さんさえよければ、わたしはそうしてもらったほうがいいんで。

——助かります。

編集者が取材の場にいる、という状況は多少気詰まりだが、取材を受けてもらうことが最優先だった。その後、容子から教えてもらった木嶋の電話番号に連絡を入れ、同席取材をする了解を得た。

同じテーブルについている木嶋は、腕を組んで出入口のほうを眺めている。無言の間がなんとなく気まずい。

「手記を書くのは、ご本人ではないですよね？」

沈黙を埋めるために安田が問うと、木嶋は「そうですね」と応じた。

「ライターを手配する予定です。うちも早めに出したいんで」

物書きの経験がない素人に、いきなり本一冊分の文章を書け、というのはさすがに酷である。こういうケースでは、ライターによる聞き書きで本が作られることが多い。

「まあ、そうなりますよね」

相槌を打つ安田を、木嶋はなにか言いたげな顔で見ていた。

「どうかしました？」

「いや……そういえば、安田さんにやってもらう手もあるなと思って」

仕事の匂いがした。鈴木容子の手記を執筆できれば、名前こそ世に出ないがある程度の原稿料は入ってくるだろう。交渉がうまくいけば、印税契約にできるかもしれない。零細記者にとってはありがたい話だった。

だが安田はあえて露骨に食いつかず、「たしかに」と笑ってみせた。

「実際どうですか。そういう経験、おありですか？」

「なくはないですね」

過去に一度、付き合いのある弁護士の代筆で本を書いたことがあった。さりげなく書名を口にすると、木嶋は「読んでみます」と言いながらスマホで検索し、「買いました」と言った。

「安田さんはこの事件のことなら誰より詳しいわけだし。適任ですよね」

「そうですか」

「編集部内で話してみます。もし、依頼するとなれば連絡させてもらいます」

安田は笑みで応じた。おいしい話があっても、さほど期待はしないようにしている。その場限りの愛想やリップサービスをいちいち真に受けていたら、心が持たない。どうせ大半は望んだ通りにならないのだから。

容子は正午を少し過ぎて現れた。白髪まじりの髪を一つにまとめている。クリーム色のブラウスや焦茶のスカートは、ところどころほつれている。

「すみません。家を出ようとしたら、テレビ局から電話が来て」

「お忙しいところ恐縮です」

立ち上がった木嶋が丁寧に腰を折る。安田もそれに倣った。容子が席につくと同時に、木嶋がランチコースの開始をスタッフに伝えた。すぐにオードブルが運ばれ、木嶋は遠慮なく食べるよう告げる。

「最近はいかがですか。少し落ち着きましたか？」

安田はあえて、会話の主導権を木嶋に握らせた。この打ち合わせは本来木嶋がセッティングしたものであり、安田は同席させてもらっている立場だ。いきなりでしゃばるのは好ましくないと判断した。

「一時期よりは……でも、かなり疲れました。たまに無茶なこと言う人もおるし、テレビはもうええかなと思ってます」

たしかに容子の顔には疲労の色が浮かんでいたが、憔悴しきっている、というほどでもないようだった。

凶悪犯の家族は、そうとわかると周囲から手ひどい扱いを受けることがある。猛烈な批判にさらされ、職場や学校から追われ、追い詰められることもある。容子の場合も、事件後に宝くじ売り場を退職している。ただ、話している限りはごく普通の精神状態を保っているように見えた。記者としては、そのほうが好都合だ。

「それで、わたしの本題ですが……」

木嶋はブリーフケースから書類を取り出した。安田が横から覗くと、手記刊行の企画書のようだった。書類をしげしげと見つめる容子に、木嶋が語りかける。

「先ほどのお話だと、今後、メディア出演は絞っていく格好になりますかね？」

「そうですね。疲れてしまったので」

「しかしながら、旦那様――失礼、元旦那様――には名乗り出てくれるよう、呼びかけ続ける。そのため頻度を落として取材には応じる、と考えてよいでしょうか」

容子は「はい」と躊躇なく答えた。そこで安田は初めて口を開く。

「深瀬勝之氏のことですね？」

安田の問いに容子は頷く。

「あの人には、こうなった責任を取ってもらいたいんです。元はと言えば、あの人が勝手に借金こしらえて、家族に押し付けて逃げたんが悪いんですから。それがなかったら、礼司やって高校中退せんかったし、あんな事件やって起こらんかったんです」

「具体的には、どのような形で責任を取ってもらいたいですか？」

木嶋が率直な質問をぶつけた。

「お金です。お金と、後は謝罪」

容子の口ぶりは穏やかだが、断固としたものだった。

「謝罪というと？」

「わたしと、お騒がせした世間様に、です。母親だけが息子の不始末の謝罪をするなんて、変でしょう？」

木嶋は「なるほど」と明確な答えを避け、手帳に何事かを書きこんだ。

「やはり、書籍の刊行は目的に適っているように思えます。テレビは放送して終わりですし、雑誌も一週間かそこらで店頭から消えてしまう。その点、書籍はより長く書店に置かれます。刊行によるニュース性もある。長期的なスパンで勝之氏を捜すなら、書籍刊行は有効な手立てになります」

容子はすがるような目で見た。

「それやったら、ぜひお願いします」

「前向きなお返事、感謝します。では、次に……」

木嶋が企画について説明するのを横で聞きながら、おそらく勝之が名乗り出ることはないだろうと安田は考えていた。単純な話で、勝之にとってのメリットがないからだ。それくらいのことは木嶋もわかっているはずだ。しかし安田は口出ししない。余計なことを言って邪魔すれば、恨みを買うだけだ。

コースがメインディッシュまで進んだころ、木嶋の説明は終わった。

「お待たせしました。ここでバトンタッチします」

おもむろに、安田は咳ばらいをする。ようやく出番だ。

「それでは、はじめさせていただきます」

安田の言葉に、容子は神妙に頷いた。

東京へ向かう新幹線の車中で、安田は勢いよくキーボードを叩いている。

先刻取材した容子の証言をもとに、さっそく記事を書いていた。できれば東京駅へ到着するまでの間に仕上げておきたい。一晩寝かせて、明日チェックしたうえで三品に読ませる算段だった。確約は得ていないが、うまくいけば次の〈週刊実相〉に載せてもらえるかもしれない。

容子の話は、大半がこれまでの報道で見聞きしたものと同じであった。全体的に新鮮さは薄い。そこで安田は取材の終盤、きわどい質問を投げこんだ。

「被害者や遺族の方々への、賠償責任についてはどうお考えですか?」

容子の顔がこわばった。

「まだ訴訟を起こされてないいんやから、なんとも言えません」

「ご自身のお考えは?」

「申し訳ない、と思っています」

答えになっていない。安田は別の角度から突っこんだ。

「ならば、犯行動機についてはどうお考えですか。なにが凶行の原因だと思いますか」

「わかりません……」

それきり、容子は沈黙した。一事が万事この調子である。取材の回数は重ねているはずなのだが、具体的な見解や反省は口にしない。不思議なほど、容子の言葉は空虚だった。しばらく黙っていた容子が、ふいに一言ぽつりと漏らした。

「なんでわたしを殺してくれんかったんやろ、とは思います」

このつぶやきに、安田は敏感に反応した。

「どういう意味でしょう」

「礼司があの事件起こしてから、ずっと悩んでました。息子がなんで人殺しなんかしたんか、ほんまにわからへん。考えるほど、頭がおかしなってまうんです。だからもう深く考えんようにしてるんです」

容子は堰を切ったように語り出した。

「ただ言えるのはね、人様に迷惑かけるんやったら、せめてわたしに迷惑かけてくれってことです。わたしを殺してほしかった。親ができることなんかそれくらいちゃいますか。わたしは殺されもせず、逮捕もされず、のうのうと生きてるんです。それっておかしないですか。こんな綺麗なレストランで、ご飯食べてええような人間ちゃうんです」

その発言で、容子の言葉が空虚なわけがわかった気がした。鈴木容子は思考を停止し、息子について考えるのを諦めた。だから彼女は借り物の言葉でしか話すことができないし、見解も反省も持ち合わせていない。そして、すべてを解決する存在として、勝之が現れることを一方的に望んでいる。

ただ、わたしを殺してほしかった、という一言だけは切実な響きを伴っていた。なぜその感情の矛先を自分ではなく他人に向けたのか、という困惑と落胆。

まとまらない考えを、無理やり原稿という形に変換していく。いつもながら、書きたいことの半分も書けていない。だが、それでも書くしかない。文章にする過程で初めて理解できることもある。

小田原《おだわら》を通過したころ、スマホが震えた。三品からの電話であった。草稿は間もなく書き上がる。できれば最後まで書いてしまいたかったが、不穏な予感があった。急いでデッキに出て、受話ボタンを押す。

「ああ、ヤスケン？　SNS見てる？」

酒焼けした三品の声が、上ずっていた。

「なんの話ですか？」

札幌の事件があってからというもの、SNSは積極的に覗かないようにしていた。マスコミ批判の流れから、安田のアカウントには個人攻撃が殺到していると想像できた。実名でSNSをやっていると、〈死ね〉とか〈カス〉とかいった幼稚な罵倒を浴びせられるのは日常茶飯事だが、進んで閲覧する気にはなれない。この数日はほとんどSNSを見ていなかった。

安田が事情を知らないと見るや、三品は「札幌の事件あるだろ」と言った。

「あの犯人、事件の直前にうちの記事読んでたんだって」

「はい？」

三品いわく、SNSでは札幌の無差別殺傷犯のものとみられるアカウントが話題になっているらしい。そのアカウントでは世間への呪詛《じゅそ》や人生への後悔が語られており、最後の投稿は安田のアカウントへの返信だったという。

「先日の、〈週刊実相〉の記事ですか？」

「ああ。さっき確認したら、たしかにそうだった。〈勇気をもらいました〉とか書いてあった。

後で見てみろ」

デッキが混みあいはじめた。間もなく新幹線が新横浜に到着する。

「東京着いたらかけ直します」

安田は通話を切って座席に戻り、スマホでSNSアプリを起動した。

札幌の事件は発生から数日が経ち、犯人の身元はすでにメディアで公表されている。事件を起こしたのは須磨英彦《すまひでひこ》、二十九歳。北広島《きたひろしま》市出身で、札幌市内の大学を中退後、清掃員等の仕事を転々としていたという。

すぐさま、安田は須磨英彦の名で検索をかけた。するとあるアカウントが、投稿内容から須磨のものに違いないと話題になっていた。そこには〈死にたいけど死んでも癒されない〉〈結婚して子を産むシステム自体が間違っている〉〈誰でもいい誰かを56したい〉といった言葉が延々と綴られていた。札幌在住であることが窺える投稿もあった。

そして三品が言っていた通り、最新の投稿は安田への返信だった。日付は事件の前日である。

〈安田さん、実相の記事読みました。勇気をもらいました。深瀬は正しかったんですよね。おれも好きにやらせてもらいます。ありがとうございました。〉

どの記事を指しているのか明確でないが、おそらくは今津へのインタビュー記事だろう。あの記事が公開された直後、SNSで論争が巻き起こっていたのを思い出す。

このコメントの主が須磨であるならば、〈週刊実相〉の記事を読んで決行した、と読むこともできなくはない。だが、実際にはどの程度影響を及ぼしたのか、この短い投稿だけでは推し量ることができなかった。

安田のアカウントには、返信の形で大量の投稿が寄せられていた。

〈安田さんの記事で人が死にましたよ！　次はどこで誰が死ぬか楽しみですね！〉

〈もはや記者というより反社〉

〈知り合いのライターが言ってたけど、こいつ飛ばしばっかり書くって〉

〈間接殺人犯・安田賢太郎〉

〈まさか今後も活動続けるつもり？〉

数えきれないほどの投稿が安田を罵り、責め、嘲笑し、軽蔑していた。

頭がくらくらする。悪意の洪水に吞まれ、平衡感覚を失う。いったんスマホをしまい、じっと目を閉じた。暗闇に、先ほど目にした投稿が去来する。逃げ場はどこにもない。

東京駅のホームに降り立ち、その場で三品に電話をかけた。

「……確認しました」

「そうか。あの投稿に、見覚えあったか？」

「まったく。ああいう返信は、いちいち相手にしていないので」

「だろうな」

「というか、あのアカウントは須磨のもので確定なんですか」

「知らん。けど、状況証拠からすると確実だろ」

三品は「ヤスケン」と呼びかけた。

「この件に関する取材って、どうなってる？」

「今日、大阪で深瀬の母親に取材してきました。明日の朝に……」

三品は「ムリだ」と遮った。

「この状況で、誌面に亀戸の記事は載せられない」

「待ってください。まだなにもわかっていないのに、掲載を止めるんですか。そんなこと言ったら、事件記者は全員仕事がなくなりますよ」

三品は口をつぐんだ。安田はさらに畳みかける。

「そもそも、マスコミってなんのためにあるんですか。遺族がいちばん知りたいのは、事件がなぜ起こったかじゃないんですか。事件報道がなかったら、多くの人が殺人者の心理がわからず、それこそ同じような悲劇が起こるかもしれない。その心理や背景を少しでも理解して、新しい事件を防ぐことが真の目的じゃないんですか。記者は事件を起こすためではなく、事件を止めるために記事を書いてるんですよ」

「局長の意向だ」

安田は奥歯を嚙んだ。最初から、三品は上司の判断を代弁しているに過ぎなかった。

「本当にいいんですか、三品さん」

「わかってくれ。またな」

通話は切れた。あまりにもあっけない幕切れだった。いつの間にか、ホームには人気がなくなっている。

盛大な舌打ちは、新たに滑りこんできた新幹線の轟音にかき消された。

その日の夜、警察から例のアカウントが須磨英彦のものであることが発表された。当該アカウントは翌朝までに凍結されたが、安田への個人攻撃はさらに盛んになった。

〈こいつのせいで人死んでるのに説明もなしっておかしくないか？〉

〈おれも記者になろうかな？　人殺しても罪に問われないんでしょ？〉

〈凶悪事件の報道制限を真剣に考えたほうがいい。こいつ一人で終わりにしちゃダメ。〉

ただでさえ記事掲載のチャンスを失って落ちこんでいたところに、悪意の嵐は堪えた。安田は意識的にSNSから遠ざかった。

翌朝、東邦テレビの岸根から電話がかかってきた。電話に出ると、相手は開口一番、言い放った。

「昼のニュースに流したいので、コメントをいただけませんか？」

「わたしのコメントですか？」

「安田さん、今、渦中の人でしょう。安田さん側の言い分もあると思うんで。お願いしますよ、メディア代表として」

よく言うよ、と内心呆れつつ、取材は受けることにした。自分も普段の取材で同じようなことをしている。断るのは筋が通っていないように思えた。岸根は「助かります」と言い、さっそく質問を繰り出す。

「安田さんの書いた記事が、須磨の犯行のきっかけになったと思いますか？」

「いや……本人に聞いたわけじゃないから、なんとも言えません」

「否定はできない、ということですね。安田さんの名前が取りざたされていますが、今後の活動に影響はありそうですか？」

「不快に感じる方もいるかもしれませんが……」

たどたどしい回答は、昼過ぎのワイドショーで紹介された。司会を務める男性タレントは、「ジャーナリズムの意義を見つめ直すきっかけになるかもしれませんね」と毒にも薬にもならないコメントをした。

この日から、安田のもとに続々と取材が舞い込んだ。あまりに立て続けに依頼が来るため、大手メディアと、付き合いのある記者に絞った。もちろん、今後の取材でこの「貸し」を取り立てるつもりではある。

ほとんどのメディアが聞きたがるのは、亀戸の事件と札幌の事件の類似点、そして安田自身の謝罪だった。最初はおぼつかなかった受け答えも、何件かこなすうちに慣れてきた。

「犯行との関連はわかりませんが、わたしの書いた記事が惨劇の一因になっているとしたら、被害に遭われた皆様や遺族の方々には大変申し訳なく思います」

三日後には、心にもない詫びの言葉をすらすらと述べられるようになった。

安田の謝罪コメントを目にした記者仲間のなかには、わざわざ抗議の電話をかけてくる者もいた。公の場であんなことを言うな。事件記者の存在そのものが危ぶまれる。そういう趣旨である。だが安田に言わせれば、謝罪しなければ収まりがつかない。須磨が安田の記事を読み、SNSで返信を送っていたのは事実なのだ。嘘であっても非を認めない限り、世間からの罵倒を浴び続けることになる。謝罪以外にこの状況を解決する方法があるならば、教えてほしかった。

日曜の午後。安田は東京駅近くのホテルラウンジへと向かっていた。

押川研次に呼び出されたのは前日だった。電話口で、押川は多くを語らなかった。

——できるだけ早く、お会いできませんか。

元より、今の安田に急ぎの予定などない。メシの種を稼ぐための単発仕事以外に、やるべきことなどなかった。

外ではキャップをかぶり、不織布のマスクをつけるようにしている。いまだ街中で気付かれたことはないが、過去の記事では顔写真を公開しており、ネットでも写真が出回っている。もし路上で安田賢太郎だとバレれば、どんな目に遭うかわからない。

約束の時刻より少し早めにラウンジへ入ると、押川はすでに窓際の席にいた。ジャケットにセルフレームの眼鏡という出で立ちは変わらない。ただ、隣に見知らぬ女性が座っているのが気になった。スーツを着たグレイヘアの彼女は、背筋を伸ばして正面を見ている。

「お待たせしました」

マスクを外して一礼すると、押川は視線で向かいに座るよう促した。

「突然呼んですみません」

「いえ……そちらは？」

すかさず女性が立ち上がり、名刺入れを取り出した。

「弁護士の角恵子《すみけいこ》と申します」

安田が受け取った名刺には、法律事務所の名前が記されていた。よく見れば角のジャケットの襟には記章が光っている。突然弁護士が現れたことに動揺しつつ、安田は自作の名刺を差し出した。

「あの、どういうことですか」

状況が呑みこめない安田を前に、押川は身を乗り出した。

「近日中に亀戸無差別殺傷事件の被害者会を結成します。代表はわたしで、角先生には立ち上げにあたって色々とアドバイスをいただいています。深瀬に対する民事訴訟も担当していただく予定です」

角が会釈した。ついにか、というのが安田の感想だった。いずれ訴訟は起こすだろうと思っていたが、予想より早かった。

「そうですか」

「そこでご相談なんですが。安田さんに、関係者の証言集めをお手伝いいただけないでしょうか」

安田の前にコーヒーが運ばれてきたが、口をつけられる空気ではない。「わたしが説明します」と角が横から入ってきた。透き通った、ハリのある声だった。

「本件は深瀬氏個人への損害賠償請求訴訟となりますが、押川さんをはじめ遺族や被害者の方々の本当の思いは、深瀬氏がなぜこんな事件を起こしたのかを知りたい、という一点に尽きます。そういう意味では、事件記者である安田さんも同じミッションを抱えているのではないですか?」

安田は「まあ」と曖昧に応答する。角の発言に誤りはなさそうだが、安易に同意してはいけない、と直感が告げていた。角は歯切れのよい口調で続ける。

「つまり、わたしたちは同じゴールに向かって走っていると言えるわけです」

「そうなりますかね」

「目的を達するには、闇雲に民事訴訟を起こしても意味がありません。刑事裁判では触れることができない部分に触れ、彼の心理状態をつまびらかにする必要があります。準備期間を一年程度設け、その間に深瀬の生い立ちや職歴、思想、嗜好まで、可能な限り特定していく心づもりです。一方で、弁護士の調査能力にも限界があります。調査のプロである記者の方々には到底敵いません」

続く台詞を強調するように、角はそこで一拍置いた。

「安田さんを最前線に立つ記者と見込んでのお願いです。どうか被害者会の活動に、力を貸してもらえないでしょうか」

「具体的には?」

「たとえば、記事の元となる情報の閲覧です。週刊誌の記事に書かれた内容は、取材で得られた情報のごく一部ですよね。書かれなかった部分にこそ、重要なヒントが隠されているかもしれない」

「削った情報には、削るなりの理由があります。無制限に開示することはできません」

「安田さんの意思は尊重します。ただ、あなたほどの事件記者であれば、メディア側の都合で掲載できなかった情報もありますよね? 記事という形では活かせなくとも、訴訟であれば活かせるかもしれない」

――物は言いようだな。

手練手管を感じる部分はあったが、角の態度はおおむね真摯だった。心情的には、被害者会の活動に協力すべきだと思う。しかし即答はできなかった。

　事件記者である安田は、今後も様々な利害関係者に取材をするだろう。たとえば、犯人である深瀬礼司本人に取材を申しこむとする。その時、もし被害者会の活動に協力していると知られれば、それだけで取材を断られるかもしれない。誰かに寄り添うということは、別の誰かに拒絶される可能性もはらんでいる。

「用件を告げずに呼び出したことは、お詫びします」

　角との話し合いが膠着《こうちゃく》したところ、押川が発言した。

「ただ、こうしないと話を聞いてもらえないのではないかと思って」

「そんなことは……」

「多角的に社会を語る、という安田さんのスタンスは理解しています。被害者だけでなく、加害者の言い分――と個人的には言いたくないですが――そこにも平等に目くばりをする姿勢はわかります。でも四方八方にいい顔をしていると、いつまでも結論は出ないんじゃないですか？」

　押川の言葉が熱を帯びてきた。

「香音は理不尽に殺されました。わたしはどんな手を使ってでもその理由を知りたい。死刑になりたい、などという実態のない言葉ではなく、もっと実感のある言葉を深瀬から引き出したい。そのために協力してくれませんか？」

　押川の言葉に、つい頷いてしまいそうになる。だが安田の口から出たのは「考えさせてください」という一言だった。感情にまかせて判断してはいけない。それは、長年の経験から得た教訓だった。

「安田さんの名前は外に出しません。それでも難しいですか」

「すみません」

頭を下げると、押川の顔にあからさまな落胆が浮かんだ。角に目くばせをしてから、押川は「ところで」と話題を変える。

「……須磨英彦が、事件前に安田さんの記事を読んでいたとか」

眼鏡の奥の目が細められた。

「SNSで直接感謝も述べられたそうですね。安田さんの記事が深瀬の追随者を生んでいるんですよ。その点、どう思いますか」

「本当に、記事の影響だったんですかね」

「札幌のご遺族や被害者の方の前でも、同じことを言えますか？」

沈黙する安田に、押川は諭すように言った。

「正直に言うと、わたしは安田さんを引き入れることに躊躇していました。札幌の被害者の方々が知れば、激怒するでしょうから。でも、この事件に関して安田さんより詳しい人はほとんどいない。その点は、複数の記者さんが証言しています」

「それはどうも」

「せめてわたしたちに協力することで、罪滅ぼしをしてくれませんか？」

罪滅ぼし。安田はその言葉を反芻する。

深瀬礼司に関する記事を書いたことは罪なのか？　書いた記事で犯罪に走る者が出たら、書き手は罪人なのか？　取材することは、原稿を書くことは、記者であることは、罪なのか？

押川が、声を落としてつぶやく。

「関東新報の服部さんは、協力を快諾してくれましたよ」

それを聞いて、なにかが吹っ切れた。

――そういうやり方を選んだんだな。

服部が被害者会に協力するからといって、一部の利害関係者を切り捨てるとは思えない。組織に属する記者であればなおさらだ。つまり服部は、被害者会に良い顔をしつつ、他の関係者の前ではその事実を伏せることにしたのだろう。それも一つの選択ではある。ただ、安田はそれほど器用ではない。話の切れ目を狙って、腰を浮かせた。

「そろそろこの辺で」

「いったん、持ち帰っていただけませんか」

立ち上がった角に安田は頭を下げた。

「申し訳ないですが、現時点では協力できません」

角が眉をひそめた。押川は無表情でコーヒーカップを見つめている。気まずさをごまかすように「失礼します」と言い残し、ラウンジを去った。

この判断でよかったのだろうか。

自問したところで、応答はなかった。

深瀬礼司様
突然のお便り、失礼致します。フリーランスで記者をしている安田賢太郎と申します。実績をご紹介する代わりに、わたしの記事が載っている雑誌を同封します。よければご一読ください。

深瀬さんのもとには数多くのメディアから取材依頼が届いていることと存じます。遅ればせながら、接見が可能になりましたら、ぜひ面会をさせていただきたくお手紙を差し上げた次第です。

とはいえ、深瀬さんにとって私が身元の知れないいち記者であることは承知しております。そこで、私が何者なのかを知っていただくため、少し長くなりますが、私自身についてお話ししたいと思います。


ふう、と息を吐いた。

安田は右手に握っていたボールペンを置き、肩を叩く。パソコンで練った千字ほどの文章を、便箋に書き写したところだった。三枚の便箋を手に取り、誤字や書き損じがないか確認する。

この手紙は、拘置所へ送るためのものだった。

鑑定留置がはじまって一か月強。深瀬のもとには、全国から手紙や差し入れが届いているはずだ。普通に取材依頼を送ったところで深瀬は興味を示さないだろう。差別化するには、自分にしか書けないことを書くしかない。

悩んだ末、安田は自分自身をさらけ出すことにした。誰にも話していないことも、自分が抱えている後ろ暗い思いも、深瀬にだけはすべて打ち明けようと覚悟を決めた。ある種、捨て身の作戦だ。相手が興味を持ってくれれば、もしかすると接見に漕ぎつけられるかもしれない。より強く印象に残すため、この一通で終わらせるのではなく、何通かに分けて送るつもりだった。

手紙を書き上げた安田はさっそく近所の郵便局へ出向き、記事が掲載された〈週刊実相〉と一緒に定形外郵便で発送した。ダウンジャケットのポケットに両手を突っこみ、アパートへ帰る。

一月の空は、灰白色に曇っていた。寒風に首をすくめる。四年前に買ったダウンジャケットはとうに膨らみを失っていた。すでに寿命を迎えている気がするが、それなりに高価だったため、もったいなくて着続けている。

深瀬に取材を申しこんだものの、発表の当てはなかった。三品にはたびたび電話をかけているが、芳しい返事は得られていない。他の媒体も似たような反応だった。

幸い、当面の暮らしはなんとかなる。細々とした他の仕事は確保できたし、多少は蓄えも準備している。いざとなればアルバイトをしたっていい。それよりも、記事を載せる媒体がないことのほうがつらかった。

誰もがスマホでニュースを見る現在、雑誌や新聞といったオールドメディアを軽視する報道関係者もいる。ブログや動画配信サイトを利用して、独力でニュースを発信している記者がいることも知っている。それでも、出版社や新聞社と仕事がしたい。報道に命を懸ける人間が、そこにはいるからだ。

安田は交差点の手前で立ち止まった。

結局、自分は誰かと一緒に仕事がしたいのだ。記者としての矜持《きょうじ》など二の次で、単純に、三品たちから見放されたことに傷ついているのだ。

信号が青に変わった。

平日、午後四時。幼子を後ろに乗せた女性が自転車を漕いでいる。腰の曲がった高齢の男女が歩いている。若い男の二人組が横断歩道を走っている。金髪の中年男がセダンの運転席で電話をかけている。誰もが自分の生活を送っている。

行き交う人々を前に、安田だけが取り残されていた。一歩も歩けないまま信号は青から赤に変わる。

事件記者の仕事は、躁と鬱の連続である。テーマがあり、媒体が確保できている間は夢中で働けばいい。高揚感にまかせて取材と執筆に明け暮れ、矢のように日々が過ぎていく。大きな事件であるほど血はたぎる。だが、熱狂はそう長く続かない。連載を打ち切られたり、書籍化を反古《ほご》にされた時。または、加害者や遺族の事情で取材が続行できなくなった時。あるいは、スクープの直後。目的を失った記者はいともたやすく燃え尽きる。

安田の心の奥底には、深瀬礼司への執着の火がくすぶっている。もはや、自分の意思では消せなくなっていた。

昨年十一月以降、持てる時間の大半を亀戸無差別殺傷事件の取材に注いできた。すべては深瀬礼司について、「死刑になりたい」という言葉の意味について、知るためだった。途中で見放されたからと言って諦めるわけにはいかない。梯子を外されたなら、素手でよじ登るしかない。

しかし――。

もはや、つかめる箇所は残っていなかった。わずかなくぼみや突起があれば、指をこじ入れ、身体を引き上げることができる。しかしそれすら見当たらない。目の前にあるのは、きれいに均《なら》された垂直な壁だった。そして、ともに壁を登ってくれる誰かは、いない。

一人は嫌いではないはずだ。なのに、一人であることが、今はたまらなく不安だった。

再び青信号が灯ったが、まだ歩けない。

立ち尽くしていた安田は、ポケットのなかのスマホの振動で我に返った。番号も見ず、迷うことなく受話ボタンをタップした。

「はい、安田です」

「賢太郎か」

すぐさま、電話を取ったことを後悔した。ざらついた声は信吉のものだ。安田の後悔をよそに、父は「なあ」と間延びした声で呼びかける。

「お前に話したいことあるんや」

足踏みしている安田の思考を置き去りにして、父は愉快そうに続ける。

「もう手も足も、まともに動かんねん。しかもこれから、さらに症状が進んでいくっちゅうんや。まだギリギリ歩けるけどそれも無理になるらしい。いずれ車いす、寝たきりになるんやって。笑えるやろ」

まったく笑えない。病気をなんだと思っているのか。

通話を切れ。本能はそう呼びかけているのに、安田は動けなかった。

「そんなんなってまで生きる意味、ないねん。せやから」

一拍置いて信吉は言う。

「おれのこと、殺してくれへんか?」

時が止まった。

——この男は、いったいなにを言っているんだ?

聞き間違いだと思いたかった。だが、吹きつける風の冷たさは、決して安田の勘違いではないのだと伝えていた。正気とは思えないが、信吉に錯乱している様子はない。

「聞かんかったことにするわ」

そう応じるのが精一杯だった。しかし信吉は話をやめない。

「ええ方法があんねん。静脈にな、空気注射したらええんやと。それで血ぃ固まって、血管に栓ができて死ねるらしいわ。ちっさい注射の跡なんか誰もわからへんし、そもそも施設で人一人死んだところで誰も怪しまん。空気さえ注射してくれたらええねん。大丈夫や、賢太郎が逮捕されることは絶対にない」

安田は「しょうもない」と吐き捨てた。誰に見られているわけでもないのに、極端に顔をしかめる。通話を切ろうか逡巡しているうちにまた「お願いやわ」と言い出した。

「もうな、身体が動かんようになってまで生きたいと思わんねん。施設入ってから伊都美もろくに見舞いに来ぇ《け》へん。苦しいんも、寂しいんも嫌やねん。だからお前がとどめ刺してくれや」

「死ぬんやったら、一人で死んだらええやろ」

「腹決めたら、来てくれ。おれはいつでも歓迎やから」

「行くか」

捨て台詞を吐き、今度こそ通話を切った。スマホをしまい、両手で激しく顔を擦る。摩擦で指先が熱を持つ。

押川に取材した、関東新報の記事の一節を思い出した。

――犯人が死刑になれば、願いを叶えることになってしまう。本心としては極刑を要求したいが、それでは彼の思う通りではないかという悩みがあります。

深瀬礼司も父も、他人に殺してもらうことを望んでいるという意味では同じだった。

「あり得へん」

声に出すと、少しだけ勇気づけられた。

交差点を渡ろうとしたが、赤信号が灯ったばかりだった。踏み出しかけた足を止める。列をなした自動車が、濁流となって目の前を通り過ぎていく。目に映るすべてが漂白され、色を失っていた。

思い出すのは、なぜか海斗のことだった。

海斗は、実の父である自分のことをどう思っているのだろう。亜美と離婚した時にはまだ三歳だったから、一緒に暮らした記憶はほとんどないはずだ。当時は自宅で寝泊まりすること自体が少なく、風呂に入れたり、寝かしつけをした記憶もない。

これからは、ちゃんとした服を着た〈お母さんの好きな人〉が、海斗の父親になる。それでいい。自分のような不適格者が、家庭を持つべきではなかった。息子に教えられることなど、何一つないのだから。

もし死にたくなったら、おれは一人で死ぬことを選ぶのだろうか。それともみっともなく、海斗に懇願するのだろうか。殺してくれ、と。

その日は来ない、と断言することは、今の安田にはできなかった。

現れた服部は、すぐに安田を見つけて向かいの席に荷物を置いた。

「飲み物、頼んできます」

「わたしが誘ったので、払いますよ」

中腰になった安田に「大丈夫です」と言い、服部は足早にレジへと向かう。

待ち合わせ場所に銀座《ぎんざ》のカフェを指定したのは、服部だった。直前までこの近くで取材をしていたらしい。一時間ほどなら時間がとれる、と事前に聞いていた。席へ戻ってきた服部はホットの紅茶を手にしていた。

「急に声をかけてすみません」

「ちょうど空き時間だったんで構いませんよ。息子さん、お元気ですか？」

安田は「それなりに」とだけ答えた。あれから一度も会っていない、とは言えない。

海斗との最後の面会は今週末だった。いつものように釣りをして、夕食を食べて、おしまいにする予定だ。おそらく、海斗と会うのはこれが最後になる。

「亀戸の件、服部さんはまだ取材を続けてますか？」

「ええ。表には出してませんけど」

服部が言う通り、このところ、関東新報には亀戸無差別殺傷事件のシリーズ記事が掲載されていない。

「安田さんは？」

「ぼちぼちですね」

「そういえば押川さんへの取材、うまくいきました？」

「いい取材ができました。ありがとうございます」

安田の感謝に嘘はない。服部は「なによりです」と応じた。

「服部さんも以前、押川さんから質問されましたか。深瀬を死刑にするべきかどうか」

「されました」

「なんて答えたんです？」

「死刑にすべきだと。それ以外の答え、ないでしょう？」

それはそうだ。安田も内心の葛藤は口にせず、死刑が妥当だと答えた。被害者遺族に対して他の答えは口にできなかった。

「では、深瀬に殺意があったかなかったか、という問いは？」

「一般的な意味での殺意はないでしょう。彼にとっては、自分が死刑になることこそが目的なんですから」

「そう答えたんですか？」

「覚えていませんが、おそらく」

妙な間が空いた。安田は咳払いで沈黙を埋める。

「被害者会に協力されるそうですね」

「そちらにも話が来たんですね」

紅茶に口をつけた服部が渋い顔をした。

「押川さんの話を聞いたら断れなかったんですよ。それに、目指すゴールは同じですし」

角弁護士と同じことを言う。服部もその台詞で説得されたのだろう。

「安田さんは？」

「お断りしました。深瀬礼司への取材にあたって、障壁になるかもしれないので」

途端に服部が真顔になる。

「深瀬に取材を？　接見禁止は解けていませんよね？」

「なので、決まったわけではないです。ただ、色々な手段でアプローチしています」

安田は言葉を濁した。

すべてはハッタリである。実際は深瀬への取材どころか、手紙の返信も届いていない。思わせぶりではあるが、一応嘘はついていなかった。取り引きに使えるネタがないのだから、なりふり構ってはいられない。

服部は目を細めている。若さの割に老獪《ろうかい》さが潜んだ目だった。

「どうやったんです。血縁者でも頼ったんですか」

「それはちょっと」

「取材に成功したら雑誌で記事にするんですか？」

「どうでしょうね」

あえて返答には含みを持たせた。服部がすかさず「他の媒体で？」と尋ねる。安田は苦笑を浮かべて、用意していた台詞を口にした。

「実は、〈週刊実相〉から切られたんです」

安田は手短に経緯を述べる。札幌で無差別殺傷事件を起こした須磨英彦が、自分の記事を直前に読んでいたこと。そのためＳＮＳで炎上し、誹謗中傷が殺到したこと。悪評を恐れた出版社が記事掲載を見送ったこと。

「ありましたね、そんなこと」

服部も一連の騒動は認識しているようだった。事件直後はかなり話題になっていたため、知っていて当然だ。もっとも十日も経つと炎上は下火になり、安田のアカウントに浴びせられる罵声も急減した。

「そういう事情で、発表する場所を探しているんです」

服部は安田から視線を外さない。腕を組み、一段と低い声で尋ねる。

「つまり、深瀬礼司へのインタビューに成功したら、弊社の媒体に掲載したいということですか?」

「そうしていただけると」

社外記者が本紙に記事を書くことは難しいだろうが、関東新報には他にも媒体がある。系列の雑誌やウェブメディアではフリー記者を使っているはずだ。しばらく無言で思案していた服部が、ふいに言う。

「なぜうちなんですか?」

はぐらかすこともできたが、彼女の真剣なまなざしを見ていると本音を言わずにはいられなかった。

「服部さんなら、この事件を取材する意義をわかってくれると思ったので」

媒体を探すにあたって最も重視したのは、熱意を持った仲介者がいるかどうか、であった。深瀬のインタビューを取るというハッタリをかませば、食いついてくる出版関係者は他にもいるだろう。だが、仮に掲載の口約束をしても、破られる可能性もあることを安田はよく知っている。報じるべきニュースは日々起こり、月日が経てばどんな重大事件も忘れ去られる。亀戸無差別殺傷事件も同じだ。だからこそ、安田と同じくらいの熱量で社内を説得してくれる人物でなければならない。掛け合ったが上手くいかなかった、では意味がない。

この事件には報道する意義がある。その一点に強く共感してくれる記者として、服部以上の存在は思い浮かばなかった。

服部はしばし黙考していた。安田は冷めたコーヒーを飲みながら回答を待つ。即座に拒否されなかっただけ善戦と言えた。じきに服部は手帳を眺め、おもむろに「わかりました」と言った。

「本として刊行する、というのはどうですか？」

「本？」

「うちの出版事業部ではノンフィクション書籍も刊行しているんですけど、四月から編集体制を刷新するので、そのタイミングで刊行スケジュールに入れ込めるかもしれません。確約はできませんが、編集長も亀戸の事件には興味を持っていたので、いい線いくと思います」

「本当ですか」

予定とは違うが、悪くはない話だった。単著を出すことは、記者として箔をつけることになる。印税だって入ってくる。

「ただ、深瀬のインタビューだけでは一冊になりませんね」

「母親や、元同僚の証言もあります」

「本になりそうな分量ですか？　それに、まだ引きが足りない気がします。もう少し、人目を引くような手土産がないと。なにかないですか？」

「なにか……」

必死で頭を巡らせ、足しになりそうなネタを片端から話してみる。だが服部は首を縦に振らない。

「なら、今後の取材で取ってきます」

すがりつく安田に、服部は微笑んだ。


日曜の午後一時前、練馬のマンションに到着した。釣り道具を積んだコンパクトカーを駐車場に停め、海斗を迎えに行く。部屋のインターホンを押すと、顔を出したのは亜美だった。入念にメイクをしている。誰かと会う用でもあるのだろうか。

「ちょっと、入ってくれる？」

亜美は玄関ドアを開け、室内に入るよう促した。面食らいながら、「おう」と応じる。母子が住む部屋に足を踏み入れるのは初めてだった。

安田はダイニングに通された。室内は綺麗に片付いていて、隅のテーブルには椅子が三脚。二間続きのリビングを含め、どこにも海斗の姿はなかった。

「海斗は？」

「別の部屋でゲームやってる。そこ、座って」

指示されるまま椅子の一つに腰を下ろした。亜美は斜め九十度の位置に座り、テーブルの上にスマホを伏せた。録音しているんだろうな、と直感した。

「前にも言ったけど、わたし、来月再婚するのね」

「うん」

「確認だけど、海斗との面会は今月で終わりにしてほしい」

「わかってる」

「あと養育費なんだけど。新しい旦那と海斗は、新学期までに養子縁組するつもり。それが終わるまでは継続して払ってほしい。養子縁組が済んだら、もう停止して構わないから。それでいい？」

「うん」

安田にはもはやどうでもよかった。養育費の支払いも、強制執行されないために続けているだけだ。亜美は目を細め、腕を組む。反応が素直すぎるせいか、かえって不審に思っているようだった。

「なんか手応えないんだけど。来月からしばらくは養育費だけ払ってもらって、面会はなしって形になるけど、それでもいいんだよね？」

「いいよ。任せる」

「……全然、残念そうじゃないね」

亜美の目には、怒りを通り越して憐れみが浮かんでいた。

「海斗に愛情感じたこと、ある？」

離婚する時にも同じような問答をした記憶があったが、その時はどう答えたか、まったく覚えていなかった。あらためて自問してみる。おれは、海斗を愛したことがあるのだろうか？

——わからない。

愛したことがないというより、最初から、自分に誰かを愛することなどできないと思っていた。

「答えられない時点で、知れてるね」

亜美は苦々しい顔でつぶやいた。

「海斗はモノじゃないからね。あの子なりに父親への複雑な思いがあって、一生懸命消化しようとしてるから。あんたは関心がなくても、海斗はそれなりに色々感じてるし。綺麗に幕を閉じるのも、実の父親としての義務じゃない？」

「色々って？」

「本人と話してみたら」

亜美はすでに興味を失った顔で、窓のほうを見ていた。安田も腰を浮かしかけたが、一つだけ質問することにした。

「相手、どんな人なんだ？」

自分を振った元妻がどんな男を選んだのか、気になっていないと言えば嘘だった。亜美は足を組んで「うーん」と唸った。

「まともな人かな」

「そりゃ、おれよりまともじゃない男はそういないだろ」

軽く笑った亜美は「だね」と言った。数年ぶりに、亜美の笑顔を見た。

「ここね、三月に引っ越すんだ。三人で住むには狭いから。海斗の部屋も欲しいし」

「広いのか？」

「まあね」

亜美は具体的な住所を言わなかったし、安田も聞かなかった。聞いたところで意味はない。安田とは関係のない家庭なのだから。

「じゃ、海斗呼んでくる」

亜美は、隣の部屋のドアに向かって名前を呼んだ。すぐにドアが開き、スマホを手にした海斗が現れる。海斗の目の奥には、後ろめたさが漂っていた。目が合った瞬間に安田は悟った。

――聞いてたんだな。

海斗は、別れた父母の会話を聞いていた。海斗に愛情を感じたことがあるか、という問いに、安田が答えられなかったことも知っているのだろう。後悔はない。むしろそのほうが、新しい父親に早くなじめるだろう。

二人で玄関を出て、無言で駐車場まで歩く。いつものように安田が運転席に、海斗が後部座席に座った。海斗がイヤフォンを耳にねじ込む前に、安田が「どこ行きたい?」と問いかける。

「どこでも」

「隅田川でいいか」

「どこでも」

これ以上の問いかけは無駄だ。安田はアクセルを踏みこんだ。

コンパクトカーは都道八号をひた走る。バックミラーを覗くと、海斗はスマホに集中していた。また動画でも見ているのだろう。どうせ聞こえないと踏んで、安田は独り言を口にする。

「いい父親が見つかって、よかったな」

海斗がほんの一瞬顔を上げた気がしたが、ハンドルを握る安田にはよく見えなかった。

一月下旬の川沿いはひどく寒かった。

予報によれば最高気温は八度、最低気温は二度。空は靄がかかったような薄曇りで、時おり風が吹きつける。テラスには、並んで釣り糸を垂らす父子の他に人影はなかった。

折りたたみ椅子に座る安田は、はじまって三十分で腰に鈍痛を覚えた。立ち上がり、背筋を伸ばす。手袋を忘れたせいで手がかじかむ。ＰＥラインが風に揺れていた。

「三月になったら、もっと釣れると思うんだけどな」

ゲーム実況らしき動画に没頭している海斗は、安田を見もしなかった。いつもならそれでも構わない。ただ、先刻亜美が言っていたことが気がかりだった。

――綺麗に幕を閉じるのも、実の父親としての義務じゃない？

亜美との間には決着がついているが、海斗との関係ははじまってすらいないと思っていた。しかし海斗自身に複雑な思いとやらがあるのなら、聞いてみたい。父親としての責任感だけでなく、人としての興味もあった。

「撤収するか」

安田がリールのハンドルを回しながら言うと、海斗は「えっ？」と顔を上げた。

「もう終わり？」

「寒いから、暖かいところに移動しよう。続けたかったか？」

海斗は首を横に振った。

片付けた荷物を担ぎ、コインパーキングへ歩きながら、行き先を思案した。時刻は午後三時。さすがに夕食には早すぎる。カフェに入ってもいいが、海斗が時間を持て余しそうだった。

「行きたいところ、ないか？」

ラゲッジスペースに荷物を積みながら訊いてみる。どこでも、という答えが返ってくると思っていたが、海斗は「ゲーセン」と明瞭に答えた。

「ゲームセンターでいいのか？」

「お母さん、連れていってくれないから」

車に乗って、スマホで近隣のゲームセンターを調べてみた。一店舗では海斗が飽きるかもしれない。できれば複数店舗が近接している地域がいい。検索結果によれば、この近くでは秋葉原《あきはばら》周辺がゲームセンターの激戦区らしかった。

「秋葉原でいいか？」

「いいよ」

珍しく、海斗との間に会話が成り立っていた。

秋葉原までは車で十分少々だった。駅周辺のパーキングに車を停め、並んで歩く。日曜午後の秋葉原は混雑していた。中央通りを目指して歩いていると、万世橋《まんせいばし》交差点の手前で看板が立っていることに気が付いた。

〈歩行者天国実施中〉

反射的に足がすくんだ。海斗が不思議そうに振り返る。安田は「悪い」と言って、また歩き出した。

頭をよぎったのは亀戸の事件だった。深瀬が凶行に及んだのも、日曜午後三時ごろの歩行者天国だった。二か月前の事件と、条件はほぼ同じだ。札幌の事件以来、模倣犯は出ていない。しかし次の模倣犯が出ないという保証もない。

もし、深瀬の犯行に感化された人間がいたら。今日、この場で、刃物を振り回そうと企む人間がいたら。

内心で、愚にもつかない連想を一蹴する。そんなことをいちいち心配していたら、路上は歩けない。歩行者天国そのものに罪はないのだ。関係者の尽力もあるが、亀戸の件があったにもかかわらずこうして継続していること自体が平穏の証だ。

中央通りへ入ると、混雑の度合いはさらに増した。通り沿いだけでもゲームセンターは数軒ある。安田は歩道に面しているゲームセンターを見つけた。店内には電子音や音楽が飛び交っている。「ここでいいか」と問うと、海斗は頷いた。

「なにがやりたい？」

「これ」

海斗はクレーンゲームを指さした。筐体《きょうたい》のなかにはゲームのキャラクターらしきぬいぐるみが転がっている。財布を開いたが、百円玉がなかった。

「両替してくる」

じっとぬいぐるみを見ている海斗を残して、安田は数歩離れた場所にある両替機で千円札を崩した。百円玉十枚を入れた財布はずしりと重かった。

クレーンゲームの前に戻ってくると、海斗がいなかった。

全身の毛が逆立った。

「海斗！」

安田は、通行人が一斉に振り返るほどの大声で叫んでいた。最悪の想像が頭の片隅に浮かぶ。とっさに思い出したのは、押川研次へのインタビュー記事だった。

——見失っていたのは十秒ほどだったと思います。その間に香音は犯人に転がされ、めった刺しにされました。わたしが発見した時にはもう、血まみれで倒れていました。

すでに海斗から目を離して十秒が経過している。もし、この歩行者天国に刃物を持った通り魔が潜んでいたら。もし、海斗が最初の犠牲者になったら。

「どこだ、海斗！　返事しろ！」

そばを歩いていた女性が、安田の剣幕に後ずさった。メダルゲームで遊んでいた少年たちが眉をひそめた。だが、そんな反応には構っていられない。海斗を見つけることが最優先だった。

店内をでたらめに駆け回っていた安田は、別のクレーンゲームの前にいる小さな背中を見つけた。見覚えのある服装だった。急いで駆けつける。

「海斗」

呼びかけると、海斗は平然とした顔で振り返った。

「やっぱりこっちにする」

海斗の顔を見た瞬間、安田はその場にしゃがみこんだ。よかった。ただ、店内をうろついていただけだった。安堵のため息が漏れた。そんな安田を見る海斗の顔に、困惑が滲みはじめていた。

「別のやつに変えたほうがいい？」

「……いや、これでいい」

財布から百円玉をつまみ出す指が、まだ震えていた。海斗は小銭を投入口に入れ、レバーを左右に動かし、三本爪のキャッチャーを操作する。モルモットのぬいぐるみに狙いを定め、ボタンを押す。降下したキャッチャーはぬいぐるみをつかんだが、途中で落としてしまった。

「もう一回やってもいい？」

振り向いた海斗はねだるように眉尻を下げていた。その子どもっぽい表情を見て、指の震えがようやく収まった。

――生きてた。

大げさだと自分でも思う。安田が勝手に心配しただけで、現実には危険なことなど起こっていない。それでも、動いている海斗を見ているだけでほっとした。

「取れるまでやっていいぞ」

新しい百円玉を渡すと、海斗の顔が輝いた。

真剣にレバーを動かす横顔を見ながら、初めて、海斗の成長した姿を見てみたいと思った。

わかっている。家庭に背を向けた自分には、父親の資格などない。成長を見守るのは新しい父親の役目だ。三歳の時に別れた父親がしゃしゃり出る余地は、どこにもない。

キャッチャーはぬいぐるみをつかむたび、途中で取り落とす。そのたびに海斗は悔しがる。百円玉が一枚、また一枚と消えていく。何度挑戦しても、ぬいぐるみを落とし口に運ぶことができない。クレーンゲームも結婚生活も同じだ。何度やり直そうが、望む結果は得られない。安田が亜美や海斗と幸福な家庭を築くことはない。

あっという間に千円分の小銭がなくなった。それでも海斗は名残惜しそうに筐体を見つめている。

「もう少しやるか」

安田はまた両替機へ歩き出した。この場とは無関係なはずの深瀬の顔が、頭をかすめた。

——深瀬には、父親との思い出があるだろうか。

答えの見えない問いは、真冬の吐息のように、宙に浮かんですぐに消えた。

週末、ホームセンターで包丁を買いました。小遣いの額で買える、千円弱のステンレス包丁を一本選びました。父を刺す場面を想像するだけで爽快でした。包丁はタオルでくるんで、リュックサックに忍ばせておきました。

それから何日もの間、焦る必要はない、と自分に言い聞かせました。父が夜外出するタイミングを狙って、後を尾ける。人気のない場所に出たところで、後ろから包丁の先端をねじ込む。相手が反撃に出る前にめった刺しにする。通り魔に見せかけて刺し殺せば、容疑がかかることはない。きっと大丈夫。だって、実際に通り魔は捕まっていない。淀川の近くで、本当の犯人と同じような手口で襲えば、なんの問題もない。

それでも仮に、自分の犯行だとバレたら？

別にええやん、ともう一人の自分がささやきました。

母親はきっと、安堵するはずです。父方の親戚からは責められるかもしれませんが、そもそも親戚なんて一人も知りません。殺した後、少年院へ入ったとして、それを悲しんでくれる友人や教師の顔も思い浮かびません。それに未成年の犯罪は、大人のようには裁かれないと聞いたことがありました。

父を殺さない理由が、見つかりませんでした。

やらないと、殺される。

口のなかで何度もそうつぶやくと、自分が許される気がしました。


好機が訪れたのは二週間後、十月下旬でした。

その夜、家には家族が揃っていました。父は午後六時過ぎに帰宅し、すぐに自室で酒を飲みはじめました。母は父を刺激しないよう息をひそめて家事をこなし、私は音量を絞ってテレビを見ていました。

午後八時を過ぎて、唐突に父が居間に現れました。

「酒、買うてくる」

台所で洗い物をしていた母は「どうぞ」とだけ応じました。ほんの少しでも自宅からいなくなってくれることに安堵しているようでした。一方、こちらはその一言に緊張しました。ついに、待ちに待っていた瞬間が来たからです。

父は灰色のカーディガンを羽織り、財布をズボンに突っこんで、手ぶらで家を出ていきました。

それから一分もしないうちに、「しまった」と叫びました。

「シャーペンの芯、買わな」

「わたし持ってるで」

「いや、コンビニで買うてくる」

母はまだなにか言っていましたが、こちらがリュックサックをひっつかんで家を飛び出すのが先でした。すでに父が家を出てから二、三分が経っていました。アパートの前の通りに出て、左右を見ると、カーディガンを着た背中が右手の角を曲がるところでした。スニーカーの足音を殺して、後を追いました。

飛び石のように点在する街灯の下を、父は頭をふらふら揺らしながら歩いていました。しばらく飲んでいたため、すでに相当酔っていたはずです。自動車がやっと通れるくらいの狭い道幅。両側を住宅に挟まれた路地を、父は千鳥足で進んでいました。塀や門柱に隠れながら、その十メートルほど後ろを歩きました。

やがて、異変に気が付きました。

父は最寄りのコンビニとは違う方向へ歩いていました。どこか別の店で酒を買おうとしているのかもしれませんが、この時間に開いている酒屋やスーパーなどありません。

父は眠りながら歩いているようでした。行く当てなどないかのように、入り組んだ道を右へ左へと進んでいました。あきらかに、ただ酒を買いに行っているようには見えません。すでに自宅から一キロほど離れていました。

やがて、父は府道一三九号に出ました。青信号を待って道路を横断した先は、淀川河川公園でした。カーディガンの背中は、街灯一つない暗闇へと消えていきました。

本当に驚きました。淀川沿いの通り魔に見せかけたい、というこちらの意図を汲んだかのように、父が河川公園へと向かってくれたのですから。

しかし、そこから先に進むべきかどうか迷ってもいました。街中とは違って、河川敷には照明がありません。懐中電灯を持ってこなかったことを後悔すると同時に、どこへ向かっているのかわからない父に薄気味悪さを覚えていました。こんな時間に淀川へ出て、いったいなにをしようというのか。

握りしめた拳が、小刻みに震えていることに気が付きました。自分が怯えているという事実を認めたくありませんでした。

ここでやらなければ、一生やられる。いつか本当に殺される前に殺さなければいけない。それに、人気のない河川敷へ移動してくれたのは絶好のチャンスだ。誰かに犯行を目撃される可能性が低くなるし、暗闇にまぎれて逃走できる。それに、通り魔に罪をなすりつけるのにこれほど好都合な状況はない。そう自分に言い聞かせ、なかば自棄になりながら、府道を横切りました。

住宅から漏れるかすかな光のなかで、淀川の水面は黒い絨毯のようでした。川というより、底の見えない深い溝でした。遠くでマンションやオフィスビルが輝いているのが、妙に温かく感じられました。

川沿いの車道に、揺れる小さな光源が見えました。父が懐中電灯代わりに携帯電話のフラッシュを使っているのだとわかりました。慎重に距離を取りながら、下流へ歩く父の後を追いました。

決行の瞬間が近づいてきました。

条件は揃っていました。酔った父は油断していて、通行人はいないし、辺りは暗く逃げるのも難しくありません。

手探りで、リュックサックから包丁を取り出しました。まだタオルは巻いたまま。右手で柄を握り、左腕で抱くようにして隠しました。いきなり対面から通行人が来ても、凶器が見えないようにするためです。

行く手に橋が見えてきました。橋の下なら、河川敷から誰かに見られる恐れもないためさらに安全です。

この橋の下で、父を刺すと決めました。

携帯電話の光が橋の下に入りました。息遣いで気付かれないよう呼吸を止め、一気に速足で距離を詰めました。包丁をくるんでいたタオルはズボンのポケットに押しこみ、抜き身の刃を下げて父の背後に迫りました。

あとは、その背中に刃先を突き立てるだけでした。

第四章

窓を開けると、真冬の寒気が肌を刺した。

網戸越しに冷たい夜気が入りこんでくる。ここ最近窓を閉めきっていたせいで、室内には淀んだ空気が充満していた。たまには風を入れようと窓を開けたはいいが、あまりに寒い。

――もういいだろ。

ほどなく窓を閉ざし、デスクで作業を再開した。

安田はインタビュー記事を清書していた。観光協会が運営しているウェブマガジンに掲載される予定で、地元の農家や商店主に安田みずから取材した記事だった。原稿料は、零細記者の安田にとってはありがたい額だった。

清書を終え、原稿をメールで送り、一息つく。マグカップを熱いインスタントコーヒーで満たし、デスクの隙間に置く。ベッドの上に転がっているモルモットのぬいぐるみが視界に入った。丸いフォルムで、大きさは一抱えほどもある。

クレーンゲームでこれを取るのに、二千五百円かかった。

海斗は落とし口にぬいぐるみが落ちた瞬間、喜びを爆発させた。ビニール袋に入れたぬいぐるみを持ち歩くのは、安田の仕事だった。その後も海斗は他のクレーンゲームで遊んだが、取れた景品は一つだけだった。

——それ、あげる。

コンパクトカーに乗るなり、海斗はあっさりと言い放った。

——海斗が持って帰れよ。

——やだ。お母さんにバレるから。別に欲しくないし。

押し付けられるような格好で、ぬいぐるみは安田の所有物となった。

その日は二人で焼肉を食べ、練馬まで海斗を送り、解散した。さして代わり映えのない、いつもの面会日だった。意気込んだ割に、海斗からはなにも聞き出すことができなかった。亜美の応対もそっけなく、じゃ、と言ったきりだった。

ともかく、海斗との面会はこれで終わりだ。あまりにあっけない幕切れにも思えたが、後は新しい父親に任せればいい。自分の役目は黙って消えることだ。

時刻は午後七時。眠るには早すぎる。スマホをいじっていると、指先がＳＮＳのアイコンをタップした。これといった理由はない。札幌の事件で炎上して以後、ＳＮＳを覗くのは稀になっていた。見知らぬアカウントからの罵倒はいまだに届く。取材ツールとして便利なのは承知のうえだが、それ以上に、悪意のある文章に触れるのが怖かった。

久々にログインすると、何通かのメッセージが来ていた。安田はできるだけ直視しないよう気をつけながら、メッセージを確認した。悪質だと判断すれば、躊躇なく削除していく。大半は初見のアカウントだが、一つだけ、見覚えのあるアイコンがあった。

「あれ？」

事件直後にコンタクトを取った、深瀬礼司の元同級生を名乗る人物だった。その取材がきっかけで大阪まで行ったのだが、直前でキャンセルされたのだ。どうしても無理なら別の方を紹介してほしい、と頼んだが、それも拒否された。今になってなんの用があるというのか。

　メッセージは簡潔だった。

〈代わりに取材を受けてもいいという元同級生がいました。よければ連絡してください。〉

末尾には、浅野《あさの》智久《ともひさ》という名前とメールアドレスが記載されていた。

思わず、口元がほころぶ。捨てる神あれば、拾う神あり。ここに来て、過去の取材が活きてくるとは。

　これまでにも、中学のクラスメイトだった田巻をはじめ、深瀬の元同級生には取材をしてきた。だが、どれもふんわりとしたコメントばかりで要領を得ない。わかっているのは、中学時代の深瀬は勉強ができたということくらいだった。家族との関係、とりわけ多額の借金を作った父親との関係は不透明である。

　ここで新たな証言が得られれば、関東新報への手土産ができる。うまくいけば本当に本を出せるかもしれない。安田はまず、情報を提供してくれたアカウントに丁重な感謝のメッセージを送る。続いて、過去のメールをコピーしつつ瞬く間に文面を作り、浅野へのメールを送った。携帯番号も記載し、できれば電話で連絡してほしい旨を伝えた。

　一時間と待たず、スマートフォンが震えた。

「はい、安田です」

「……あのう、浅野といいますけど」

怯えたような男の声が聞こえた。不安がらせないよう、安田はできるだけ柔らかい声を作り「ご連絡いただき、ありがとうございます」と応じた。

「失礼ですが、浅野さんは深瀬礼司の元同級生ですか」

「ええ。中高の」

「高校も、なんですか」

嬉しい誤算だった。中学だけでなく、高校時代の深瀬についても聞けそうだ。

「でも知り合いに頼まれただけで、状況とか、全然わかってへんし……あれですよね。深瀬に関するインタビューをされたいとか」

「ええ。昨年起こった亀戸の連続殺傷事件を取材しておりまして」

安田は取材の背景を手短に話した。浅野は亀戸の事件についてもすでに理解しており、説明はたいして苦労しなかった。浅野の身元は決して公表しないこと、取材に対する謝礼は発生しないことを伝えたうえで、取材の諾否を確認する。

「できれば直接お会いしたいんですが、いかがでしょう」

「それですけど……やっぱり、わたしでないといけませんか？　名前を伏せてもらうとしても、なんか怖いんですよね。バレたら炎上するんちゃうかな、って」

浅野はいまだ迷っているようだった。安田は懸命に頭を働かせる。ここが説得のしどころだ。

「浅野さん。深瀬礼司に関する報道を見たことは、ありますか？」

「それはまあ」

「おかしいと思ったことはありませんか？　これまでの報道は、深瀬がいかにも身勝手でどうしようもない人物であるかのように報じられているものばかりです。しかし、それは事実なんでしょうか。犯行の理由は、もっと根源的なところ、たとえば十代のころの経験にあるんじゃないでしょうか」

話しているうちに、安田の口調に熱がこもってくる。

「深瀬の知人を名乗る方も少なからずいますが、残念なことに全員が誠実とは限りません。わたしの経験上、平気でデタラメを話したり、嘘をついたりする人も世の中にはいます」

虚偽の証言に何度も煮え湯を飲まされてきたのは、事実だった。

「わたしもそうやとおっしゃりたい？」

問い返す浅野の声は、先ほどより一段低くなっている。

「その逆です。浅野さんのような身元がたしかな方の証言を報道しなければ、デタラメな風評が独り歩きしてしまう。嘘やデタラメが既成事実になってからでは遅いんです。せっかくの正しい証言が、かき消されてしまう」

実のところ、浅野が信頼に足る人物かどうかはまだわからない。だがお世辞でも、ここは持ち上げておくべきだ。こうしてわざわざ電話をかけてくるのだから、少なくとも、いい加減な人物ではなさそうだった。

「どうにか、時間を作ってもらえませんか」

いやあ、とうなっていた浅野だが、根負けしたように「ようやりますね」と言った。

「今度の週末でどうですか」

思わず、空いているほうの左拳を握る。

「ありがとうございます」

「深瀬の報道に、なんとなく違和感があったのは事実なんでね」

「どの点からそう思われますか？」

「いちばんは、動機ですかね。あいつは事件を起こしてもおかしくないと思ってた、みたいな言い方されてますけど、中高生の時はそんなでもなかったと思います」

浅野の言葉には実感がこもっていた。

取材場所には大阪を指定された。往復の交通費はかかるが、懐を痛めるだけの価値はありそうだ。母親である鈴木容子は別として、深瀬の若い時期を知る人物から、ようやく話を聞くことができるのだから。

通話が終わると、次に服部に電話をかけた。常に臨戦態勢をとっているせいか、彼女はすぐに電話に出た。

「深瀬の中高の同級生から、取材許可が取れました。かなり詳細に聞けそうです」

「いいですね」

返ってきた声は弾んでいる。

「これで、出版事業部への手土産になりますかね？」

服部は「ええ」と即答する。

「取材の結果次第ですけど、いいんじゃないですか」

深瀬へのインタビューは進展していないが、それはまた別の問題だ。うまくいかなかったとしても、十代の深瀬を知る人物の証言があれば、なんとか一冊の本を構成できるかもしれない。

「その取材、わたしも同席して構いませんか？」

「服部さんが？」

意外な申し出だった。多忙をきわめる新聞記者が、外部のライターの取材に同席するメリットなどあるのだろうか。

「わざわざ来るほどでもないと思いますが」

「ちょうど、大阪支局に行く用事もありますから。あと、風貌や話し方も確認しておきたいので」

取材で得られた情報のうち、記事になるのはほんの一部だ。同じ記者なら、取材対象者の一次情報はすべて確認しておきたい、という気持ちもわからなくはない。それに、服部も安田と同じくこの事件には執着している。

「邪魔はしません。わたしは横に座ってるだけでいいんで」

安田が警戒していると思ったのか、服部は急いで付け加えた。元より断る理由はない。

「わかりました。これから日程調整するんで、NG日程があったら送ってください」

それから取材の段取りを簡単に打ち合わせた。通話を切る間際、服部は「さすが安田さんですね」と言った。誇らしさが胸に広がる。

床に転がったモルモットのぬいぐるみが、安田をじっと見ている。あんたはまだ、天に見放されていない。そう語りかけている気がした。

大阪市内のホテルラウンジで、安田は浅野と相対した。浅野智久は、スクエア型の眼鏡をかけた勤勉そうな男だった。服部との事前の打ち合わせで、会話は安田の主導で進めることとなっている。安田の隣で、ペンとメモを手にした服部は気配を殺していた。

「深瀬礼司とは同級生だったんですよね？」

「別に、深瀬のことをそんなに知ってるわけではないです」

浅野はカフェオレに砂糖を入れ、スプーンでぐるぐるとかきまぜた。白と茶の渦は、彼の心のうちを表現しているかのようだった。

「中学と高校が一緒だったとか」

「同じクラスになったのは中学で一回、高校で一回だけです。友達のグループも違ったし。深瀬、高校中退してますしね」

「クラスが同じだったのは、いつですか？」

「中三と、高一の時です」

あらためて、出身の中学と高校の学校名を確認する。室生周三の名前を出すと、「いましたね、室生先生」と少しだけ顔がほころんだ。

「深瀬の印象はいかがですか？」

「とにかく、勉強ができたのは覚えてます。テストではいつもトップクラスの成績でしたからね。三年で同じクラスになった時にはもう、深瀬が頭いいってことは常識みたいになってましたから」

元同級生の田巻は、深瀬の成績について「割とよかった」と語っていた。田巻の記憶は正確さには欠けるが、一応整合する。

「深瀬ほどではないですけど、わたしもまあ、勉強はできるほうでした。学年でトップテンに入ったり、入らんかったり。でも、深瀬が自分と同じ公立高校を選んだのは意外でしたね。もっと偏差値の高い私立に行くんやと思ってたから」

「なぜです？」

「中学の時から、東大に行くって明言してたんです。冗談とかハッタリではなかったんちゃうかな。頭のええやつが言うと説得力があったし。さっきも言いましたけど、仲良くはなかったです。挨拶とか、ちょっとした雑談くらいしか。あと、深瀬が卓球部やったんは覚えてます」

中学時代はほとんど交流がなかったらしく、具体的なエピソードはなかった。

「高校に入ってからはいかがですか？」

「その……高校一年の入学直後って、いろんな地域から来てるから、同じ中学の出身者で固まったりしません？　わたしのクラスには、同じ中学の出身者が深瀬しかおらんかった。それがきっかけで深瀬としゃべるようになったんです。最初に話したんは部活のことかな。わたしは中学からやってるテニス部に入ったんですけど、深瀬は帰宅部やと決めてました。理由は、金の無駄やから。その時は、そういう考えもあるんやなと思っただけです」

金の無駄、というのは、家に金がないことをごまかすための方便だろうか。安田は相槌を打ちながら先を促す。

「ただ、なぜか帰宅部のくせに学校に残ってるんですよね。勉強したいから、って言ってたけど、そんなん家でやったらええのに、と思ってました。家がややこしいんちゃうか、とか、親から虐待されてるんちゃうか、とか言われてましたね」

「根拠はあったんでしょうか？」

「いやいや、高校生の勝手な噂話です。忘れてください」

浅野は慌てて首を振る。その責任を回避したがる所作に、どこか「会社員らしさ」を感じた。

「高校に上がっても、深瀬の成績は上位だったんですか？」

「ちゃんと覚えてないんですけど、五月の中間考査で深瀬は学年のトップ五位には入ってましたね。一位じゃないけど、すごいことですよ。うちの高校、学区ではいちばんでしたから、いくつもの中学から頭のいいやつが集まってたんです。でも、深瀬本人はえらい悔しがってましたね」

「一位を取れなかったことが？」

「本人は取る気マンマンやったんでしょうね」

だんだん思い出してきたのか、「あと昼飯」と浅野は言った。

「成績とは関係ないんですけど」

「聞かせてください」

「深瀬の昼飯、いつも菓子パン一個だけやったんです。帰宅部とはいえ、食べ盛りの男子高校生ですよ。絶対足りへん。あと、鞄とかスニーカーも妙に古かったりね。ああ、金がないんやな、というのはなんとなくわかってました」

深瀬の実家が裕福とはいえないことは、周囲も知っていたらしい。

「浅野さんは比較的、深瀬と仲が良かったんでしょうか？」

「さっきから言ってますけど、さして親しかったわけではないです。クラスのなかでは話すほうやったというだけでね。たまに話すくらいなら、他にもぽつぽつおったかな。友人は少ないほう、と言ってええと思います。ああ、でもね、友達想いなところもありましたよ」

「なにか、覚えていることはありますか？」

「うちの高校は当時、携帯電話が校則で持ち込み禁止やったんですけど、遠足の日だけはよかったんです。はぐれても連絡取れるようにってことで。でも、教師間でもちゃんと共有できてへんかったみたいで、遠足の当日、同じクラスの男子が携帯電話を没収されたんです。しかも没収したんは、いちばん怖がられてた中年の教師でした。周りのやつらは自分の携帯が没収されへんように慌てて隠しました。でも深瀬だけは、携帯持ってきてええって言われました、と抗議したんです。もちろん深瀬が正しいんですよ。ただ、友達が理不尽に没収されたのを見ても、怖い教師の前やと呑みこんでまうのが普通やと思うんです。でも深瀬は抗議した。教師にはしこたま怒られてました。でも後で深瀬が正しいってわかったら、その教師が無言で携帯を返したんです。それ見て、また深瀬が言うたんです。先生謝ってください、って。すごいでしょ？」

「どうなったんです？」

「教師も押されて、謝ってましたわ。ま、そういう一面もありました」

ダイケンデリカでも、深瀬は真っ向から上司に抗議している。正義を貫こうとする信念は、高校生のころから芽生えていたらしい。

そうした姿勢は頼もしく、格好よくも見える。ただそれ以上に、安田には危うさが目についた。この世にあふれる問いの大半は、明確に正解が定められていない。深瀬が「正しい」と信じることが、必ずしも正解と判定されるとは限らない。その教師のように頭を下げてくれる相手は、むしろ少数だろう。事実、ダイケンデリカで深瀬は信念を完遂することができず、行方をくらます羽目になった。

「深瀬が高校を中退したのは、二年の夏ですね？」

「はい」と浅野が言う。

「うちの高校は二年に進学する時、文系か理系か選択するんです。わたしは理系で、深瀬は文系やったんで、クラスは別々でした。なんかね、理系は所詮使われる側やって言ってました。大企業の社長とか、政治家とか、そういう人は文系出身が多いと。理系を出てもせいぜい医者か大学の教授になるくらいで、偉くはなれへん、と。腹立ったんでよう覚えてます。理系に行く人間の前で言うことかって」

浅野は苦笑した。

「深瀬は人の気持ちがわからんというか、気の遣い方を知らんというか、そういうところがあった。嘘をつくくらいなら、正直に言って嫌われたほうがましや、と思ってたんちゃうかな。すみません、脱線しましたね」

「いえ」

「別のクラスになってからは、ほとんど話さんようになりました」

浅野はテニス部の活動もあり、受験に向けた勉強にも励んでいたという。他のクラスの帰宅部である深瀬との接点は切れてしまったらしい。

「ただ、二年になってから異変があって。深瀬の成績が落ちてきたんです。それまで学年トップテンが当然やったのに、最初のテストで五十位くらいまで落ちたんですよ。どこからか噂になりました。高校生にとっては事件ですからね。どんな秀才でも、一度ならそういうこともあるでしょう。でも一学期の期末で百何十位まで落ちてて、これはさすがにおかしいやろ、と思いました。東大どころか他の旧帝大も微妙なラインでした」

その時、ウェイターが卓上のグラスに水を注ぎ足していった。人の耳を気にするように、浅野が口をつぐむ。そういえば、まだ名刺をもらっていない。

「高二の夏休み、深瀬に会ったんです」

ウェイターが去ってから、浅野は話を再開した。

「テニス部の練習が終わって、家に帰る途中でした。テニスバッグ背負って駅から歩いてる最中、公園のベンチに座ってる深瀬を見かけたんです。なんとなく気になって公園に入りました。成績が急降下してることが、頭にあったんやと思います。深瀬は誰もおらん公園で、ぼーっとしてました」

「なにを話したんでしょう？」

「適当に声をかけて、世間話をしたと思います。普通こういう時って、友達同士の噂とか、誰と誰が付き合ってるとか、そういう話題ですよね。でも深瀬は興味なかったみたいなんで、それぞれのクラスの雰囲気とか、どの範囲まで授業が進んだとか話しました。その時の深瀬の様子が、あきらかにおかしかったんです。ああ、とか曖昧な答えばっかりで」

浅野は「話変わるんですけど」と断った。

「その少し前に、わたしの祖父が亡くなってたんです。認知症でした。最後の数年は施設に入ってたんですけど、わたしのことも、親のこともようわからんようになってました。話しかけてもほとんど反応がなくて、ああ、とたまに返ってくる程度でね。その時の深瀬と、亡くなる前の祖父が重なって見えました」

　放心状態で公園のベンチに腰かける少年を、安田は想像する。

「それで？」

「あきらかに変やったんで、どうしたん、と訊いたんです。そしたら、学校やめるかもしれへん、と言われました。まさか学校やめるなんて言い出すと思ってへんから、こっちはびっくりですよね」

　安田はペンを握る手に力をこめる。高校中退のことは、学校側をのぞいて誰にも明かしていないと思っていたが、浅野には事前にほのめかしていたようだ。

「深瀬は説明するのも嫌がってたんですけど、しつこく訊いたら少しずつ話してくれました。彼のお母さんがテレビとかで話してますけど、父親はギャンブル狂いやったみたいで、パチンコや競馬で使いこむからいつも家には金がなかったとか。両親は金がないせいでケンカばっかりしてるけど、最後には父親が泣いてすがるから別れられへんかったとも言うてました。金がないながらもどうにかやってたみたいですけど、その年の春に、父親が失踪したんですって。ある日突然」

　結局、借金は母親と深瀬で代わりに返済することになった。借金の額について、当時の深瀬は「すぐに返せるような金額ちゃう」と言っていたという。浅野は腹痛を我慢するかのように顔をしかめた。

「学校やめて働くことになる、って……そう言われたら、なんも言えませんでした。東大行くって言うてたやつが、十六、七で高校中退して就職するなんて想像できないでしょ？　もう、どう励ましていいのかわからんし、頑張れよ、とか言って別れたと思います」

「その後はもう、会うことはなかったんですか？」

「夏休み明けには退学してましたから。家族で夜逃げした、って噂になってましたね。父親の失踪とか、その辺は知られてませんでした。本人から話を聞いてたわたしは、正確には違うんやけどな、と思ってましたけど、訂正したらしたで面倒やし黙ってました。借金の額も一千万とか一億とか、適当なこと言うてましたけど、どれも信憑性には欠けると思います」

そこで浅野はカフェオレを飲んで、一息ついた。

「わたしが知ってるんはこのくらいです。中退後の消息はまったく知りません。高校の同窓会でも、なんとなく深瀬の話題はタブーになってました。存在自体、覚えてない同級生もいると思います」

念のため、高校中退後の深瀬が阪南市に転居したことも伝えたが、「知らなかったです」という答えだった。これ以上は、突っこんでもなにも出てきそうにない。安田は頭を下げた。

「浅野さんのおかげで、深瀬の高校時代のこともよくわかりました」

「……あの事件が起こってから、ずっとモヤモヤしてたんですよ。変な噂が出回ってるな、と思って」

浅野は口をとがらせた。

「深瀬が中退した事情に関しては、たぶんわたししか知っている同級生がおらん。それやのに、他の同級生がよそでええ加減なこと言うてるみたいなんです。そのせいで誤情報が拡散されてるようで。取材を受けることにしたんは、そこにムカついたからですね」

「事件を知った時、どう思われましたか?」

「もちろんびっくりしましたよ。きっと東大に行くんやろうな、と思ってたやつが、通行人を刺しまくってるんやから……」

ひと通り事件への印象を尋ねてから、安田は「遅くなりましたが」と名刺交換を申し出た。浅野はわずかに躊躇していたが、それでも財布から名刺を抜き取り、安田と服部に手渡した。名刺には大手電機メーカーの社名が記されていた。肩書きは課長代理。

「すごい。大企業じゃないですか」

「はあ、それなりには」

安田は「個人的な興味なんですが」と断ったうえで尋ねた。

「浅野さんは高校卒業後、どちらの大学へ?」

「わたしですか? 京大です」

すごい、とまたも安田はつぶやいていた。浅野はつまらなそうに「全然」と応じる。

「周りに合わせて過ごしてただけですよ。高校の同級生に十人くらい京大がいました」

安田の相槌に合わせて、浅野は大学進学後のことを語りはじめた。入学したのは工学部で、大学院の修士課程まで進んで就職したという。深瀬について話すよりも、はるかに舌がなめらかだった。

「最初は充実してましたよ。でも十年もしたら、会社の嫌なところも見えてくる。こんなところで死ぬまで働くんか、と絶望することもあります。おまけに、想像してたほど自分は仕事ができへんらしい、というのもわかってくる。人事考課とか、飲み会の会話とかで、評価があんまり高くないなって。かといって奥さんも子どももおるから、無茶な転職もできへんし」

「でも課長代理なんてご立派じゃないですか」

「ただの中間管理職ですよ。毎日毎日、襲いかかってくるタスクを必死で打ち返してます。ボロボロになって家帰って、また会社行って、その繰り返しです」

安田が卓上に置いた名刺を、浅野が冷たい目で見下ろした。

「最近、ふと思うんですよ。ここまで頑張って、おれはいったいなんになりたいんやろうって。必死こいて受験勉強して、誰もが知ってる会社に入って。ほんでなにやってるかっていうたら、ひたすら消耗してるんですよ。こんなん、高校生の自分に言ったら絶望すると思います」

「そんな。ご両親にとっては自慢のご子息じゃないですか？」

浅野がじろりと睨んだ。わざとらしすぎたか、と安田は反省する。だが浅野の目つきが鋭くなったのは、安田の世辞のせいではなかった。

「……ほんまのこと言いましょうか」

「ほんまのこと？」

「わたしね、亀戸の事件聞いて真っ先に、羨ましいな、と思ったんです。深瀬が羨ましい。両手に包丁持ってね。知らん人を手当たり次第にザクザク刺していったんでしょう。さぞかし爽快やったやろうなぁ」

安田の隣で、服部が身じろぎする気配があった。言ってから、「もちろんやりませんよ」と浅野は力なく笑う。

「やりたい、というのとはちょっと違うんですよ。別に刃物持って人を刺したいとか、そういう欲求があるわけではないんです。ただ、家族とか生活とか見栄とか、全部捨て去って、自暴自棄になれるのが羨ましいというか。そこまで無敵になれたらさぞかし楽やろうなって」

「想像の話、ですよね？」

「ほんまに人を傷つけたら、そら犯罪ですよ。でも、心のなかで無差別殺傷犯を羨ましいと思うのは、個人の自由とちゃいますか？」

スマートフォンが震える音がした。すかさず、浅野が胸ポケットに入れていたスマホを取り出す。振動はしつこく続いている。

「お電話ですよね？　出てください」

「……いや。いいんです」

発信元はわからないが、浅野は無視することに決めたようだった。震え続けるスマホをポケットに戻す。両手を組み、宙を見つめた。

「ええなぁ、深瀬は」

そのつぶやきは、ラウンジの喧騒に溶けてあっという間に消えた。


浅野への取材翌日、自宅での作業中にメールが届いた。

〈相談したいことがあるので、都合のいい時に電話ください〉

送り主は東邦テレビの岸根である。札幌の事件で炎上騒ぎがあった時、最初にワイドショーのコメントを取りに来たのも岸根だった。安田はいぶかしみつつ、電話をかける。相手はすぐに出た。

「あ、安田さんですか。すみません、また頼みごとなんですけど」

「なんでしょう?」

平静を装いながら応じる。

「あのね。札幌の殺傷事件に関して、安田さんにまたコメントもらいたくて」

二月に入ってから、その手の依頼は初めてだった。大した貸しにはならないが「構いませんよ」と承諾する。しかし岸根が重々しい口調で「他言無用なんですが」と言い出したので、反射的に身構えた。

「明日の記者会見で公表するらしいんですけどね。遺族が出版社と安田さんに、殺人幇助《ほうじょ》の責任を問うって言ってます」

「はい?」

初耳だった。ネットで非難を浴びることと、法的責任を問われることはまったく意味合いが違う。報道関係者を殺人幇助で訴えた話など、聞いたことがない。

「いや、実際提訴するかどうかは微妙ですよ。冷静に考えて責任は問えないでしょ。その訴えが認められたらマスコミは終わりです。向こうの弁護士も絶対、説得します。ただ、結果を度外視して訴えに出る可能性もなくはないです」

「つまりはその、訴訟云々についてのコメントが欲しいと?」

「そういうことです」

安田の口から乾いた笑いが出た。可笑しかったのではなく、笑うしかなかった。

「参ったな」

「同じ報道人としては、安田さんの肩を持ちたいですけどね」

安田は「どうも」とだけ言った。報道人、という大仰な言葉は自分に似つかわしくない。訴訟を起こされるほど影響力のある記者とも思えない。

岸根の申し出で、明朝、リモートでコメントを録ることになった。詳しい段取りは後ほど後輩から連絡する、と告げられた。

「今後、忙しくなるかもしれませんね」

「そうですかね」

「明日の記者会見がどこまでバズるかによりますけど。遺族から責任を問われた記者として、コメント欲しがる人は多いでしょうから」

「そんなもんですか」

SNSで炎上した時に、十分取材は受けたつもりだった。記者たちに貸しを作るチャンスと捉えて割り切っているが、あの波が再度押し寄せると思うとげんなりする。

その後、すぐに三品に電話をかけた。岸根からの話を伝えると、「おれもさっき聞いたばっかり」と返ってきた。

「ちょっとあり得ないよねぇ。名誉毀損で訴えられるのは掃いて捨てるほど経験あるけど、雑誌が殺人幇助したなんて。遺族には同情するけど、さすがに無理筋だよ」

「本当に、訴訟に踏み切るんですかね」

「さあねぇ。こっちも知り合いから聞いただけでよくわかんないし。法務には相談するけど。とりあえず、明日の記者会見とやらを待つしかないかな。異動直前にこんなややこしい話、やめてくれよな……」

三品のぼやきで通話は終わった。

もしかすると近い将来、殺人幇助の被告になるかもしれない。間違っても、それは愉快な想像とは言えなかった。


翌日、東邦テレビのコメント収録を午前中に済ませた後、原稿仕事をしながらテレビでワイドショーをつけっぱなしにしておいた。札幌の遺族による記者会見は、四時過ぎのコーナーで紹介された。

遺族は三十代と思しき女性で、〈柴田麻由《しばたまゆ》さん〉と実名が出ていた。時おりカメラのフラッシュを浴びながら、彼女は二重瞼の目に涙を浮かべ、嗚咽を我慢しながら原稿を読み上げている。

「愛する夫はあの日、唐突に命を奪われ、人生を断たれました」

柴田麻由は、そこで堪えかねたように落涙した。

心臓のあたりに鈍い痛みを覚えた。鼓動が早まる。仕事柄、報道によって傷つく人がいることは百も承知のはずだった。だが実際に悲しむ姿を目の前にすると、剣山の上に立たされたような痛みを覚える。

「……なぜこのような事件が起こったのでしょうか。警察や検察の皆さん、どうか妥協なき捜査をお願いします。また、犯人は一部の報道に影響を受けて事件を起こした可能性が示唆されています。わたしは報道を担う方々にも、この事件の責任の一端があると考えています。犯人はもちろん、当該報道に関わった方々に対しても、法廷の場で殺人の責任を問うことを検討しています」

会見場は静まりかえっていた。居合わせたマスコミ関係者の気まずさが、テレビ画面を通じて伝わってくる。続けて安田のコメントが流れた。今朝、ウェブ会議ツールを通じて録った映像だ。

「重大事件の背景を報道することは、社会的に必要なことです」

安田が正面を見て話している。取材は慣れたが、自分の顔をテレビ越しに見るのはまだ慣れない。

「無差別に他人を殺傷するような行為は、当然、容認できない凶行です。しかし、犯人を逮捕、起訴して終わるものでもありません。反省と対策がなければ、それこそ新たな犯人を生むことにつながります。事件報道がない世の中こそ、自己チェックを怠った不誠実な社会であると考えます」

安田の発言が終わると今度はスタジオに戻り、司会者がコメンテーターの男性弁護士に意見を求めた。弁護士がおもむろに口を開く。

「マスコミの報道責任ということで言えば、名誉毀損に関しては刑法第230条の2がありますね。これによれば、公共性と公益性があり真実であれば、あるいは真実と判断するに相当の理由があれば、免責されるわけです。ただ、殺人幇助や殺人教唆の前例は聞いたことがありませんね」

このコメントはあらかじめ用意したものだと推測された。テレビ局としては、報道側の法的な正当性もアピールしておく必要があるということだろう。コーナーはそこで終わり、話題は別の事件へと切り替わった。

直後、三品から電話がかかってきた。

「ヤスケン、番組見た？」

「見ました」

「まだ検討中って言ってたな。うちにも訴状とか来てないし、法務にも相談したけど、当面は様子見で。なにか訊かれても、出版社に任せてるんで、って答えといて」

三品の声には心なしか安堵が滲んでいた。取り急ぎ、大事にならないことがわかって安心したのだろう。

「また動きがあったら連絡するから。タイミング合ったら、飲みに行こう」

一仕事終えたような口ぶりで、三品は通話を切った。

その後も各局のワイドショーを確認したが、記者会見への対応は局によってまちまちのようだった。なかにはまったく報じていない局もあった。わざわざマスコミ批判を流す必要はない、と判断したのだろうか。安田にコメントを求めたのも、蓋を開けてみれば東邦テレビだけだった。

どうしても気になってSNSを覗いてみると、案の定、安田のアカウントにはコメントが殺到していた。

〈安田って人。ここまでして事件の背景を調べる意味ってなんですか？　人が一人殺されてるんですよ？　なんで平然としていられるんですか？　びっくりしました。奥さんが言う通り責任はあなたにもあります。〉

〈ワイドショーでの安田記者の反論。自己弁護に終始した印象。事件に直接言及することは周到に避けつつ、訴える側こそが不誠実だと暗示していた。フリーで後ろ盾がないのはわかるが、姑

息なやり方。〉

〈安田賢太郎はヒトゴロシ。記者やめろ。〉

前回の炎上ではさほど傷つかなかったのに、不思議と今回の投稿は堪えた。いくつか見ただけで耐えられなくなり、スマホをしまった。

気をまぎらわすため、夕食を作ることにした。久しぶりの自炊である。しなびたキャベツと賞味期限切れのウインナーを炒めていると、電話がかかってきた。スマホには、先日取材した浅野智久の名が表示されていた。

「安田さん。テレビ見ましたよ」

挨拶もなく、浅野は切り出した。

「あの女性、訴えるとか言ってましたけど。大丈夫ですよね？」

「えっ？」

「だから、この間の取材。わたしはインタビューに答えただけで、法的責任とかないですよね？裁判所に呼ばれたりしませんよね？そんなん、困ります。家族や職場にバレたらどうなるか」

有名大学を卒業し、大手電機メーカーに勤務している浅野は、これまで裁判とは無縁の人生を歩んできたのだろう。

「心配しないでください。訴訟自体、まだ不確定ですから」

「でも……安田さんはどう思ってるんですか？」

「仮に訴えられても負けることはないですよ」

「違います。札幌の事件への責任はあると思ってるんですか、って意味です」

難詰するような言い方に安田は戸惑った。つい先刻放送されたコメントが、その答えのつもりだった。

「ない、と思っています」

「ほんまですか？　ほんまにそれでいいんですか？」

取材時の温和さから打って変わって、言葉には熱がこもっている。

「札幌の事件の犯人――須磨がなにを考えていたとか、そんなん知りません。でも、安田さんの記事を読んで犯行に及んだんやったら、安田さんの責任がゼロやとは言えなくないですか？」

安田は考えた。ここで粗雑に対応すれば、後々厄介になるかもしれない。浅野のような相手には理詰めで反論したほうがいい。

「殺人幇助が成立するには、幇助しようという意思がなければいけないんです。わたしは殺人を後押しするために記事を書いたんじゃない。殺人に使われたからといって、キッチン用品店に包丁を売るなと言えますか。それと同じことですよ」

途端に浅野は黙りこんだ。多少は腑に落ちたようだ。

「……本当に、わたしが裁判に関わる可能性はないんですね？」

「大丈夫です」

「わかりました。安田さんを信じます」

通話を終えるとどっと疲れを感じた。この調子では、他の取材対象者からも問い合わせの連絡が来るかもしれない。

台所に戻ると、炒め物に立っていた湯気は消えていた。面倒になって、皿にも移さずそのまま箸をつける。まだ十分に火が通っていないせいか、キャベツは固く青臭かった。

手持ちぶさたになり、つい、再びスマホのSNSアプリを開いてしまった。おびただしい数の通知が来ている。過去の投稿に対する、匿名の誰かからの返信だった。

〈テレビ見ました。貴殿のやっていることは法的に罪がなくても、道義的にどうなんでしょう。良心が痛まないんですか？　日本人として恥ずかしくありませんか？〉

〈頼む。二度と汚いツラ見せないでくれ。〉

〈人が死んでも平気なんだから、他人になにされてもしょうがないよね。覚悟しておいたほうがいいかも。夜道は歩かないほうがいいよ、アドバイスとして。〉

安田は匿名の敵意と一緒に、炒め物を腹に収めていく。

——おれは、間違っているのか？

結局、炒め物は半分しか食べられなかった。みぞおちの下に鈍い痛みを感じた。


夜明けの空が白みはじめていた。

瞼の重さに耐えながら、安田はキーボードを叩いている。長時間ディスプレイを眺めているせいか、異様に目が痒い。肩も腰も凝っている。身体は、すぐにでもベッドに飛びこんで眠ってしまえと叫んでいる。だが安田の脳は止まることを許さなかった。

浅野智久へのインタビュー記事の執筆が、佳境に入っていた。

取材からすでに五日が経っている。その間、浅野の発言を書き起こし、草稿の形に整え、推敲を加えた。しかしどこか生ぬるい記事になっているように思えて、昨夜、全文を破棄して頭から書き直すことにした。

これまでの取材と比べても、父親の影響を明確にしたという意味で、浅野の証言は重要だった。自然と執筆にも気合いが入る。それに、今回は週刊誌と違ってタイトな締め切りが設定されていない。文字数の制限もない。満足いくまで練ったうえで服部に見せたかった。発表できるかどうかは、記事のクオリティにかかっている。

安田はマグカップに、新しいインスタントコーヒーを入れた。もう何杯目か覚えていない。コーヒーの飲みすぎのせいか、胃が重い。すっかり明るくなった空を見ながら、カップのなかの熱い液体をすする。

――そろそろかな。

徹夜で書いた甲斐あって、ゴールは見えていた。鍵となるのは学歴コンプレックスだ。親の事情で高校を中退することになり、東大進学の目標を断たれたことがすべてのはじまりだった。就職してからは企業の不正を目の当たりにし、パワハラによって退職に追い込まれた。こういった出来事によって、「努力をしても無駄」という価値観が深瀬に植え付けられた。恋人との安定した関係も得られず、プライベートに活路を見出すこともできなかった。職を転々とし、たどりついたのがアリサの配信、そして間接的な自殺という結論――。

以上が安田の考える、犯行にいたる経緯だった。

記事を見直し、文面を調整し、最後にもう一度全文を読み直してから、電子メールで服部に記事を送った。時刻は午前八時を回っていた。

「書けた」

達成感が広がると同時に、全身の筋肉が緩み、頭のなかがぼやけてくる。三十代半ばでの徹夜仕事はきつかった。部屋の照明を消してベッドに潜りこんだが、目が冴えているせいでなかなか寝付けない。

気が付けば、寝転びながら手癖でスマホをいじっていた。アクセスしたのはいつものニュースアプリだ。興味のある事件についてのネット記事は、自動的にピックアップして表示するよう設定してある。

早朝に配信された記事を流し見していると、ある見出しが目に留まった。

〈路上の惨劇　無差別殺傷事件の心理　中高の元同級生が語る犯人の素顔〉

安田は反射的に身を起こした。配信元は関東新報。

とっさに、最悪の想像が頭をよぎる。震える指で〈全文表示〉のボタンをタップした。

江東区亀戸で深瀬礼司容疑者（35）が刃物を使って通行人を襲い、七人が死傷した事件から三か月が経過した。現在、深瀬容疑者の鑑定留置が行われているが、依然その動機は不明のままだ。逮捕直後に「死刑になりたい」と語った深瀬容疑者が、無差別殺傷事件を起こした理由はどこにあるのか。

「とにかく勉強はできましたね。成績はずっとトップクラスでした。中学の時から、東大に行くと明言していました」

そう語るのは深瀬と中学、高校で同級生だった男性だ。男性は、高校生の深瀬から中退の理由を明かされたという。

「父親がギャンブル狂いだと聞きました。パチンコや競馬にのめりこんでいたせいで、いつも家にはお金がなかったそうです。借金は結構な額にまでふくれあがって、とうとう父親が失踪してしまった。そのせいで深瀬は高校を中退することになりました」

その先も記事は続いていたが、全文読むまでもなかった。この記事は浅野への取材を基にしている。目がくらみ、再びベッドに倒れこんだ。

「嘘だろ」

記者の名前は記されていないが、服部以外には考えられない。取材の場に同席していたのは、彼女だけだ。ほとんど発言することはなかったが、安田の横でインタビューを聞いていた。そもそも、関東新報でこの事件のシリーズ記事を担当しているのは彼女だ。

――盗られた。

信じられないが、そう考えないと辻褄が合わない。浅野には、掲載先を「関東新報の系列メディア」としか伝えていない。事前チェックも不要だという言質も取っていた。新聞では取材対象者による掲載前チェックを行わないことが普通のため、安田としては気を遣ったつもりだった。それが仇となった。

驚きが落ち着くと、にわかに怒りが湧いてきた。苦労してセッティングした取材を横取りされたことへの怒りだけではない。重要な証言を、雑な記事にされたことへの憤りのほうが大きかった。先ほど送った安田の記事では、深瀬の生い立ちや模試の成績表などをたどりながら、学歴コンプレックスを抱くに至るまでの経緯を丹念に記述した。しかし服部は、浅野の証言をただ引き写しただけだ。クオリティでは圧倒的に勝っている自負がある。

単なるルール違反ではない。安田の、記者としての尊厳を傷つけられた。

スマホで服部の番号にかける。当然のように相手は出ない。コール音が延々と続き、無機質な留守番電話サービスの音声に切り替わった。安田はスマホを振りかぶり、マットレスの上に思いきり投げつけた。

言葉にならない咆哮《ほうこう》が室内に反響し、跡形もなく消えた。


寒風に、安田はダウンジャケットの前を掻き合わせる。まもなく三月だが寒さがやわらぐ気配はない。本当に春が来るのか、疑わしくなるほどだった。

関東新報本社ビルの正面エントランスに視線を送る。安田がいるのは、そこから十メートルほど離れた植え込みの陰だった。午前八時過ぎとあってオフィス街を行き交う人は多い。安田は人通りにまぎれて、二時間以上もここに立ち続けている。

例の記事が配信されてから丸一日が経過した。服部には幾度も電話をかけたが、一度も通じていない。メールへの返信もない。いっそSNSで事の顚末を暴露しようかとも思ったが、炎上の記憶が蘇り、思いとどまった。

服部を問いただすには、もはや職場に突撃するしかない。そう思い定めて、早朝の電車に乗り、関東新報本社まで足を運んだのだった。服部が今日出社するという保証はない。だが、会えるまでは何日かかろうが待ち伏せを続けるつもりだった。

幸い、八時半に目当ての人物は現れた。黒のコートを着た、鋭い目つきの女性。正面を見据え、大股で歩いている。安田は植え込みの陰から飛び出し、背後から彼女に声をかけた。

「服部さん」

声が硬いことは安田自身、わかっていた。振り向いた服部はかすかに目を見開いたが、動揺はすぐにかき消えた。

「どうも。お久しぶりです」

何事もなかったかのような口ぶりに、肩透かしを食った。アポなしで訪れた安田としては、もう少し驚くと思っていたのだが。

「話があります」

有無を言わさず、安田は先に立って歩き出した。もし逃げれば、追いかけて首根っこを捕まえるつもりだった。だが服部は顔色を変えることなくついてくる。その反応もどこか拍子抜けだった。

目星をつけていたコーヒーショップに入った。安田は勝手にコーヒーを二杯注文し、両手に持っていちばん奥の席に陣取った。服部が座席に腰を下ろすと同時に、安田は身を乗り出す。

「どういうつもりですか?」

相手はとぼけるような真似はしなかった。

「安田さんのおかげで、いい記事になりました」

「どこが。最低の記事だ。あんなもの、新人でも書ける」

「最近の新人は腕がいいですよ」

安田は仕切り直しのつもりでコーヒーを口に運ぶ。

「なぜあんな記事を書いたんですか」

「必要だからです」

「最初から、セッティングだけさせて、記事は自分で書くつもりだったんですか？」

服部は答えず、勝手に別の話をはじめた。

「安田さんは、これからもずっとフリーで記者を続けるつもりですか？」

「なんのことですか」

「重要な話です」

足を組んだ服部は、堂々と安田を見つめている。あきらかに開き直っていた。亀戸のコンビニで出会った時、海斗を保護してくれた女性と同一人物とは思えないふてぶてしさであった。

「そのつもりですが」

「どうやって食べていくんですか？」

決然とした口調だった。

「言うまでもないと思いますが、オールドメディアは近いうちに終わります。安田さんの主戦場は雑誌なんでしょう。つまりは紙媒体。その媒体が、この先十年二十年、生き残れると思いますか？」

「……ウェブでも書いてはいます」

嘘ではなかった。ウェブサイトに掲載する文章を書くことも、ないではない。ただ、そうした仕事はあくまで生活のための報酬を得るのが目的だった。事件記者としては〈週刊実相〉をはじめ、雑誌の記事を書くのが主な仕事だ。

服部はそうした内情まで見抜いているかのように、「ウェブでも、ですか」と言った。

「率直に言って、今後はウェブしか生き残れません」

「紙の媒体は消滅すると？」

「完全に消え去りはしないでしょう。けど、実質的にないも同然の規模まで縮小するのは目に見えています。泥船に乗って溺れるのはごめんです。わたしはまだまだ、記者を辞めるつもりはありません」

服部は、紙ナプキンを折りたたんでは開く、という作業を繰り返していた。苛立ちからか、指の動きは早くなっていく。

「四月から、ネットメディアの会社に移籍するんです」

——この人もか。

安田は冷めた心持ちで服部の話を聞いた。新聞記者が他社——とりわけネット関連企業へ転職する話は、このところよく聞く。彼女が口にしたのは大手ニュースサイトの名前だった。なぜ転職を、と問う必要はなかった。その理由は彼女自身がすでに説明している。

「そこは配信だけじゃなくて、独自の取材もやっています。取材方針もわたしの考えと一致している。色々と悩みましたが、これ以上新聞で記者をやっていても先がないんで、決心しました」

物言いはきっぱりとしているが、みずから理由を語ること自体、言い訳がましかった。安田はさらにコーヒーを飲む。

「どうぞご自由に。服部さんの人生ですから。ただ、だからといって人のネタを盗むような真似をしていいことにはならない」

服部は目を伏せた。毅然とした態度に生じたほころびを、安田は見逃さなかった。

「最初はそのつもりじゃなかったんでしょう？　本気でわたしを助けてくれようとした。でもなにか都合があって、途中で方針を変えた。違いますか？」

取材への同席を申し出た時には、すでに自分で記事を書くつもりだったのだろう、と安田は睨んでいる。不自然だとは思った。だが、まさか仲介者にネタを横取りされるとは思わなかった。

一方で、服部に最初から悪意があったとも思えない。感情論ではなく、記者の常識として。仮にも大手ブロック紙の記者である彼女が、あきらかにトラブルの火種になるような行為に手を染める、その論理がわからなかった。

「なにがあったんですか？」

窓の外を勤め人たちが通り過ぎていく。服部はその情景を眺めながらつぶやいた。

「一つでも多く、実績を作りたかっただけです」

その言葉からは、記者としての虚飾が取り去られていた。

「これまで大きいスクープを当てたことも、ジャーナリズムの賞をもらったこともない。社内表彰を受けたことすらない。関東新報を出たら、わたしにはなにも残らない。なのに、新聞社に所属している、という最大の武器を捨てるんです。丸裸のわたしが売りにできるのは、自分が書いてきた記事しかない。だから、辞める前に亀戸の事件で結果を残したいんです」

服部は顔を伏せたままだった。

野良の記者として生きてきた安田にとって、関東新報の記者は別世界の存在だった。有名大学を卒業し、狭き門をくぐり抜け、正社員となった一握りのエリートたち。服部もそういう道を歩んできたはずだ。焦る必要などどこにもなさそうだった。

――いや、違うか。

もしかすると、エリートだからこそ焦るのかもしれない。彼女は道を外れることを極端に恐れている。自分を守ってくれる鎧を欲しがっている。道なき道を進んできた安田には、理解できない心境だった。

「それに、騙してたのは安田さんも一緒ですよね？」

服部は顔を上げ、人差し指を安田の胸のあたりに向けた。

「はい？」

「深瀬への単独インタビュー。どうせ、ハッタリでしょう」

見抜かれていた。一瞬返答に詰まりつつ、かろうじて「さあ」と応じる。だが服部には確信があるようだった。

「接見禁止の容疑者相手に、取材を取り付けるなんてあり得ない」

「あり得ない、というのは言い過ぎでは？」

たとえば、容疑者側から接触があるケースもないではない。ただしその場合、容疑者には無実を主張したいとか、自伝を出版したいとかいった目的があるのが普通だ。そしてそういう人間は、他のジャーナリストや報道機関にも同じことを訴えているため、独自のネタになりにくい。

「深瀬礼司が安田さんの取材を受ける理由が、なにかあるんですか？　ないでしょう？　あるならここで言ってください」

口をつぐむしかなかった。その沈黙を、服部は降参と受け取ったようだった。

「ほら。お互い様なんですよ。記者同士なんて、利害関係でしかつながらないんですから。油断した安田さんの責任です。失礼します」

立ち上がりかけた服部に、安田はすがるように「あの」と言った。

「出版事業部への紹介はどうなりますか？」

服部はガラスのような、体温の感じられない目をしていた。

「嘘をつく人は紹介できません」

望みは絶たれた。一度もコーヒーに口をつけることなく、服部は去っていった。安田は未練がましく最後の一滴まで飲み干してから、席を立った。


午睡から目覚めると、日が沈んでいた。すでに午後七時を過ぎている。

寝る前はまだ外が明るかった。ざっと三時間ほど眠っていただろうか。ローテーブルに置かれた発泡酒の缶には中身が残っていた。迷わず口をつけ、ぬるい酒を流しこむ。

部屋はいつにもまして雑然としていた。空き缶をまとめたビニール袋が古い資料の合間に押しこまれ、ネット通販の段ボールや緩衝材が散乱している。キッチンには饐《す》えた臭いが漂っていた。

この三日、まともに仕事をしていない。原稿は書かず、取材は延期し、最低限のメールだけ返信している。仕事の代わりに、ネットで見つけた適当な動画を観ながら、コンビニで買いこんだ発泡酒をひたすら飲んでいる。まともに取っていなかった休暇を取り返すかのようだった。

あの日切れてしまった緊張の糸は、もはや修復できない。

安田はもう、誰かに救いを求めるつもりもなかった。〈週刊実相〉に切られ、他のメディアにも相手にされず、服部にはネタを盗られた。まだ交渉していないマスコミの知人がいないではないが、どうせまた裏切られると思うと踏み切れなかった。無力さを突き付けられるほど、自尊心がすり減っていく。

どこまでいっても自分は使い捨ての駒なのだ。書く場を与えられるのは、権力を持つ人間の気が向いた時だけ。少しでも都合が悪くなれば、存在自体をなかったことにされる。フリーの記者なんてその程度の仕事だ。

ＳＮＳで炎上しても、守ってくれる組織はない。あらゆる非難や罵倒を、すべて身一つで受け止めなければならない。自己責任という言葉のもとに切り捨てられ、反論できないサンドバッグとして存在するしかない。

暗い想念が次から次へと湧き、安田の脳内を占めていた。誰かに思いのたけをぶつけたい。吐き出せば、気持ちも少しは軽くなるのだろう。だが話す相手がいなかった。記者仲間はいても親しい友人は皆無だし、通っている飲み屋もない。亜美や海斗は論外だ。

記者の仕事に生活のすべてを捧げてきた。その結果が、一人きりの部屋と、大量に残された空き缶だった。フローリングにあぐらをかいて、また一つ、発泡酒の缶を空にした。天井を見上げると、照明の白さが網膜に残る。

自分なりに、一生懸命やってきたつもりだった。なのに、どうしてこうなるのだろう？　なにが間違っていたのだろう？　どこまで戻れば、やり直せるのだろう？

――深瀬もこんな風だったのか？

事件を起こした時、深瀬に恋人はおらず、親しい友人もいなかったという。父は消え、母とは長らく連絡を絶っていた。二年前の夏、彼はどんな気持ちでアリサにメッセージを送ったのだろう。深瀬は本当に自殺したかったのか。それとも、誰かの気を引きたかっただけなのか。

そこまで考えて安田の思考は止まった。酔いのせいか、集中力が続かない。このままではまずい。そう思うが、手は再びアルコールに伸びる。

また動画でも見ようか、とスマホを見やる。暗い画面にほんの一瞬、安田自身の顔が反射した。今まで見たことのない顔だった。

「えっ？」

戸惑いが口から漏れる。洗面所へ駆けこみ、鏡で自分の顔を確認する。その顔は、思っているよりもずっと老けていた。顔がむくみ、目の下には色濃い隈が浮かんでいる。頬がこけ、前髪には数本の白髪が生えていた。三十六歳。若者とは言えなくても、潑剌とした年齢だと自任していた。だが生気のない土色の顔を前にすると、認識を改めざるを得なくなった。

なにより驚いたのは、その顔が驚くほど父に似ていることだった。見るに堪えなかった。もう飲むのはやめよう、と決めた。部屋に戻った安田は、まだほとんど飲んでいない缶の中身をシンクに捨てた。水を飲み、空き缶をまとめたビニール袋を玄関に放り投げ、ベッドに腰を下ろした。

しかし一時間もすると、安田はまた冷蔵庫を開け、新しい酒を手にしていた。その場でプルタブを開けて勢いよく缶を傾ける。香りも味もなく、胃袋が膨らむ感覚だけがあった。

――おれのこと、殺してくれへんか？

信吉のしわがれた声が、またも蘇った。聞き入れるはずのない願いだった。だが、本人が望んでいるのであれば、殺してやるのもいいかもしれない。

計画は絶対に成功する。なにしろ、本人の希望なのだ。空気注射というのはどれくらいの確度で成功するものなのか。事前に、父の腕に注射痕があるかどうか確認したほうがいいかもしれない。そういえば以前、医療過誤事件で現役の医師に取材したことがある。別件の取材と偽って、彼に具体的な方法を教えてもらえばより確実だ。

そこまで考えたところで、疑問がよぎる。

――そんなにうまくいくのか？

もともと父の腕に注射痕があったとしても、不自然な痕が残っていたら医師や施設のスタッフが疑うのではないか。死因から他殺が疑われる、ということだってあり得る。

施設では訪問者の記録を残しているはずだ。仮に注射痕が疑われたら、疑惑の目はまっさきに訪問者に向けられる。そしておそらく、あの父の見舞いに行くような奇特な人間は他にいない。つまり他殺の疑いが生じた時点で、自動的に、容疑者は安田ということになってしまう。

胸のうちに生まれた躊躇を、心の声がかき消す。

――別にええやん。

家族も、恋人も、友人もいない。自分が殺人犯になったところで、悲しませる人は誰もいない。塀の外でしかできない趣味もない。

仕事は失うだろう。しかしそもそも、失うことを恐れるほどの仕事が自分にあるだろうか？三品には切られ、服部には記事を盗まれた。おれはなんのために働いているのか。いっそ、事件記者なんて辞めてしまったほうがいい。そうだ。父を殺して、全部終わりにしよう。なんの価値もないこの人生をリセットしよう――。

安田の思考は、けたたましい着信音で断ち切られた。

音のする方向に目をやると、ベッドに放り出したスマホが鳴っている。動画を見ていた時の音量設定のせいか、やたらと着信音がうるさい。興を削がれた安田は舌打ちをした。

「なんやねん」

酒を置いて、スマホを手に取る。画面には〈大城亜美〉と表示されていた。用件といえば、金のことしか思いつかない。養育費は毎月自動で振り込まれているはずだが、口座の残高が不足していたのだろうか。そんなことを考えながら受話ボタンをタップする。

「もしもし」

「ああ、出た。ごめん、夜遅くに」

時計を見ると、午後九時を過ぎていた。

「急ぎか？」

「養育費、三月まで出してもらうって決めたでしょう。そのことでさっきまで旦那と話してたんだけど」

旦那、という呼び方の自然さが腹立たしかった。

「だから、それは払うって」

「違うの。払ってもらうのはいいんだけど、それなら海斗との面会も三月まで続けるべきじゃないかって旦那が言い出して。養子縁組できるのは四月になりそうだし、それまでの間にあと一回面会日を設けるべきだ、って……」

安田は即答せず、発言の意図を吟味した。

なぜ今さらそんなことを言い出したのだろう。後々、こっちがゴネる心配をしているのだろうか。あるいは単に頭が固い男なのかもしれない。いずれにせよ、安田ならそんな提案はしないだろう。

「海斗はなんて言ってる？」

「そっちがいいなら、会うって」

意外だった。毎回、スマホを見ているだけなのに。またゲームセンターに行きたいのかもしれない。だがそれだけのために、赤の他人となった実父に会おうと思うだろうか。モルモットのぬいぐるみを目で捜したが、見当たらない。

「本人と話してもいいか？」

「訊きたいことがあるなら、わたしが後で訊いておくけど」

「できれば本人と話したい。少しだけ。横で聞いてていいから」

渋々といった雰囲気だが、亜美は海斗に電話を代わった。少年の声がスピーカーから流れ出す。

「安田さん？」

名字で呼ばれたことについ苦笑する。亜美と別れてからもしばらくは「お父さん」と呼ばれていた気がするが、いつから呼び方が変わったのか思い出せない。

「寝る時間なのに、ごめんな」

「まだ寝ないよ」

「そうか。あのな……おれと会うの、嫌じゃないのか？」

「別に。あと一回でしょ」

さらりと言う海斗の口調には、諦めが漂っていた。うっすら傷ついたことに気付かないふりをしながら、安田は「なら、行くか」と告げる。ここで断れば角が立つことくらいは理解できた。

「釣りとゲーセン、どっちがいい？」

「釣り」

今回もてっきり秋葉原に行きたがると思っていたため、予想外の返答だった。

「そっちでいいのか？」

「三月になったらもっと釣れるようになるって、前に言ってたよね？」

言われてみれば、そんなことを言った気もする。聞いていないようで聞いていたのだ。安田が「よく覚えてたな」と言うと、一段小さい声で「どっちでもいいけど」と答えた。

「あと、ネットで見たんだけどさ」

なにかを思い出したのか、海斗は突如、興奮混じりに語りだした。

「うん」

「安田さんって、人殺しなの？」

全身の毛が、ざあっ、と逆立った。

人殺しという言葉を海斗が知っていることが、まず驚きだった。海斗は小学一年生であり、むしろ大人たちが忌避するような言葉を使いたがる年頃なのかもしれない。しかし年齢だけのせいにもできなかった。

どこで見た、と問う必要はなかった。ＳＮＳには安田への誹謗中傷があふれている。札幌の事件を起こした責任を取れ、と難詰する声もいまだにある。実際、安田を人殺し扱いする投稿も目にしていた。スマホを持っている海斗なら、そうした批判の声にアクセスすることは難しくないだろう。もしかしたら、安田の名で検索でもしたのかもしれない。

違う、と答えようとした瞬間、ノイズが聞こえた。横からスマホを奪い取られたようだ。すぐに亜美の声が流れる。

「ごめん、後で叱っとくから。気ぃ悪くしないで。日程はまた連絡する」

一方的に告げられ、通話を切られた。

安田の意識は汚れた一人きりの部屋に戻ってきた。今ごろ、海斗は亜美に叱られているだろうか。人殺しなんて言うもんじゃない、と。しかし電話がかかってきた瞬間、自分はまさに人殺しの計画を練っていた。父を殺すことを正当化し、露見しないための工作を真剣に考えていた。

まるで悪夢から醒めたようだった。

——この電話がなかったら。

もしかしたら、信吉を殺す具体的な計画を立てていたかもしれない。殺害の準備を整え、新幹線で大阪へ向かい、計画を実行していたかもしれない。万に一つもない、とは言い切れなかった。

——安田さんって、人殺しなの？

目を覚まさせてくれたのは、海斗の問いかけだった。結果的に、海斗は安田を救ったのだ。たとえその意図がなかったとしても。不思議なものだ。離婚して、縁が切れたと思っていた人間に救われたのだから。

部屋のなかをひっくり返して、モルモットのぬいぐるみを捜した。埃にまみれたぬいぐるみは、ベッドの下で空き缶の入ったビニール袋に挟まれていた。手で埃を払い、タオルで拭ってやる。

持ち主が忘れてしまった後も、このぬいぐるみが居続けてくれたことに感謝する。
プラスチックのつぶらな瞳に、安田自身の姿が映っていた。

深瀬への手紙を折りたたみ、封筒に入れて糊付けする。拘置所に送る手紙はこれで四通目だった。

すでに三月に入っていた。深瀬の鑑定留置は来週終わる。検察から起訴されれば、深瀬は容疑者から被告になる。接見禁止が解ければ、手紙の返信がなくても拘置所に行くつもりだった。面会には事前連絡が必要なわけではない。時には相手に考える暇を与えず、アポなしで足を運ぶほうが効果的な場合もある。

少しずつ、安田は仕事を再開していた。

亀戸の事件について書かせてくれる媒体は、いまだ見つかっていない。三品には幾度か様子窺いの連絡を入れているが、連載が再開する気配は微塵もなかった。他の編集部にも企画を持ち込んではいるものの、手応えはない。それでも取材は続行している。いっそネットで公表しようか、と安田は考えはじめていた。原稿料は出ないが、パソコンのなかで眠らせておくよりはましだ。

現在手がけているのは、事件ものではない単発記事ばかりだった。もちろん手は抜いていない。この十数年、色々な依頼の積み重ねでどうにか食べてきたのだ。事件記者と自称できるのも、事件以外の仕事があるお陰だった。

封筒に送り先を書き、切手を貼る。近所のポストまで一走りしようかと腰を浮かせたが、オンライン会議の時刻まであと五分だと気付いて後回しにした。椅子に座り直し、ノートパソコンを開く。

角弁護士から送られたメールのＵＲＬにアクセスすると、相手はすでに待っていた。ディスプレイにグレイヘアの角が映し出される。安田は慌ててイヤフォンを耳にねじ込んだ。

「お待たせしました」

「お気遣いなく。開始時刻前ですので」

角は表情を変えずに言った。

彼女からメールが送られてきたのは二日前。被害者会の件で相談がある、とだけ記されていた。気は進まないが、弁護士からの呼び出しを無視する度胸はなかった。

「今日は、押川さんは？」

「先日体調を崩されました」

あくまで淡々と、角は語る。

「事件直後から活動を続けられてきた疲れが出たようです。被害者会のほうは、別の方が代理となって準備を進めています」

「活動には戻られるんですか？」

「ひと月以内に復帰する、とご本人は話しています」

急に、押川がひどく気の毒に思えた。娘が殺されたというだけでも相当につらかったはずなのに、使命感に突き動かされた押川はメディアからの取材を次々に受けた。その使命感を利用して記事を書いたのが安田たち記者だ。

「安田さん？」

角の声で我に返る。

「すみません。ちょっと考え事をしていました」

「本題に入ってもよろしいでしょうか」

どうぞ、と促すと、角は画面を切り替えた。彼女の準備した文書ファイルがディスプレイに映し出される。画面中央には〈亀戸無差別殺傷事件　被害者会結成のご連絡〉と記されていた。

「……これは？」

「今月末、マスコミに配布する資料の素案です。本当は記者会見をやる予定だったんですが、押川さんの体調不良で資料の送達のみとなりました。会見は後日、あらためて開きます」

その資料をなぜ見せるのか。戸惑う安田に構わず、角は話を進める。

「被害者会は、深瀬礼司氏に対して集団訴訟を提起します。損害賠償請求訴訟になりますが、以前もお話しした通り、深瀬氏がなぜこのような凶悪事件を起こしたのか、それをあきらかにすることが主目的です」

「承知しています」

「動機の解明にあたっては、深瀬氏の根深い劣等感、とりわけ学歴へのコンプレックスが重要だと考えています」

角が画面をスライドした。資料のなかほどにある〈東京大学への憧憬《しょうけい》〉〈高校時代の偏差値への執着〉といった文言が赤色のフォントになっている。

「この着眼点について、安田さんはどう思われますか」

「……一般論から言えば、妥当なんじゃないですか」

本心では、角の鋭さに感心していた。彼女が一人で資料を作ったわけでもないだろうが、学歴コンプレックスという視点は安田と同じだ。

角はまた画面を切り替えた。今度は関東新報の記事が表示される。浅野智久に取材した、例の記事だった。

「この取材をセッティングしたのは、安田さんだそうですね」

不意打ちを食らった安田は、「え？」と問い返した。

「どうして知っているんですか？」

「服部さんからうかがいました」

服部が、被害者会への協力を約束していたことを思い出す。安田の手柄として話したのは、せめてもの誠実さと受け取るべきだろうか。

「被害者会も、この元同級生の方に接触したいと考えています」

「どういう意図で？」

画面が切り替わり、角の顔がディスプレイに表示される。

「証人として出廷していただくためです。深瀬氏の劣等感を証明するうえで、彼の証言はきわめて重要です……安田さん。再度のお願いです。被害者会に協力していただけませんか？」

安田の顔がこわばる。

「押川さんだけでなく、他の発起人からも協力を希望する声が上がっています。わたしたちも様々なルートから情報を集めていますが、いつも安田さんに行き当たる。この事件を語るにあたってあなたの存在は欠かせない。その事実を痛感させられています」

メールが来た時から、こうなる予感はあった。安田の答えは決まっている。

「申し訳ないですが、協力はできません」

「なぜですか。なぜ、被害者ではなく加害者の側に立つんです？」

角は食い下がる。

「中立を保ちたいだけです」

「本当のところを話してもらえませんか。深瀬氏に同情しているんですか？」

安田にもうまく説明できなかった。同情とも、共感とも、恐怖とも言えない。ただ、特別な相手であることはたしかだった。

「他人だと思えないんです」

安田のつぶやきを、マイクが拾っていく。

「彼の生い立ちを知れば知るほど、他人事だと思えなくなる。少し違えば、わたしも路上に飛び出して刃物を振り回していたかもしれない」

深瀬は、粉々になった鏡のようなものだった。破片に映っているのは一見別の誰かに見えるが、つなぎ合わせてみれば自分だったとわかる。角は肩を落とし、深く息を吐いた。

「難しそうだ、ということは理解しました」

「すみません」

「いえ。本音を言うと、最初からこうなるだろうと思っていました。人にはそれぞれ役割があります。わたしは徹底して被害者の側に立ちます。あなたはあなたで、ご自身の使命を貫けばいい」

角は一人で得心しているようだったが、安田には使命などと大層な言葉を使うつもりはなかった。ただ、知りたい。それだけのことだった。

翌週、昼過ぎに三品から電話がかかってきた。自宅で原稿を書いていた安田は、すぐに電話を取る。

「おお、ヤスケン。昨日、正式に異動の内示出たよ」

三品の酒焼けした声が耳に流れてくる。

「コンテンツ事業部でしたっけ」

「そう。新デスクは文庫から来るんだと。雑誌やったことないらしいけど、仕事することがあったら色々教えてあげて」

「まずは仕事くださいよ」

ははは、と三品の笑う声が寂しく響いた。

「そのために電話くれたんですか？」

「それもあるけど、もう一個別件。柴田麻由さんからうちに質問状が来た」

柴田麻由は、札幌の事件で亡くなった男性の妻だ。記者会見でマスコミの責任を問う発言をしたことから、安田もワイドショーでコメントを寄せることになった。

三品いわく、書面は柴田の代理人弁護士から送られてきたらしい。〈週刊実相〉に掲載された安田の記事に対して、道義的な責任を問うものだという。おそらく法的な責任は問えないと判断したのだろう、というのが三品の見解だった。

「対応はこっちで考えるから。もしなんらかのリアクションするなら、事前にヤスケンにも相談する。それでいいか？」

異論はなかった。むしろ、出版社に対応してもらえるなら助かる。

「よろしくお願いします」

三品が「わかった」と応じてから、数秒沈黙が続いた。いつもならここで話は終わるはずだ。安田が「なにか？」と問うと、咳払いが聞こえた。

「まだ亀戸の事件、やってるのか？」

「ええ、まあ」

「潮時じゃないか？」

三品は多くを語らなかったが、言わんとすることはわかった。凶悪犯罪は一時的に耳目を集めるが、人々の興味は移ろいやすい。深瀬が起訴されれば多少は注目が集まるだろうが、それもひとときのことだ。深瀬や須磨が起こした事件は、テレビではほとんど報じられなくなっている。ここから先、深瀬を追っても金になる記事は書けない。三品が言いたいのはそういうことだ。

だが、安田に迷いはなかった。

「むしろこれからですよ」

負け惜しみではない。他の記者たちが手を引いてからが、安田にとっての勝負だった。他に誰も書かないからこそ、独自性の高い〈腐らない記事〉が書ける。

「ちゃんと記者やってんな、ヤスケンは」

三品の声には若干の羨望が混ざっていた。

「でも食い扶持確保したいんだったら、芸能にも手ぇ広げたほうがいいんじゃないか？」

「芸能人のＳＮＳ監視するために、記者やってるんじゃないんで」

「それもそうだけど」と三品は笑った。

「ヤスケンは、あいつのドラマ見たか？　例の隠し子俳優の」

少し前に、ある青年が大物俳優の隠し子だと暴露したことが話題になっていた。その青年が、民放ＢＳ放送のドラマで俳優デビューしたことは安田も知っている。だがドラマは見ていないため、素直に「いえ」と応じた。

「おれは見たけど、ひどかったぞ」

「そんなにですか」

「周りもみんな大根って言ってる。見てみろよ。それでも俳優の息子かよ、って言いたくなるから」

「素質は遺伝しなかったんじゃないですか」

三品はさして興味なさそうに「残念だな」とつぶやいた。

「本人もがっかりしてるだろうな。役者の才能がないとわかって」

安田はそうは思わなかった。

その青年はむしろ、父と似ていないことに安堵したのではないか。父親が憎いのだとしたら、共通点は少ないほうが喜ばしいに違いない。それどころか、わざと下手に芝居をした可能性すらあると思った。なぜなら、そうすることが最も父へのダメージになるからだ。

父親である俳優はいまだに沈黙を守っているが、隠し子が役者デビューしたことは当然聞き及んでいるだろう。そして、その演技が下手であることも知っているはずだ。自分の血を受け継いでいるにもかかわらず大根役者である、という事実は、きっと名優のプライドを傷つける。もしかしたら、彼はそこまで計算して暴露に及んだのだろうか？

三品が「もう、おれには関係ない話だけどな」と投げやりに話を締めくくる。

「またヤスケンの手が必要になったら、電話するわ」

「いつでも声かけてください。なんでもやるんで」

「覚えとく」

今度こそ通話は終わった。

安田は書きかけの原稿を仕上げてから、昼食を買いに近所のコンビニまで歩いた。幕の内弁当が食べたかったが、節約のためおにぎりを二個買った。これで十分だ。贅沢はできずとも、記者でいられれば満足だった。

遅く起きた朝、郵便受けを確認すると、チラシに交ざって封書が入っていた。何気なく裏面の差出人を見て、安田は動けなくなった。

——深瀬礼司。

併記されているのは、拘置所の所在地だった。我に返った安田は駆け足で部屋に戻り、ハサミを手にした。唾を飲みこみ、封筒の端を慎重に切断する。指を突っこみ、折りたたまれた便箋を引っ張り出した。

安田賢太郎様
お便りありがとうございます。送ってくださった週刊誌の記事、興味深く拝読しました。事件以後、ろくな裏取りをせずに適当な記事を書かれることが多く、うんざりしていました。その点、貴殿の記事は概ね事実に即しており、綿密な取材をされていることが伝わってきます。
事件から三か月、医師や検察官、警察官と話をしながら、色々なことを考えてきました。貴殿の記事も大いに参考になりました。お話ししたいこともあるので、よろしければ面会にお越しください。

深瀬礼司

ボールペンで記された丁寧な字だった。安田はまばたきも忘れて手紙を読んだ。文面からは冷静さが伝わってくる。これまで数人の凶悪犯と手紙のやり取りをしてきたが、深瀬の文章はとりわけ読みやすい。

わざわざ面会に来るよう書いているということは、裏を返せば、他の記者の面会は拒んでいるということではないか。「うんざりしていました」という記述からもメディアへの嫌悪感が読み取れる。

続けて二度読んでから、安田は深呼吸をした。

――報われた。

これまでやってきたことは、今日まで生きてきたことは、無駄ではなかった。空振りを繰り返しながらも、バットを振り続けてきたのは間違っていなかった。

検印の押された手紙をたたみ、ベッドに横たわった。両手で顔を覆い、胸の底から湧き上がる達成感を嚙みしめる。三十数年歩いてきた道のりを、肯定されたようだった。

事件の模様を撮影した、短い動画を思い出していた。事件直後にＳＮＳで拡散され、百万回以上再生された動画。そのなかで、深瀬は一度だけ撮影者の方向を見ていた。倒れた女の子の身体に包丁を突き立てた深瀬は、もう一本の包丁を手に立ち上がり、ふっとカメラに視線をやった。

——なにが知りたい？

空虚な目は、安田にそう語りかけていた。

三月なかば、晴天の日だった。

安田は待合室のベンチに腰かけ、順番を待っている。この拘置所には何度も来たことがあった。頭のなかは深瀬に投げるべき質問で一杯だった。

訊きたいことは山ほどあるが、焦りは禁物だ。最初の面会では、信頼関係を作り上げるのが最大の目的になる。差し入れの希望があれば聞き入れ、高価にならない範囲で送ってやる。連絡を取りたい相手がいれば、代わりに伝える。そうして少しずつ信頼を獲得するのが常套手段だった。

深瀬はすでに起訴され、容疑者から被告になっている。接見禁止は起訴後に解かれ、安田はさっそく拘置所へと足を運んだ。

感傷に浸る間もなく、安田の順番が来た。ロッカーに荷物を入れ、ボールペンとメモ用紙だけ手に持つ。

通されたのはなんの変哲もない面会室だった。部屋の中央は分厚いアクリル板で仕切られている。安田は三つ並んだパイプ椅子の真ん中に腰かけた。

同時に、向こう側のドアが開いた。刑務官に付き添われ、男がゆっくりと歩いてくる。思わず安田は立ち上がった。

深瀬礼司は、Tシャツにスウェットのズボンという出で立ちだった。切れ長の目も、まっすぐ通った鼻筋も、中学の卒業アルバムに載っていた写真と同じだ。頬はこけ、髭は伸び、色白の肌は当時より荒れている。頭は短く刈られていた。

目の前に、深瀬礼司がいる。路上で七人を殺傷した犯人が。首筋にどっと汗をかいた。深瀬は椅子の横で立ち止まり、深々と頭を下げた。

「ご足労いただき、ありがとうございます」

丁重な礼に安田はたじろぐ。面会相手に歓迎されたことはあっても、いきなりお辞儀をされたのは初めてだった。様子を窺いながら、安田は椅子に座り直す。

「はじめまして。安田賢太郎です」

アクリル板の向こう側で深瀬も着席する。

「お待ちしていました」

「わたしを？」

つい、間抜けな声が出た。深瀬は曖昧に口元をゆがめる。笑ったようにも、不快感を示したようにも見えた。安田は強くボールペンを握りしめる。

「本日うかがいたいのは……」

「父は、人間のクズです」

安田の質問も聞かず、深瀬は勝手に話しはじめた。

「ギャンブル中毒だったのは知っていますよね？」

「……それは、はい」

「仕事の稼ぎを全部突っこんで、それでも足りなければ母の金を使いこんだり、わたしの小遣いを盗んだりするような人でした。高卒で、運転手とかチケット屋とか色々な仕事やって、保険の代理店に流れ着いたみたいです。わたしが物心ついたころにはもうパチンコに通うのが普通でした。小学生の時は何度かパチンコ屋に連れていかれて、本当につらかった。うるさいし、臭いし、目はチカチカするし」

戸惑ったが、安田は好きに話させることにした。まずは深瀬に気持ちよく口を開かせるのが優先だ。面会時間は、少なくとも二十分程度あるはずだった。

「よく行ってたパチンコ屋には休憩スペースがあって、そこに放置されるんです。父は何時間もずーっと打ってるんですよ。一人で。そういう日は家に帰っても母もいないし、ひたすら持ってきた本を読んだりしてました。父も機嫌がよければお菓子かなにかくれるし、食事にも連れていってくれるんですけど。負けてる時は帰るまで一言も発さない。晩飯も抜きです。覚えてますよ、父の煙草の臭い。嫌いだったな」

深瀬の言葉には、大阪のなまりがなかった。関東での生活で自然と抜けたのか、あるいは、意図的に矯正したか。安田は後者だった。方言を使ったほうが有効だと判断した時以外は、基本的に標準語を使う。そうと知らない人間には、関西出身だと見抜かれない自信もあった。

「父だけじゃなくて、店にいる人が全員クズに見えました。ここにいる人間みたいになっちゃいけない。道を踏み外してはいけない。そういう意識はありました。わざとらしく、パチンコ屋で計算ドリルを広げたりしてました。絶対誰かに褒められますから」

「勉強が好きだったんですか?」

「好きというか、当時から勉強はできました。頑張れば、父とは違ってちゃんとした道を歩めるという確信がありました。テレビで東大卒の人が出ていると、おれもこんな風になるんだ、と思えました。東大卒、ってわかりやすいじゃないですか。水戸黄門《みとこうもん》の印籠《いんろう》みたいなものです。だからこそ、東大を目指すことに意味があった。最強の印籠が欲しかったんです」

即興で話しているとは思えないほど、深瀬の語りはなめらかだった。まるでリハーサルでもしてきたかのようだ。

「同級生の方から、中学時代のテストではいつも上位だったと聞きました」

「学年の上位は死守していました。東大に行くには、公立の中学校でトップを取れなければ絶対無理だ、と思っていましたから。父はさらに家に寄り付かなくなって、パチンコ屋とか競馬場に入り浸ってるみたいでした。ずっと貧乏でした。朝は抜いて、給食を腹いっぱい食べて、夜は缶詰一個で済ませるような生活で。勉強だけが救いだったんですよ。勉強して東大に行くことが、唯一の成功へのルートだった」

メモが追い付かないほど、深瀬は早口だった。

「借金のことは高校二年まで知りませんでした。親の金銭事情なんて普通知らないでしょう。借金してても返してれば問題ないんだし。ただ、高一と高二の間の春休みに、母からえらい額の借金があると聞かされたんです。その時はまだ平然としてましたね。父の借金は父の問題で、自分には関係ないと思ってました。後で、母が連帯保証人にされてたことを知るんですけど」

「すみません、お父様が失踪した時のことは……」

「本当に覚えてないんです。検察の人にも言いましたけど。元々家にいない人だった。気付いたらいなかったんです。引っ越しのことも記憶から抜けてます。とにかく、人生詰んだと思いました。何度も言ってますけど、東大に行くことだけが希望だったんです。わたしにとっては」

「東大」は、浅野へのインタビューでも頻出した言葉だった。ただ、深瀬の話を聞いても、東大へ行く、という夢はいまだぼんやりしているように聞こえた。高学歴という意味なら、京大や阪大を目指してもおかしくない。東大、と連呼する割には、必然性が感じられない。

浅野の言葉通り、それは「水戸黄門の印籠」に過ぎないのだろう。東大にさえ行けばなんとかなる。東大という言葉は、約束された成功の象徴だった。

「金もない、社会的地位もない、コネもない。そういう人間が一発逆転をかますには、学歴でのし上がるしかないんです。いい大学に行けば、いい会社への道が開ける。そこで出会う人たちも優れた学力の持ち主だ。人脈もできる。女性とだって出会える。いい大学に行けば、人生は開けたんです。でも、その道は断たれた。父の借金がふくれあがって、中退するしかなくなった。わたしはね、真面目にやれば絶対東大に合格できた自信がある。でも周りが、親が、頑張らせてくれなかったんです」

力説するほど、言葉は空虚に響いた。深瀬に「安田さん」と呼ばれ、顔を上げる。

「なんでしょう」

「あなたは、現状を努力で勝ち取ってきたと思っているでしょう。神経をすり減らして、身を粉にして働いてきたから今の立場があると信じている。でもそれは勘違いだ。あなたが普通に暮らしていられるのは運のおかげだ。たまたま努力が報われただけ」

だんだん、深瀬の声が上ずってきた。

「安田さんは高校を出ていますよね。それも運だ。もし、事故に遭って入院していたら？　家の金が尽きて通えなくなったら？　犯罪に巻き込まれて逮捕されていたら？　気付いていないかもしれませんが、あなたは小さい成功体験を積み重ねているんです。日々、小さい成功を重ねることで、努力すれば報われるはずだ、と信じられる。わたしよりはるかに恵まれた立場にいるんですよ！」

口から飛んだ唾液が、アクリル板に飛んだ。

深瀬の言葉には熱がこもっていたが、同時に演説じみてもいた。発声は、誰かに聞かせるかのように明瞭だった。

「わたしの成功体験は、勉強しかなかった。その勉強を、進学を、父は奪った。どうやっても無駄なんです、わたしは！」

深瀬の背後で控えている刑務官が、剣呑《けんのん》な視線を送った。「落ち着いてください」と安田が声をかけると、深瀬はがっくりと首を前に折った。

「なにをやってもうまくいかない人生だったんです」

その反応で確信する。

――演技だな。

過去に取材した死刑囚にも、似たような性質の者がいた。人目を引く発言や、芝居じみた言動。

意図は不明だし、本人が自覚しているかどうかも定かでない。ただ、普通に話しているにしては不自然すぎる。話したがり、では説明がつかない。

深瀬の独演は続く。

「仕事は続かない。恋人や友人とはすぐに仲違いする。自分なりに、努力しているつもりなんです。会社のためによかれと思って提案もした。女性にもアプローチした。でも全然うまくいかなくて、人は離れていく」

「大変でしたね」

「だから、死のうと思いました」

安田の反応を見るように、うつむけていた顔をちらりと上げる。

「世間の片隅でひっそりと死ねば、もう苦しまなくて済む。それで首吊りをやったけど、ロープが解けて失敗しました」

「実際に試みたんですね？」

「はい。その後、電車に飛びこもうとしました。でも、やっぱりダメだった。飛ぶタイミングが早すぎて、電車が止まってしまったんです。死ぬことすらも成功しない。本当に、なにをやっても思い通りにならない。仲間を集めて自殺すればうまくいくかも、と思ったけど、集まりませんでした」

「SNSで募集したんですよね？」

「そうです。一緒に死んでくれると思ったのに、拒否された。あの時、確信したんですよ。やっぱり自殺は成功しないんだって。そこからはずっと、どうやったら死ねるかだけ考えてきました」

「事件の一年前から、犯行の計画を立てていたというのは事実ですか？」

事件発生から間もないころ、大阪で服部から聞いた情報だった。深瀬は「はい」と即答した。

「自分で死ねないなら、死刑になればいい、と思いました」

深瀬は右手の人差し指、中指、薬指を立てた。

「三人殺せば死刑になる、というのは知っていました。二人だと、低い確率だけど無期懲役になるかもしれない。確実に死刑になるため、三人殺す。これは絶対条件でした。被害者の方々には申し訳ないと思いますが、あそこで亡くなったのも運です。すべては運」

とうとうと語る深瀬に、「確認します」と安田は身を乗り出す。

「深瀬さんが事件を起こしたのは、確実に死ぬことが目的だったんでしょうか？」

「事件の直後から言っています。死刑になりたい、と。頭がおかしくなったわけではなくて、ただ死にたいんです。自分でやれば、きっと死にぞこないとして生き続けることになる。だから死刑にしてほしい。それだけです」

深瀬が面会室に入ってから初めて、静寂に包まれた。

安田はペンを走らせていた手を止め、両手で頭を抱えた。アクリル板の向こうで、深瀬は満足げに正面を見据えている。彼は、この凶行が間接自殺だと認めた。ＳＮＳにあふれる烏合の衆が予想した通りだと。

しかし、それだけなのか？

深瀬が死に引き寄せられていたことが事実だとしても、それだけで、七人を死傷させる大事件を起こすものか？

——違う。

直感がそう告げていた。

真の目的は、その先にある。安田にはわかる。安田だからこそ、わかる。

取材で聞きとった数々の声が、耳のうちでこだまする。それらが指し示しているのは、たった一つの仮説だった。

深瀬には殺意などないと思っていた。安田だけでなく、押川や服部もそう考えていた。だが、違ったのだ。深瀬には、特定の相手への殺意が、たしかにあった。深瀬にとって自分の命は、真の目的を達成するための代償に過ぎなかった。

「……本当ですか？」

「は？」

深瀬は生気のない目で安田を見ていた。

「死にたいというのは、嘘ではないんでしょう。けれど、本当の本当にやりたいことは、その奥底にあるんじゃないですか？」

返答はない。

安田は唇を舐め、深瀬から視線を外さずに言う。

「事件を起こしたのは、父親に復讐するためだったんじゃないですか？」

深瀬は肯定も否定もしなかった。

安田は息を吸い、頭に浮かんだ仮説をぶちまける。

「あなたは少年期からずっと、自分の人生を壊した父に復讐したいと思っていた。でも、父は失踪したまま見つからない。居所もわからない。そんな相手に復讐する方法として、あなたは凶悪事件を起こすことを選んだ」

「……なぜ、それが復讐になるんです」

深瀬の問う声は、聞き落としそうになるほど小さかった。

「あなたの父はニュースかなにかで、亀戸の無差別殺傷事件を知る。自分が死刑囚の父親なのだと認識する。その時、初めて深く後悔するんです。ギャンブルにのめりこんだのは間違っていた。借金を押し付けて逃げ出したのは間違っていた。息子の人生を破壊したのは間違っていた。そしてこう思う。この野郎、おれを死刑囚の身内にしやがって！」

深瀬の父――深瀬勝之の居場所は、いまだ記者のあいだでもあきらかになっていない。生存しているのかすら不明だ。当然、深瀬も知らないだろう。姿の見えない相手は傷つけられない。ならばどうするか。

安田はさらに、顔を近づけた。

「自分という人間が生まれた事実を徹底的に後悔させること。その最たる例が、凶悪事件を起こすことです」

ほんのわずかでもいい。深瀬勝之が息子のことを思い出して、家族を捨てたのは間違いだったと悔いる瞬間があれば、目的は達成される。犯行の目的はそこにあると、安田は確信していた。

しかし、わからない、とでも言うように深瀬は首をひねる。

「わたしがそれだけのために、あの事件を？」

「そうです」とあえて安田は断言する。

「なぜならあなたには、やらない理由がなかった」

信吉を殺そうと考えた安田には、深瀬が犯行を決意した時の気持ちが、手に取るようにわかる。家族も、恋人も、友人もいない。生きがいも、守るべき仕事もない。自分が重罪を犯したところで、失うものはない。目を覆いたくなるような現実から逃避できるのならば、むしろ、やらない理由がない――。

たとえ些細な動機であっても、失うものがなければ、人は暗い領域に飛びこめる。

深瀬は微動だにせず、安田の顔を見つめている。先ほどまでの演技くささは、消えていた。二つの瞳にはなんの感情も浮かんでいない。首筋を流れた汗が、安田のシャツの襟元を濡らした。

もしかしたら、面会は今日で終わりかもしれない。深瀬の機嫌をそこねれば、以後の面会申しこみは拒絶されるだろう。それでも言わずにはいられなかった。それは、安田自身の人生の答え合わせでもあった。

数秒の沈黙が、数分にも、数時間にも感じられた。

彫像のように固まっていた深瀬の口元が、おもむろに動き出す。

「……ずっと前から、計画はしていました」

細い煙のような声だった。

「決心がつかなくて、グズグズしているうちに一年近く経っていましたが、貯金が底を突いたことで、やらずに済ませる言い訳がなくなりました。寝泊まりしていた横浜の簡宿を出て、包丁を三丁買って新宿に行ったんです。一度は新宿でやろうと決意しました。もともとの計画も、新宿を想定していました。でも、路上で外国人に道を聞かれて。それで萎えました。手元に残っていた小銭で買えるギリギリが、亀戸までの切符でした。街には縁もゆかりもないです。亀戸に着くころには、いよいよ後がなくなっていました。所持金はほぼゼロです。父のことがありましたから、借金だけは死んでも嫌でした」

熱のない声で、深瀬は語る。

「駅前は歩行者天国になっていました。運がいい、と思いました。ここで事件を起こせば手っ取り早い。包丁をジャンパーの下に隠して、歩行者天国を歩きました」

プログラミングされたロボットのように、深瀬は話を続ける。

「歩道の混みあったところに、不機嫌そうな顔で歩いている男がいました。背広を着たおっさんです。眉間に皺を寄せて、辺りを睨みつけていました。この男を痛い目に遭わせたら気持ちいいだろうな、と思いました。わたしは人を殺したいわけではないので、どうせやるなら少しでも罪悪感が軽いほうがよかった。こいつにしよう。そう決めて後ろに回りこみ、まっさらな心で包丁を握りました。背骨の右辺りに包丁を突き立てて、それから首筋も切りました。男は仰向けに倒れてじたばたしていました。とどめにその胸を一刺ししました。血が噴き出して、どこからか悲鳴が聞こえました。こちらの身体も血でべったり濡れていました。あと二人。誰でもいいから、早くしないと。もう一本、新しい包丁を取り出して、手あたり次第振り回しました。何人か刃が当たったけど、みんなかすり傷でした。悲鳴を聞いて、周りにいた人たちが一斉に逃げ出しました。このままではまずいと思った時、後ろにいた若い女性に気が付きました。はじめに顔を切りましたが、逃げてしまった。慌てて追いかけて、背中を刺し、首を刺しました。あと一人。早くしないと警察が来る。少し離れた場所に、小さい女の子がいました。子どもの足なら追いつける。そう思って追いかけ、足払いで倒し、胸を刺しました。やっと終わった、と思ってさっきの女性を見ると、野次馬が駆け寄っていた。生きてるぞ、という叫び声が聞こえました。それで、まだ二人しか殺せていないとわかりました。うんざりしながら何人か切りつけましたが、やはり軽傷でした。男性が正面からつかみかかってきました。わたしを取り押さえようとした男性は、包丁を向けると怯んで動きを止めました。躊躇なく脇腹を刺して、それから残っていた最後の包丁で胸を刺しました。殺せただろう、という確信がありました。これで本当に終わりです。じき、パトカーや救急車もやって来た。抵抗することに意味はないので、素直に捕まりました」

直後に刑務官が「時間です」と告げた。しかし深瀬はまだ話し続ける。

「わたしがなぜ、安田さんの取材を受けたかわかりますか?」

「……いえ」

「安田さんなら、気持ちをわかってくれると思ったからです。あなたが手紙に書いていたことが、わたしにはよくわかる」

深瀬の顔に感情はなかった。背後に立った刑務官に「立ちなさい」と言われ、深瀬はのろのろと立ち上がった。だが、まだ語りは止まない。

「ただ、一つだけ不思議なことがある。手紙に書いていましたよね。安田さんは父親から、殺してほしい、と頼まれているのだと。そしてまだ結論を出せずにいる」

刑務官が背中を押し、退室を促した。いったん後ろを向いた深瀬だが、首をひねって安田の目を見た。

「わたしがあなたなら、とっくに父親を殺していますよ」

そう言い残して、面会室を後にした。

安田はパイプ椅子に腰かけたまま、アクリル板の向こうを見ていた。メモ書きは途中でやめていた。深瀬の目に涙が浮かんでいたことを、なぜか今になって認識した。

包丁の刃先を父に向けた瞬間、足が止まりました。

かたかたと音がして、どこから聞こえるのかと思えば、自分の奥歯が鳴っていたのです。ぎゅっと嚙みしめて音を消そうとしても、どうしても歯の根が合いません。夏なのにひどく寒く、首筋に鳥肌が立っていました。

身体の反応に戸惑っている間にも、父は橋の下を通過していきます。両手で柄を強く握り直し、下腹に力を入れ、叫び出したい衝動を堪えました。なにを主張したいわけでもないのですが、とにかく声帯を震わせたかったのです。思いきって叫んでしまえば、止まった時が動き出す気がしました。

こんなにもあの男を憎んでいるのだから、やれないはずがない。想像の世界では、父を何度もめった刺しにしていました。背中を。胸を。首を。頭を。足を。腹を。全身を切り裂き、血の臭いを嗅ぎながら、許しを請う父の身体を切り刻みました。

しかし、現実には一歩たりとも動けなかったのです。

携帯電話の光は橋の下を抜けて、さらに遠ざかっていきました。このまま覚悟が決まるのを待っていたら、見失ってしまう。あらためてタイミングを計り、次こそは決行する。次の橋だ。次の橋の下に差し掛かったら、今度こそ包丁を突き立てる。心のなかで言い訳をすると、ようやく足が動きました。

タオルを巻きなおすのが面倒で、裸の包丁を持ったまま歩きました。不思議と、通行人とはすれ違わなかったです。すれ違ったとしても、暗闇のなかで包丁を持った人間には気付かなかったかもしれませんが。

父はひたすら淀川沿いを歩いていました。いよいよ目的がわかりません。たまに立ち止まりながら、一時間ほど歩き続けました。私は途中、車止めに気が付かず転倒したり、虫の声に驚いて立ちすくんだりしました。

ようやく次の橋、淀川新橋が見えてきました。

包丁を両手で握り、また父の後ろまで距離を詰めました。そして先ほどと同じように、足が止まりました。

おかしい。こんなはずではないのに。次の橋では決行する。そう思いながら、幾度も機会を逃しました。淀川沿いを歩いているうちに、寝屋川《ねやがわ》市を経て、守口市へ入りました。鳥飼仁和寺《とりかいにわじ》大橋を過ぎ、鳥飼大橋を過ぎ、大阪市内に入って豊里《とよさと》大橋を過ぎました。

いまだ父は無事であり、包丁は血に濡れていません。すでに自宅を出てから三時間以上が経過していました。

とっくに疲れ果てていました。ぶっ通しで歩いていたせいもあるし、こんな夜更けに外を歩くのも初めてでした。なにより、家を出てから緊張し通しで、いい加減自分がなんのために父親を尾行しているのかわからなくなっていました。

母のことを思い出しました。夜にシャーペンの芯を買いに行くと言ったきり、中学三年生の息子が三時間も帰ってこなければ、母はどう思うか。もしかしたら、警察に通報しているかもしれない。

今さら、父を刺した後のことが心配になってきました。血まみれの包丁は現場に残していいのか。指紋が検出されれば、すぐに自分の仕業だとバレるのではないか。それに、返り血を浴びたら。帰宅して母に見られれば、どれほど鈍感な母親でもただ事ではないと判断する。そうしたことが気になってきて、計画性のなさに我ながら嫌気がさしました。

父を尾けているのはもはや意地でしかなかったです。殺人への緊張と暗闇への恐怖と足の痛みで、静かに泣きました。それでも足は止まりませんでした。

父がなぜ淀川沿いを延々と歩いているのか、不思議でした。酔い覚ましやただの散歩で三時間も歩く人間はいません。目的があるはずです。考える時間だけはいくらでもありました。

道幅の狭い堤防に上がり、菅原城北《すがはらしろきた》大橋を過ぎました。彼方に梅田のビル群が見えてきました。間もなく日付が変わるというのに、おびただしい光をまき散らしていました。

その閃きは、唐突にやってきました。

自分は今、淀川沿いに出没している通り魔を模倣して父を刺そうとしている。犯人は頭のおかしい、見知らぬ誰かだろうと思っていた。しかし、前方を歩く父がその通り魔だとしたら？

思いついた瞬間、声をあげそうになりました。父は通りがかりの人を襲うため、人気のない淀川沿いをひたすら歩いているのかもしれない。今日はたまたま通行人と遭遇していないだけで。

一度思いつくと、そうとしか考えられなくなりました。同時に、使命感のようなものが芽生えてきました。自分のためだけではない。社会のためにも、父は死ぬべきだ。

淀川の支流である大川《おおかわ》との分岐点に近づいていました。淀川沿いを進むには、船舶通行用の水門である毛馬閘門《けまこうもん》の上を直進しなければなりません。

黒く染まった水中には巨大な構造物――淀川大堰がたたずんでいました。ここより上流では淡水が流れていますが、淀川大堰より下流は汽水域に入ります。つまり、毛馬閘門の細い通路を過ぎた先では、淀川の水質はまったく違うものになるのです。そうした河川事情を、当時は知りませんでした。ただ、淀川大堰の巨大な影が、無言で圧力をかけてくるように感じられました。

土手を上がった先にある通路、つまりは毛馬閘門の上で、父を背後から刺すことにしました。これが最後のチャンスであり、ここでできなければもう終わりにしようと決めました。

父は階段もない斜面を、のそのそと上りはじめました。足場が悪いとこちらが転ぶかもしれないので、斜面を上りきったその先で、両足を踏ん張って確実に突き刺そうと考えました。

携帯電話の光が土手の上へ消えた時。一気に土手を駆けあがりました。息を止めるのも、足音を殺すのも忘れ、右手に包丁を握り、暗闇のなかを走りました。途中、右足が滑りましたが構っていられません。土手の上の細い通路に、蛍のような小さな光が見えました。

言葉にならない叫び声をあげながら、突進しました。心臓がどんどんと鳴る音を聞きながら、包丁を胸の前に構え、通路を疾走しました。

振り返った父の顔が、携帯電話のディスプレイでかすかに照らされました。その顔を目《ま》の当たりにして、思わず足が止まりました。

父の顔は、すでに魂が抜け落ちてしまったかのようでした。青白い肌に生気のない瞳。半開きの唇は紫色に染まっていました。

怖かったです。

これから父親を殺すはずだったのに、目の前にいる男はすでに死んでいるようでした。向こうは包丁の存在に気がついているのかいないのか、落ち着いた様子でした。

「……賢太郎か」

父のつぶやきに、思わず包丁を取り落としました。幽霊が話したのです。尻餅をついた自分の顔を、父がのぞきこんできました。ひゃあっ、と叫び声が出ました。

「なにしてんねん、こんなとこで」

答えようとしても、がくがくと顎を動かすだけで言葉が出ません。下半身の緊張が解けて、今にも失禁しそうでした。

父は突っ立ったままこちらを見下ろしていましたが、やがて呆けたような表情で「帰ろか」と言いました。怯えて立ち上がれないでいると、聞こえていないとでも思ったのか、父はもう一度「帰ろか」と告げました。黙ってついていくほかに選択肢はありませんでした。

川沿いを離れ、深夜営業のラーメン店に入りました。まぶしい照明のなかで、並んで醤油ラーメンをすすりました。夜更けのカウンターで食べるラーメンは、やけにうまく感じられました。

それからしばらく、京阪森小路《もりしょうじ》駅まで歩きました。ギリギリのところで終電に間に合いました。淀川上流へと向かう車両に揺られながら、夢を見ているみたいだ、と思いました。

母にはさんざん叱られました。通報はしていなかったものの、警察へ相談する直前だったそうです。一方、父からは一切咎められず、夜中にあんな場所にいた理由も問われませんでした。なぜ父が淀川沿いを歩いていたのかも、わからないままでした。

翌月、通り魔は逮捕されました。大阪市内に住む五十代の男でした。夜の淀川沿いで事件を繰り返した理由は、「人が少なくて逃げやすいから」というひどくつまらないものでした。


以上が、少年時代の私と父との間に起こった出来事です。

あれから約二十年が経ち、私は事件記者となり、父は難病のため施設に入っています。先日、その父から「殺してほしい」と懇願されました。身体が思うように動かせなくなる病で、みずから死ぬことも難しく、私に殺してもらおうと考えているようです。

私は現在、あれほど殺したかった父を殺すことを、躊躇しています。罪が露見するのが怖いのではありません。父を殺すことは、本当の意味では父への復讐にならないのではないか、と思うからです。

本当は、父を殺したかったのではなく、父と決別したかったのだと思います。ただ、中学生だった当時は「殺す」という稚拙な方法しか思いつかなかった。それだけのことです。

殺意というものは、相手と真正面から決別する勇気がないことの表れなのではないでしょうか。人を殺したいという衝動は、暴力的な手段によってしか相手との縁を断ち切れない、幼稚な感情なのだと今では思っています。

この手紙を読んだ深瀬さんのご意見を、ぜひ聞かせてください。

最終章

沿線の木々には、緑が芽吹きはじめていた。

京阪丹波橋《たんばばし》駅から大阪方面へ向かう電車で、安田は車窓を流れる景色を眺めていた。平日午後の車内は空いている。隣の座席に置いたリュックサックに肘をつき、家並みをぼんやりと眺めていた。

大阪へ来ることを決めたのは、昨日だった。深瀬との面会直後から、信吉と会っておかなければならない、という義務感のようなものを覚えていた。父が生きているうちに、決着をつける必要があった。

淀川沿いを歩き続けた、十五歳のあの夜。自分が本当はなにをしていたのか、安田は今になってようやく理解した。

枚方市駅から施設まで、バスに乗った。かすかに揺れる車内で、安田は十五歳の夜を思い出していた。父を殺すために淀川沿いを尾行した夜。膝の上に置いたリュックサックの重みを感じながら、あの時のことを反芻する。

バスを降り、最寄りの停留所から五分歩けば施設に着く。正面入口から入り、右手の受付で職員に申し出る。電話で面会の予約をしていたので、「安田賢太郎です」と名乗ると、すんなり話は通った。愛想よく応対する職員の女性に、前回無断でキャンセルしたことを詫びたが、「そうなんですね」と言われただけだった。

「面会のこと伝えたら、安田さん、えらい楽しみにしてはりましたよ」

「へえ」

「あっ、ここの名簿に記入してもらえますか」

職員が教えてくれた信吉の部屋は、突き当たりにある個室だった。廊下をまっすぐ進み、スライドドアの前に立ち、深呼吸をする。頭を真っ白にして、ハンドルを握る指先に力をこめた。ドアはあっけなく開いた。

個室は八畳ほどの広さだった。窓際に据えられたベッドの上に、痩せた男がいた。可動式のベッドに背中を支えられ、上体を起こしている。顔や首筋は皺だらけで骨ばっていた。頭には薄い白髪がぺたりと貼りついている。水色のパジャマから覗く手の甲にはシミが浮き、かすかに震えていた。

現実の信吉は、安田の想像よりもはるかに老いていた。

棒立ちになった安田の背後で、ドアが閉じた。しばしベッドの老人と見つめあう。どう切り出していいのか、なにから話せばいいのかわからなかった。

「……賢太郎やな？」

先に切り出したのは信吉だった。電話で耳にした、ざらついた声だった。ほんのりとその口元に笑みが浮かんだ。

「よう来たな」

本当は、悪態の一つでも口にするつもりだった。この期《ご》に及んで笑《わろ》てんちゃうわ、ボケ。用が済んだらさっさと帰るわ。安田は反射的に、それらの言葉を呑みこんだ。いざ父親を目の前にすると言えなかった。

怖かった。

枯木のように瘦せた信吉と、酒に溺れ暴力をふるう信吉が重なる。病気で弱っているように見えても、父は父だ。なにかがきっかけで、かつての父に戻るかもしれない。

「なんや、そんなとこ立って。座ったらええ」

信吉は部屋の隅にある黄緑色の椅子を指した。人も物もくすんだ部屋のなかで、パステルカラーの椅子だけが浮いていた。

安田は椅子に腰かけ、室内を観察した。デスクや小型冷蔵庫、テレビ、衣類用のタンスなど家具は一通り揃っている。もしかすると、東京の安田の部屋より住みやすいかもしれない。

「賢太郎も老けたなぁ。もう三十代か。顔もたるんどんなぁ。ええ？」

あきらかに信吉は上機嫌だった。気まずさから目を逸らすように、安田はうつむいた。

「わざわざ直接言いに来てくれたんか。電話でもええのに」

「は？」

「腹、決まったんやろ？」

わかっていたが、あえて「なにが」と問い返す。

「おれのこと、殺してくれる気になったんやろ？」

安田は答えず、父の顔をじっと見た。期待のこもった目で父は見返してくる。やはりおれとよく似ている。まぎれもなく、おれはこの男の息子だ。

「もうだいぶ進んでんねん。ほら、見てみ。指震えてるやろ。これからどんどん動けんようなる。食事も摂れんようなる。そんなんなってまで生き続けて、なんの意味があんねん」

意味。そんなものが、生きることに必要なのだろうか。

「おれを殺すんはな、賢太郎やないとあかんねん」

そう言って、信吉は疲れたように長い息を吐いた。

「二十年以上前の夜……お前が中坊のころや。おれの後ろをずうっと歩いとったやろ。淀川沿いを、何時間も」

信吉の声が、さらに一段と低くなる。

「お前、あの時おれのこと殺そうとしてたやろ?」

安田の心臓が、どくどくと脈打っていた。

その通りだ。あの夜安田が父を尾行したのは、父を殺すためだった。リュックサックに忍ばせた包丁で、めった刺しにしてやるつもりだった。だが実行には移さなかった。移すことができなかった。

「おれな、あの時、死のうと思ってたんや」

放り投げるような口ぶりだった。

「ほんまは淀川のどこかで身投げするつもりやった。気まぐれとか酔狂とかとちゃう。あの時期はな、もう何年も死にたいと思っとった。でも思うだけやなくて、いい加減、ほんまに死んだろと決めたんや。溺死は気持ちええって聞いたことあってな。家の近くに淀川が流れとったやろ。

そこに飛びこんだらいちばん簡単やから、酒の勢いでとにかく行った」

淡々とした語り口に、安田はじっと耳を傾ける。

「でもいざ河川敷に行ったら、なんとなくそこが死に場所ではない気がしてな。真っ暗で、どこからどこまでが川なんかようわからんし、道路もすぐそこやし。そんなところで身投げしても、失敗するだけや。だから移動した。もう少し下流に行ったら、死ぬんにふさわしい場所が見つかるんちゃうかと思って」

亡霊と会話しているかのように、父の声は心許ない。

「それで、ずうっと淀川のほとりを歩いとったんやけど、結局死に場所は見つからんかった。まあ、自分でもそれが言い訳やってことはわかっとる。要は怖気づいたんやな。淀川沿いまで来てやっと、死ぬっちゅうことを真剣に考えた。ほんで、怖なった。それだけの話や」

信吉は安田に視線を向けた。それから、救いを求めるように手を伸ばした。

「殺してええんやで。お前、そうしたかったんやろ。空気注射一発で終わりや」

口調の明るさが、余計に不気味さを醸し出していた。

「……わけわからんこと言うな」

「どうせ死ぬなら、お前に殺してほしいんや」

「もうええ！」

怒鳴りつけると、さすがに信吉も口をつぐんだ。あの夜の河川敷よりも、病室は静かだった。

「一個、聞かしてくれ」

安田は咳払いをした。

「おれが後ろにおるって、最初から知ってたんか？」

もしもあの夜、信吉が淀川に着いてすぐ、息子の尾行に気付いていたのだとしたら。せっかく人気のない夜の淀川へ来たというのに、誰かに見られていては決行できない。だから仕方なく、信吉は下流へと移動することにした。しかしどこまで行っても、息子は後を尾けてくる。そして毛馬閘門までたどりついたところで、自殺を諦めた。

あの夜、信吉は怖気づいて死ぬのをやめたのではなく、安田が後ろにいたから死ななかったのではないか。

すべては想像だった。ただそうだとすれば、延々と淀川沿いを歩いたことにも説明がつく。安田はあの夜、父を殺すつもりだった。だが結果的に、その行為が父の自殺を妨害していたのだとしたら？

「どうやろなぁ」

視線を外した信吉が無表情でつぶやいた。その反応で十分だった。

安田は「おい」と告げ、信吉にこちらを向かせる。白く細い無精髭が生えていた。そういえば、深瀬の顎にも髭が伸びていた。

「そのつもりはなかったけど、おれはあんたを生かしてもうてん。いっぺん生かしたもんを、死なせることはできへん。だからおれにはあんたを殺されへん。もう、他人に責任負わすな。自分の人生、自分でけりつけるしかないんや」

たちまち、信吉の顔から力が抜けていった。口はだらしなく半開きになり、目尻が下がる。うつむいた横顔は粘土のように生気がない。

「そうか」

こぼれたつぶやきは、信吉自身に言い聞かせるようであった。黙っていると、老いた父の吐息だけが聞こえる。

「ほんなら、行くわ」

用は済んだ。安田は立ち上がり、椅子を隅に戻す。信吉が未練がましく「賢太郎」と呼びかけた。安田は一言だけ言い置く。

「最後まで、生きなあかんで」

ベッドに背を向け、スライドドアを開けて廊下に出た。そのまま一直線に外を目指す。受付から職員が顔を出し、「もう終わりですか？」と声をかけてくる。安田は「はい」と一礼して施設を出た。

停留所のベンチに腰かけてバスを待つ。大阪の空気は、東京よりもいくらか温《ぬる》んでいた。民家の庭に梅の花が咲いている。安田はリュックサックを腕のなかに抱えて、薄桃色の花を眺めた。

胸がすくような爽快さも、心からの歓喜もなかった。ただ、けだるい嫌悪感と、ほんの少しの安堵が胸のうちに芽生えていた。

――殺さんで、済んだ。

もし、深瀬礼司と会っていなかったら。もし、海斗と電話で話していなかったら。自分は空気注射を信吉の腕に打っていただろうか。あり得ない、とは言えなかった。安田と深瀬は、一枚のコインの表裏だった。

組んだ両手を額にくっつけると、祈るような格好になった。腹の底から息を吐く。バスのうなる音が聞こえてきた。

淀川沿いの旅が、ようやく終わろうとしていた。


三月の札幌の空気は、ゆっくりと肌を痺れさせる。

右手に紙袋を持った安田は、幅の広い車道を進む。路傍には黒ずんだ雪が残っていた。融けては凍りを繰り返した雪は、革靴で踏みしめるたびにざくざくと音がする。今年は特に雪が融けるのが遅い、とタクシーの運転手が言っていた。頭上は今にも雪が降り出しそうな曇天だった。ごみ捨て場にいたカラスが、安田を見てどこかへ飛び去った。

東札幌駅までは、新さっぽろから市営地下鉄で約十五分。周辺には商業施設や大型マンションが建ち並んでいる。

目指す番地は、駅から歩いて五分の場所にあった。二階建ての住宅は周囲の家屋に比べて新しく見える。敷地内には小さい庭があった。日陰になっているせいか、庭は残雪で埋め尽くされていた。

門柱の表札には、〈柴田〉と記されている。

間もなく約束の午後一時だ。名刺がジャケットの内ポケットに入っていることを確認してから、インターホンを押す。スピーカーから「はい」と女性の声がした。

「すみません、お約束している安田ですが」

返答はない。代わりに、玄関ドアが内側から開けられた。現れたのは、ワイドショーの映像で見た三十代の女性――札幌の事件で須磨英彦に殺された男性の妻だった。

「どうぞ」

柴田麻由は門扉を開け、安田を家のなかへ通した。一礼し、「失礼します」と足を踏み入れる。紙袋に入った手土産を渡すと、彼女は硬い表情でそれを受け取った。暖房の効いた屋内は暑く感じるほどで、安田はダウンジャケットを脱いだ。

案内されたダイニングでは、スーツの男が待っていた。男は流れるように名刺を取り出し、安田に差し出す。名刺を見るまでもなく、彼が弁護士であることは状況からわかった。弁護士が同席することは、あらかじめ聞いていた。

安田と柴田麻由はダイニングテーブルを挟んで向かい合い、弁護士は二人の間に直角に向く形で座った。居心地の悪い空気が流れるなか、弁護士がはじめに口を開いた。

「本日の面会は、安田さんからのご要望だとうかがっていますが」

そちらから切り出せ、という意味らしい。安田は咳払いをしてから、正面の柴田麻由に頭を下げた。

「直接話す機会をもうけていただき、ありがとうございます」

彼女は無言のまま、安田を凝視している。

柴田麻由と会おうと決心したのは、つい先日だった。事件記者として、法的責任を問われることはないかもしれない。だが、彼女と向き合わない限り、今後も事件記者を続けられる自信がなかった。明快な回答でなくても、自分はなんらかの応答をしなければならない。

出版社に無断で接触するわけにもいかないため、三品にはあらかじめ断っている。電話で相談した三品は少しだけ渋るそぶりを見せていたが、「どうせもうすぐいなくなるしな」とその場で許可してくれた。

記者会見を開いていたこともあり、柴田麻由の連絡先は容易に入手できた。弁護士を通じて、札幌で面会したい旨を伝えると、その日のうちに了承の回答が返ってきた。

安田は下腹に力をこめ、言葉を絞り出す。

「柴田さんは今でも、わたしたちの記事に事件の責任があるとお考えですか」

「もちろんです」

柴田麻由は即答した。両目の縁が赤く染まっていく。

「須磨は〈週刊実相〉の記事を読んで、勇気をもらいました、好きにやらせてもらいます、と言ったんですよ。他でもない安田さんに。あなたの記事で殺人を決意したのはあきらかです。出版社と記事の書き手には、責任があります」

彼女が話している間、弁護士は割りこんでこなかった。ただ、鋭い視線は安田に注がれている。

「柴田さん。国民には、知る権利があります」

安田は慎重に切り出す。

「雑誌やテレビといったマスメディアは、国民の知る権利に奉仕しています。亀戸の殺傷事件のような重大事案は、国民が知るべき事柄です。それをひた隠しにしているほうが、むしろ知る権利の侵害になる。須磨英彦がどういった理由で事件を起こしたのかはわかりませんが、報道しないわけにはいかないんです」

反応はない。額に汗をかきながら、安田は続ける。

「わたしたち記者が事件の内実を明かそうとするのは、二度とこんな凶悪事件が起こってほしくないからです。なぜ事件が起こったのか、その道筋を共有できれば、これから起こる事件を防げるかもしれない。決して犯人の正当化が目的ではないんです」

「わかってますよ、そんなこと」

柴田麻由の声は震えていた。

「それくらいは勉強しました。弁護士さんにも教えてもらって」

「であれば……」

「それでも納得できないから、怒っているんです。いくら立派なことを言われたって、夫が理不尽に殺されたことは変わらない。夫は、知る権利に殺されたんですか？」

沈黙が落ちた。嚙み合わない会話に安田は奥歯を嚙みしめる。見かねたように、弁護士が「失礼」と言った。

「安田さんは、どういった意図でこの面会を設定されたんですか？」

「それは、少しでも柴田さんの疑問に答えられれば、と」

その言葉に、柴田麻由が目を細めた。

「わたしには、報道する側の都合を語っているようにしか聞こえませんでした」

外気よりもはるかに冷たい気配が、安田の背筋を撫でた。

「自分たちの報道は国民に奉仕している。こんなにも意義がある。だから人が一人死んでもしょうがない。夫が死んだことだって、報道の大義の前では致し方ないこと。そう言いたいんですよね？」

「違います」

「違わない。失礼ですが安田さん、お子さんはいますか？」

「……離婚しましたが、息子が一人」

いないと言ってもよかったが、ここで黙っているのはフェアでない気がした。涙目になった柴田麻由が鼻を鳴らす。

「仮に、お子さんが殺されたらどうです？　週刊誌の記事で勇気づけられました、と公言する犯人が、お子さんを刺し殺したら。それでも報道は悪くないと言えますか？　知る権利のために云々と言うんですか？」

海斗が何者かに襲われる。その光景を、安田はすでに一度想像している。仮にそのようなことが起これば、きっと平常心ではいられない。そう思いつつ、安田には内心を吐露することができなかった。

もう一人の自分が、考えろ、と呼びかける。

――安易に答えを出すな。考え続けろ。

安田は爪の先が白くなるほどの強さで、両手をテーブルに押し付けた。瞼を閉じ、唇を嚙む。わたしが間違っていました、と言ってしまいたい衝動を必死に堪える。謝罪すればこの場は丸く収まるかもしれない。だが、それが本当の答えなのか？

濃くなる一方の沈黙を、安田の声が破る。

「すみません。わたしには、わかりません」

柴田麻由が、息を吞む気配があった。

「……わからない？」

「胸を張って答えられない時点で、記者失格なのかもしれません。でも、わたしは迷い続けていたいんです。絶対に報道が正しいとも言えないし、報道なんかやめるべきだとも言えない。どっちつかずの人間ですみません。それでも、迷いに蓋をして開き直ることが正しいとはどうしても思えないんです」

正面に座る彼女の目は、乾きはじめていた。呆れとも軽蔑ともつかない、冷めた視線が安田を射る。

「それが偏った報道であっても、ですか？」

「たしかに偏向報道は受け入れがたいです。記者として、できるだけ中立でいたいと思っています。ただ、完全に中立な報道というものが可能なんでしょうか？　わたしは、わたしの人生を懸けて記事を書いています。そこにはどうしてもわたしの人生が滲み出てしまうのです。もし、柴田さんがあの記事を書いた人間を許せないというのなら、それはわたしの人生が許せないということです。わたしはその怒りを引き受けるしかありません」

深瀬礼司は、あり得たかもしれない安田賢太郎だ。彼を取材し、記事を書くことは、安田の人生をたどることと同義だった。その行為に怒りを感じる人間はいるかもしれない。だが、謝ったところで許されるとも思わない。安田が生きてきた三十六年を、今さら訂正することはできない。

弁護士は口を閉ざして見守っている。柴田麻由はハンカチで目元を拭い、口元を引き締めて安田を見据えた。

「お引き取りください」

こうなるだろう、という予感は最初からあった。

一度きりの面会で結論が出るような問題ではない。安田はこれからも、考え続けることを諦めない。そのためなら何度だってここに足を運ぶ。

柴田麻由とは、これからも永遠にわかりあえないかもしれない。

だが、対話を続けることはできる。

アリサからのメールが届いたのは、東京に戻った翌日だった。

〈記事の撤回って、できたりしますか?〉

思わず眉間に皺が寄る。

記事になった後で取材相手からクレームが入ることは、ないことではない。あんなニュアンスで語ったわけではないとか、あの件は書かないようにお願いしたとか、そういった類の苦情が稀にある。一度出した記事はなかったことにできないため、掲載後のクレームはこじれる。

部屋で原稿の清書をしていた安田は、すぐさま電話をかけた。携帯番号は取材の際に聞き出している。

「はい。どなたですか?」

インタビューの時よりも少し高い、アリサの声だった。

「安田です」

「あ、どうも。さっきメール送ったんですけど、前に雑誌に記事載ったじゃないですか。あれって撤回できます?」

「申し訳ないですが、世に出たものは取り消せないです」

安田はできるだけ丁寧に、記事の撤回が難しいことを説明した。週刊誌は普通、明確な誤報でもない限り訂正記事は出さない。まして、一度印刷した雑誌を存在しなかったことにはできない。ごねるかと覚悟していたが、アリサは意外にもすんなりと「わかりました」と応じた。

「なら諦めます。ワンチャン、できたらいいなと思ってたんですけど」

「なにか撤回したい理由があるんですか？」

しばらくはぐらかしていたアリサだが、質問を重ねると白状した。

「最近、恋人ができたんですよ。大丈夫だと思うけど、万が一、あれがわたしだってバレたら嫌だなと思って」

「そうですか。それは……よかったんですよね」

「よかったと思います。なんかね、今の彼氏と付き合いはじめてから、動画とかSNSとかどうでもよくなっちゃったんです」

取材時に比べてアリサの声は丸みを帯びていた。

「動画って再生回数とか、登録者数とか、はっきり数字に表れるじゃないですか。それだけの人が自分を必要としてくれてるって思っちゃうんですよね。だから一生懸命数を増やそうとしてたんですけど、いい人が一人いたら満足しちゃいました。すぐに削除するつもりはないんですけどね。なにかあった時のセーフティネットっていうか、やりたくなったらまたやります」

アリサの語り口は清々しかった。彼女と話すことは二度とないだろうと予感しつつ、通話を終えた。スマホでSNSを覗いてみる。いくつか通知が来ていたが、どれも稚拙な中傷だった。

札幌で無差別殺傷事件が起こって、もうすぐ三か月になる。事件直後に比べれば少ないが、それでも誹謗中傷はなくならない。そのほとんどは、安田の責任を問うふりをしてただ罵倒したいだけのものに思えた。

安田は原稿の清書作業に戻った。ディスプレイに表示されているのは、深瀬礼司の言葉をまとめた記事だ。メモを頼りに深瀬の発言を再現し、一本の記事に構成し直す。今のところ発表の当てはない。一円にもならない仕事である。それでも書かずにいられなかった。

使命を貫けばいい、と角弁護士は言った。安田には使命などなく、ただ興味を満たすためだけにやっているのだと思っていた。しかし、誰に頼まれてもいないのに原稿を書き続ける自分は、たしかに使命に憑かれているのかもしれない。失敗しようが、無駄骨に終わろうが、やらずにはいられない。角も、押川も、服部も、そして安田も、皆が使命を負って、各々の立場をまっとうしようともがいている。

使命という言葉は「思いこみ」の言い換えなのかもしれない。やりたいからやる。それ以上の動機は、そこになかった。

深瀬の発言は概ね書き起こした。後は記事の形に直すだけだ。パソコンのキーを叩く音は、絶え間なく響いている。

深瀬礼司の根底には、父への根深い恨みが渦巻いていた。深瀬が十六歳の時に失踪して以来、父とは一度も対面していない。

彼はどこかにいるはずの父に、自分の人生を壊したことへの報いを与えるため、残虐な無差別殺傷事件を起こしたのではないか。深瀬の父は、生涯「深瀬礼司の父である」という事実から逃れることはできない。たとえその事実を伏せて生きるとしても、他者から弾劾されることがなかったとしても、自分自身の目をごまかすことはできないのだ。

筆者には、深瀬礼司を常人とはかけ離れた存在だと言い切ることはできない。

わたしたちはこの世に生まれ落ちてから、様々な命綱でつながっている。父母、きょうだい、配偶者、子ども、親戚、友人、恋人、恩師、同僚や上司、近所の住人、SNSの知り合い、ペット、芸能人、スポーツ選手、アニメやゲームのキャラクター、等々。一方的な関係も含めて、無数の命綱がわたしたちの周囲には張り巡らされている。

だが事件を起こした瞬間、深瀬の周りには、何一つ命綱が張られていなかった。無数にあったはずのロープは、すべて断ち切られていた。もしたった一つでも残っていれば、彼の凶行を思いとどまらせたはずだ。あの人を悲しませたくない。あの人に迷惑をかけたくない。あの人のつくる作品を見たい。そういう理由があれば、握った包丁を鞄のなかに戻すことができる。

寂しい時には、自分の周囲に命綱が張り巡らされていることを思い出してほしい。親友がいなくても、熱狂できるものがなくてもいい。ひととき語らい、時間を忘れることができれば、それで十分だ。

希望は、意外と身の回りに転がっているのかもしれない。

深瀬勝之の消息は、いまだ不明だった。わかっているのは失踪当時の勤務先くらいだ。とはいえ、当時の同僚が彼の行方を知っているはずもない。ツテのある記者たちにはたびたび尋ねているが、それ以上の情報は誰一人として持っていなかった。

安田は想像する。ギャンブルに狂い、借金を残して家庭を捨てた彼は、今どこでなにをしているのだろうか。あるいは、すでに亡くなったか。

――いや、生きている。

それは確信というより、願望だった。

安田はいつか、深瀬勝之と対面するつもりだった。どれだけ時間がかかろうが、必ず彼の居所を突き止める。そしてこう問いかけるのだ。

――無差別殺傷犯の父として、なにを思いますか？

残酷な質問であることはわかっている。ただ、その質問を投げかける瞬間こそが、深瀬礼司の起こした事件の終着点になると確信していた。

出版社の会議室は、息苦しさに支配されていた。

理由は明白だ。安田の目の前にいる編集者――木嶋が、無言で原稿に目を通しているせいである。真剣な目つきで文字を追っている木嶋は、プリントアウトした原稿を次々にめくっていく。

もし、原稿がボツになったら。頭をよぎった不穏な想像を懸命に打ち消す。

二人で会うことになったきっかけは、木嶋からの電話だった。

「安田さん。よければ鈴木容子の本、やりませんか」

打診を受けた安田は、素直に驚いた。木嶋と連絡を取るのは、鈴木容子――深瀬の母へのインタビュー以来、初めてだった。たしかにその時、安田に代筆を依頼する手もある、と木嶋が話していた。リップサービスだと思っていたため、本当に依頼が来るとは思っていなかった。

「語り下ろしのライター、ということですか?」

「ええ。ただ、若干企画の見直しも必要かなと思っていまして。正直、彼女の話だけでは一冊の分量にならないんで、補強する必要があるんです。安田さんなら〈週刊実相〉で書いていたルポと合わせ技で一冊にできるんじゃないかと」

安田は、自分に声がかかった理由を悟った。ただの代筆ではなく、亀戸の事件に関して他のネタでも書けるライターでないといけなかった。そんなフリーの記者は、そうそういない。安田は対面での打ち合わせを持ちかけた。

「ちょうど、読んでもらいたい原稿があるんです」

編集者は多忙だ。メールや郵送では、まともに読んでもらえない可能性がある。できれば対面で会って、その場で反応を見たかった。

会議室で向き合っている木嶋の手元には、渾身《こんしん》の原稿があった。深瀬への取材を基に練りあげたルポ、約二万字。木嶋は流れるように目を通すと、紙の束を整えてから安田に突き返した。

ダメだったか。原稿を鞄に戻そうとする安田に、木嶋は「すみません」と言う。

「後ほどデータでいただくことは可能ですか?」

「それはいいですけど」

「うちの編集長、紙より電子でチェックするタイプなので」

風向きが変わったのを感じる。木嶋は腕を組み、テーブルの上に身を乗り出した。

「この原稿、まだよそに見せてませんよね?」

「はい」

「うちに預けてもらえませんか」

木嶋の口ぶりには熱がこもっている。

「部内の反応次第ですけど、たぶんいけますよ、これ。深瀬礼司に直接取材したのは安田さんが初でしょう？　鈴木容子へのヒアリングと周辺取材を合わせれば、ノンフィクションとしていい線行くと思います」

「代筆ではなく、わたしの単著になる、ということですか？」

「これをメインにするなら、そうなるでしょうね」

当然、という面持ちで木嶋は言った。願ってもない展開に、よろしくお願いします、と前のめりで言いたいのを堪える。ここであからさまに喜べば、いいように使われるかもしれない。安田は無表情で応じる。

「よければ、どこかの媒体で連載できないですか？」

木嶋の眉が動いた。

「連載をご希望ですか？」

「深瀬にはまだ一度しか面会していません。これから面会を重ねて、彼の思考を掘り下げていきます。取材はここからが本番です。できれば、取材の過程も含めて発表できる媒体があると助かるんですが」

連載が取れれば、原稿料が入り、深瀬への取材に集中できる。木嶋が食いついている今は絶好のチャンスだった。ただ、押しすぎれば相手は引いてしまう。安田はできるだけさりげなく聞こえるよう伝えた。

「お約束はできませんが、オンラインの連載枠があるので、後でそっちの担当者に掛け合ってみます」

「ありがとうございます」

その答えがもらえれば上出来だった。木嶋は腕組みを解いて、背もたれにもたれかかる。

「この社会は、果たしていい方向に向かっているんですかね」

そう問いかける木嶋の視線は、安田ではなく虚空に向けられていた。

「……というと？」

「わたしが本当に怖いのは、深瀬礼司ではないんです。彼のような人間が、今後も続々と現れることなんです。この社会の仕組みが続く限り、その可能性は否定できないと思いませんか？」

真っ先に思い出したのは札幌の事件だった。安田の記事を読んで勇気をもらったという犯人、須磨英彦。安田は須磨の生い立ちをほとんど知らないが、彼も命綱を失った人間だったのかもしれない。深瀬にも、須磨にも、事件を思いとどまる理由がなかった。そして今この瞬間にも、すべての命綱を断ち切られた人間が誕生しているのかもしれない。

「ない、とは言えないでしょうね。ただ……」

木嶋の視線を受けながら、安田は続ける。

「少なくとも、ジャーナリズムはこの社会をよくしていると信じています。ジャーナリズムがなければ、わたしたちはあらゆる事件も事故も知ることができない。それは、社会を点検する機会を失う、ということです。不幸な人間を生む構図が放置され続ける、ということです。ジャーナリズムが生きている限り、社会は絶対にいい方向に向かっている」

——青臭すぎたかな。

言ってから恥ずかしくなったが、木嶋はくすりとも笑わず、真顔で頷いた。

「だとしたら、ジャーナリズムがなくなった時、この社会はどうなるんでしょうね」

そんなことはあり得ない、と断言することはできなかった。


五反田《ごたんだ》の経営者にインタビューをした、帰り道だった。

JRのホームで電車を待っている間、いつものようにニュース配信サイトを漁っていると、久々に亀戸の事件に関する記事を発見した。タイトルは〈「わたしを殺してほしかった」と母は言った　加害者家族の慟哭〉。発信元は関東新報となっている。記事の書き手が誰であるかは、考えるまでもない。

吸い寄せられるように、指先が記事をタップしていた。


「なんでわたしを刺してくれなかったんだろうと、毎日思ってしまいます」

江東区亀戸で七人を死傷させた深瀬礼司被告（35）。深瀬被告の母である鈴木容子さん（64）は、事件後、実名でマスメディアの取材に応じることを選んだ。当初は取材を受けるべきか悩んだというが、鈴木さんは「人前でお話しすることが、自分にできるせめてもの償いだと思った」と語る。

「亡くなった方、傷ついた方の日常が元に戻ることはありません。それはよく承知しています。しかし、それはわたしが逃げていい理由にはならないと思ったのです。ご遺族のなかには、なぜ事件が起こったのかを知りたいという思いから、深く傷つきながらもメディア取材に応じている方がいらっしゃいます。息子はそうした声にいまだ答えていない。ならば、家族であるわたしが話をすることで、少しでもお役に立てないかと」

鈴木さんは事件を機に、当時の勤め先を退職した。犯人の母親であることは職場では知られていなかったが、いつ発覚するか、という不安で一杯だったという。

「息子に会えたら、尋ねてみたいんです。どうして見ず知らずの方をあんなにも傷つけ、命を奪ってしまったのか。わたしではダメだったのか。どうせ刺すなら、わたしを刺してくれればよかったのに」

安田は素直に感心した。鈴木容子は、決して取材しやすい相手ではない。なにを訊いても返ってくるのは決まりきった答えばかりで、単調な記事にならざるを得ない。そんな人間を相手に、服部はよくここまで本音を引き出したと思う。

記事の末尾には、「本シリーズは今回で終了です」と記されていた。シリーズは終わっても、服部は記者でいることを諦めたわけではない。彼女がジャーナリストである限り、またどこかで会える気がした。

アパートに帰り着いてから、スマホの着信履歴に気付いた。発信元は、深瀬の元同僚の今津大輔だった。かけ直すと、今津はすぐに出た。

「すみません、気が付くのが遅れて」

「いや、大した用事でもないんで。少し前に、わたしの話を元に記事を書いてくれはったと思うんですけど」

先日のアリサとの会話が頭をよぎり、とっさに身構える。記事の撤回や修正をしてほしい、と言い出すのではないか。

「なにか、不都合でもありましたか」

「ちゃいますよ。いやね、わたしはＳＮＳとか疎いんですけど、ネットではかなり話題になったらしいですね」

「反響は大きかったですね」

「妻が話してたんで、ちょっと見てみたんですけど。わたしの証言に、犯人をかばうなとか、同情を誘うなとか、好きなこと言うてる人もいますね」

「……そういう意見があるのは事実です」

「それ知って、取材受けたんは正解やった、と思ったんです」

思いがけない発言に、安田はつい「そうですか？」と問い返した。

「だってわたしが話してなかったら、深瀬はようわからん、怖い殺人鬼のままやったってことでしょ。彼は凶悪犯っていう性格ではなくて、深瀬礼司っていう一人の人間なんですよ。それを世間にわかってもらえただけでも、話した甲斐はあったんやなぁと思って。ありがとうございました」

取材対象者から感謝されるなんて久しぶりのことで、返答に詰まった。

「すんません、それだけです。取材頑張ってください」

安田は「こちらこそ」と応答になっていない言葉を口走った。今津との通話が切れてからも、しばらくスマートフォンの画面を眺めていた。

記者の仕事を露悪的に捉えるようになったのは、いつからだったろう。心のどこかで自分の職業を卑下していた。話したくない人に口を開かせ、誰かが嫌がるようなことを暴き、それによって報酬を得る。ジャーナリズムを標榜していても、所詮は悪趣味な行為に過ぎないのだと。

しかし、すべての記事がそうだというわけではない。

若いころ、出版社へ送られてきた投書を思い出した。初めて取材した飲酒運転の記事に寄せられた感謝の手紙。

――当時のおれが失望しないような仕事を、今のおれはできているだろうか?

暗転したスマホの画面に、安田自身の顔が映っていた。


隅田川の水面はひっそりとしていた。

安田と海斗が隅田川テラスに来てから一時間が経つ。その間、釣り糸はぴくりともしていない。海斗の視線はいつものようにスマホに注がれている。今日もゲームの実況動画を見ているようだった。

「前に来た時は、もう少し釣れたんだけどな」

誰にともなく安田は独言した。数年前の春に来た時、何匹かシーバスを釣り上げた記憶がある。釣りのうまい知り合いと一緒だったおかげかもしれない。自分には知識も腕前も不足しているという自覚はあった。

どうせ反応はないだろうと思っていたが、安田のつぶやきに海斗はイヤフォンを外し、問い返してくる。

「前はいつ来たの?」

「いつだろう。三年前くらいかな」

「それ三月だった?」

「春だったのは覚えてる。四月か五月だったかもしれない」

「じゃあ、無理じゃん」

二人の会話は三月末の空気に溶けていく。風が吹き、安田のジャケットの裾が揺れた。沈黙を避けるように海斗がまた口を開く。

「なんか今日、違うね」

安田の出で立ちは、これまでの面会日と違っていた。いつもなら着古したトレーナーやネルシャツだが、今日はシャツとジャケットを身につけている。髪は昨日、思い立って美容室でカットしてきた。ひげも綺麗に剃っている。

「最後だからな」

海斗と会うのは、今日で本当に最後だった。今さらこんなことをしても〈まともな人〉である新しい父親に及ばないことは重々承知している。だがせめて、最後に会った日の記憶がましな格好であってほしかった。

「似合わないか?」

海斗は無愛想に答える。

「どっちでもいい」

話が途切れても、海斗のイヤフォンは耳から外れたままだった。スマホをポケットに入れて、ロッドを握っている。たまたまなのかもしれない。だがその所作は、会話をしたい、という意思表示に思えた。安田はどうにか話題をひねり出す。

「新しいお父さん、どうだ」

「えっ……優しいよ」

「よかったな」

「安田さんも、優しくなくはないけど」

海斗の返答には気負いがなかった。それだけに、愛想ではなく本心なのだろうと思うことができた。目頭に熱いものが滲む。身体がそんな反応を示したことに、安田自身が驚いた。この程度で泣きかけていることに情けなさすら覚える。もしも、泣くのが数年早かったらどうなっていただろう。亜美や海斗とやり直すことができただろうか。

——無理だな。

安田は苦笑を嚙み殺した。考えるまでもない。事件が起これば、たとえ海斗が泣いてすがろうが、安田は取材現場へ行くことを選ぶ。

「最低の父親だったよな」

安田は、ルアーが沈んでいる辺りを見つめながら語った。

「おれは保育園の送り迎えも、食事の世話も、寝かしつけもしなかった。洗濯も掃除もしなかった。お母さんともケンカばかりしてたし、それはしょうがないことだと思っていた。自分がやりたいことだけ優先して、責任を取ろうとしなかった。最低の父親だ。おれみたいな父親のことは忘れてくれ」

そこまで話して、安田は反省した。こんなこと言われても困るよな。

海斗は静かな川面に向かって言葉を放り投げる。

「なんで、そこまで仕事頑張るの?」

安田は束の間、海斗の顔を見つめていた。いつだったか、亜美からも同じ質問をされた。離婚する前だったはずだ。まだ一歳かそこらの海斗を抱いた亜美が、不満を隠すことなく尋ねてきた。その時はどう答えたのだったか。食ってくためだろ、などと言ってはぐらかした記憶がある。

今度こそ真正面から答えたい。そうしないと、この先悔いが残りそうだった。安田は川面に視線を移しながら、おずおずと口を開いた。

「たぶんおれは、自分が少しでもマシな人間だと思いたいんだよ」

いったん話し出すと、そこから先は勝手に言葉が紡がれていった。

「おれは自分が嫌いなんだ。暗くて、責任感がなくて、落ち込みやすくて、そのくせ沸点が低い。そういう自分が大っ嫌いなんだよ。だから、せめて仕事くらいは一人前にできる人間でありたい。いい記事書いて、記者として活躍すれば、最低限のプライドは守れる。安田賢太郎は、少しは見所のある人間だって思える」

海斗は水面を見たまま、じっと聞いていた。

「そのために家庭を捨ててたら、本末転倒だよな。でも、おれには無理だった。自分のことで精一杯だった。たぶん、これからもそうだ。その程度の人間なんだ。だからおれは、自分が嫌いなんだよ」

安田は口をつぐんだ。まただ。子どもじみた自己嫌悪を爆発させた自分が、急に恥ずかしくなった。だが一度言ったことは取り消せない。身じろぎもせず聞いていた海斗は、顔を安田に向けると、「じゃあ」と言った。

「仕事をしてる間は、自分のこと好きになれる？」

どうだろうか。なぜか、思い出すのはつらい記憶ばかりだった。関係者から話を聞くため疲れた身体に鞭を打ち、たった一つの裏を取るために無駄足を踏み、編集者や他の記者に裏切られてきた。

報われない仕事だ。けれど、安田はそんな仕事をしている自分が嫌いではなかった。

「少しだけな」

「だったら、それでいいんじゃないの」

海斗はまた川に向き直った。その横顔は実年齢よりずっと大人びて見える。海斗は来月進級し、小学二年生になる。時は確実に流れている。あと数時間で、この少年との縁は切れてしまう。

「海斗」

「うん」

「これから海斗は、たくさんの人と知り合う。友達もできるし、友達よりもっと大事な人もできると思う。でもな、悲しいけど、そういう人と別れなきゃいけないこともある。やりたいことと同じくらい、諦めないといけないこともある。全部が望んだ通りになる、ってことはない。残念だけどな」

また、風が吹いた。

「だけど、誰かが海斗のことを見ている。それはお母さんかもしれないし、新しいお父さんかもしれない。友達かもしれないし、ネットの知り合いかもしれない。必ず、誰かが海斗を見ている。だからつらい時は、自分を見てくれる誰かを頼れ。会って、話をしろ」

言葉を咀嚼するような沈黙を挟んでから、海斗はそれに応じる。

「じゃあ、誰もぼくのことを見てなかったら？」

おれが見ている、と言いかけて、安田は口をつぐんだ。

自分は海斗がこの年齢になるまで、一度もまともに関わってこなかった。海斗には家族がいる。亜美がいて、新しい父親がいる。そんな海斗に対して、おれが見ている、などと今さらどの面を下げて言えるというのか。

おれはもう、お前の人生の登場人物じゃない。そんな言葉がよぎった。

しかし――。

自分は関係ないと切り捨てることは、海斗を見捨てることと同義ではないのか。それは、深瀬の父が、深瀬にしたことと同じなのではないか。

「安田さん？」

海斗が上目遣いで安田を見ていた。川面が小刻みに揺れていた。

「……いいか」

安田は震える声を絞り出す。

「誰も自分を見ていないと思うこともあるかもしれない。自分はこの世でたった一人だと思う日が来るかもしれない。でも、忘れないでくれ。直接会っていなくても、言葉を交わしていなくても、海斗のことを見ている人間はいる。ここに、いる。なにがあっても、お前は絶対に一人じゃない」

話しながら、安田は悟った。

これまで一人で生きてきたつもりだったが、それは勘違いだった。安田は三十六年間、たくさんの人をまなざし、まなざされてきた。だからこそ生き延びることができた。浮遊しそうな自分を、いくつもの命綱がつなぎ止めてくれた。

誰かが自分を見ている。そう思えれば、きっと凶行は食い止められる。

沈黙していた海斗が突然、「あっ」と言った。視線の先には、半透明の丸い物体が浮遊していた。

「クラゲだ」

一匹のミズクラゲが、水面近くをふらふらと漂っている。海斗は不思議そうに眉をひそめた。

「川って、クラゲいるんだ」

「汽水域だからな」

何気なく、安田は答えていた。

隅田川下流は、淡水と海水が入り混じる汽水域である。淀川のような水門は設けられていないため、海に生息する生き物が流れ着くことがある。

水中を漂うミズクラゲが、安田の目には人間と重なって見えた。

誰もが常に、善悪の汽水域を漂っている。百パーセントの善や悪に浸かっている人間はいない。

その時々で異なる濃度に身を置きながら、どうにかバランスをとって生きている。しかしごく稀に、極端な場所へ流されてしまうこともある。汽水域にいる限り、そちらへ流されないという保証はどこにもない。

クラゲを見つめる海斗の横顔は、年相応に幼い。この少年も汽水域にいる。いずれ挫折し、傷つき、望まぬ方向へ流れていくかもしれない。

安田は目を閉じ、しばし祈った。なんにもならないとわかっていても、必死で祈らずにはいられなかった。

――どうか、この子の人生が明るいものになりますように。

吹き抜けた三月の風は、温かみを帯びていた。

主要参考文献

阿部恭子『息子が人を殺しました　加害者家族の真実』(幻冬舎)
インベカヲリ★『「死刑になりたくて、他人を殺しました」　無差別殺傷犯の論理』(イースト・プレス)
小野一光『人殺しの論理　凶悪殺人犯へのインタビュー』(幻冬舎)
加藤智大『解＋　秋葉原無差別殺傷事件の意味とそこから見えてくる真の事件対策』(批評社)
渡邊博史『生ける屍の結末　「黒子のバスケ」脅迫事件の全真相』(創出版)

その他、多数の書籍・雑誌・インターネット資料を参考にしました。
また本書はフィクションであり、実在の人物・団体とは一切関係ありません。

初出　「小説推理」二〇二三年二月号～二〇二三年十一月号

岩井圭也●いわい・けいや

1987年生まれ、大阪府出身。北海道大学大学院農学院修了。2018年『永遠についての証明』で第9回野性時代フロンティア文学賞を受賞しデビュー。23年『最後の鑑定人』で第76回日本推理作家協会賞長編および連作短編集部門候補、『完全なる白銀』で第36回山本周五郎賞候補。24年『楽園の犬』で第77回日本推理作家協会賞長編および連作短編集部門候補。同年『われは熊楠』で第171回直木賞候補。他の著書に『文身』『科捜研の砦』『舞台には誰もいない』『夜更けより静かな場所』、「横浜ネイバーズ」シリーズなどがある。

汽水域《きすいいき》

2025年2月22日　第1刷発行

著　者―― 岩井圭也

発行者―― 箕浦克史

発行所―― 株式会社双葉社

東京都新宿区東五軒町3-28　郵便番号162-8540
電話03(5261)4818〔営業部〕
03(5261)4831〔編集部〕
http://www.futabasha.co.jp/
(双葉社の書籍・コミック・ムックが買えます)

DTP製版―株式会社ビーワークス

印刷所―― 大日本印刷株式会社

製本所―― 株式会社若林製本工場

カバー印刷―― 株式会社大熊整美堂

落丁・乱丁の場合は送料双葉社負担でお取り替えいたします。
「製作部」あてにお送りください。
ただし、古書店で購入したものについてはお取り替えできません。
[電話] 03-5261-4822 (製作部)

定価はカバーに表示してあります。

ISBN978-4-575-24798-5 C0093